用文字照亮每个人的精神夜空

好吃的故事

曹 玮

著

湖南人民出版社·长沙

图书在版编目（CIP）数据

好吃的故事 / 曹玮著. —长沙：湖南人民出版社，2023.12
ISBN 978-7-5561-3371-0

Ⅰ．①好… Ⅱ．①曹… Ⅲ．①随笔－作品集－中国－当代 Ⅳ．①I267.1

中国国家版本馆CIP数据核字（2023）第229654号

好吃的故事
HAOCHI DE GUSHI

著　　者：曹　玮
出版统筹：陈　实
监　　制：傅钦伟
选题策划：北京领读文化
产品经理：领　读－孙旭宏　吴　静
责任编辑：张玉洁
责任校对：谢　喆
装帧设计：尚燕平

出版发行：湖南人民出版社有限责任公司［http://www.hnppp.com］
地　　址：长沙市营盘东路3号　　邮编：410005　　电话：0731-82683313

印　　刷：长沙艺铖印刷包装有限公司
版　　次：2023年12月第1版　　　　　　印　　次：2023年12月第1次印刷
开　　本：880 mm × 1230 mm　　1/32　　印　　张：9.875
字　　数：195千字
书　　号：ISBN 978-7-5561-3371-0
定　　价：58.00元

营销电话：0731-82683348（如发现印装质量问题请与出版社调换）

自 序

2017年，是我开始"严肃认真"地对待写作的第三个年头。

在此之前，我写日记、散文、诗歌，但只当是无聊的消遣。其中一本业余随笔《边缘的姿态》，获得一个非虚构写作的奖项。那时不少人都说，看她，文笔一般，题材不错，还是走运。虽然当时我无心以写作为志业，可听到这话总觉得如芒刺背，年轻的我对自己说："哼！他们嫌我文笔不好，那我就训练训练文笔让他们打脸吧！"

可当我决定认真对待写作的时候，我却被生活先打了脸。

一场严重而漫长的疾病，引发了我迄今为止最大最长的一次精神危机。由于体力和注意力的匮乏，在智识领域，我几乎成了废人。数月之间，从前拥有的能力，一概失去，就连基本的消遣，都无法胜任，所有事情半途而废，一切都在剧烈崩塌中破碎。

2017年过年，偶然看到网易·人间开了新栏目，叫"人间有味"，以美食为主题征稿，而多年前自己第一个网名叫"清欢"，二者相遇，刚好对上苏轼的一句词——"人间有味是清欢"。我笑，这岂不是老天召唤我投稿？

彼时人在异国，又逢佳节，倍念中餐，此前积累了很多情绪和故事，却神昏体弱，屡写屡败。然而一颗"贼心"始终不死，总想试试自己是不是真没希望了。而"吃"这个主题，简单、有趣，是最好的检测手段，如果连吃的经验也写不好，一篇文章也完成不了，那我就彻底死心，不挣扎了，从此接受自己的堕落和荒废。

于是憋着一口气，病病歪歪中终于完成第一篇《背一棵香椿树去留学》，发到了网易·人间的投稿邮箱。三个多月后，主编沈燕妮联系我，修改、发表、转载，在她热情的鼓励、中肯的建议和不离不弃的陪伴下，就这样，以饮食为主题和线索，在身体的不适与康复中，我一篇篇、一年年在"人间有味"中慢慢分享自己与他人的故事。而领读文化的编辑，古道热肠，从我获奖的非虚构文集搜起，顺着"人间有味"发表的故事，跨越千山万水，历经好几个年头，破案一般挖出了"自闭"中的我，决意要出版这些文章，现在想来，都有些梦幻。在众人的信任、催促与努力下，因缘终于成熟，成为你手中这本《好吃的故事》。

这其中，《月光下的飨宴》《好吃不过邻家饭》是童年经历；

《西瓜味的初恋》《牛肉面吃罢，我们已无法回头》《这上海，吃得还没我们工地好》是青春叙事；《背一棵香椿树去留学》《开不出的年饭菜单》《囤起粮食，我终于理解了外婆》则与海外生活相关。

从这些文章开始，我才开启了自己真正意义上的"严肃认真"的写作。故事训练着我，引导着我，帮我做大崩溃后的体力、智识与人格上的复健。在书写里，我学着寻找那些哪怕最微不足道、为人不齿的感觉背后的幽微意义；学着不完全依赖灵感和冲动，而是凭借以体力为基础的习惯和日复一日的持续努力工作；学着在写作中最大限度地成为自己，即使面对着捧杀、无视和冷嘲热讽。从这个意义上说，写作于我有救命之恩。

记得我生病时，去法国超市买菜，认识一个收银小哥，每到顾客稀落的时候，他就在废弃的收银小票背面的空白里，画着自己的细密画，画中只有两个主题：紧握的手和跳动的心。他没上过任何美术学校，却爱画画至极，每次我遇到他，他总把画好的收银小票悄悄抛过来，对我眨一下眼，说一句："L'aventure continue.（探险继续。）"

回顾《好吃的故事》的写作历程，何尝不是一场有趣的探险。比如引起很多读者发笑的《这上海，吃得还没我们工地好》，其实写在我飞来横祸，倒霉透顶的时候，那时就想写一篇快乐的文章，把自己救出来；而《囤起粮食，我终于理解了外婆》，前后构思了三年，本来叫《饥饿基因》，起初把中国和罗马尼亚同龄人的饥饿记忆做参照比较，可写完后一直觉得缺点儿什么，不料新冠肺炎疫情暴发，突然找到了新的落笔点，于是全部推翻重写；《月光下的飨宴》则是我第一次尝试中篇，好像第一次驯马，文思一直在撒野，从起初规划的两万字，写到了近九万字。个别段落怎么也吃不准，大半夜隔着时差不好打扰国内朋友，只好通过谷歌翻译给法国朋友看，对方竟然隔着语言提了不少中肯意见。

如今，收银小哥已经辞职，成了全职画家，他那紧握的手和跳动的心出现在我所在城市很多地标围墙上、商店里，也飞到了巴黎和伦敦的画廊。而与他萍水相逢的我，也在那句话的激励下，在对写作怀着敬意的同时，学着去享受其中的探险和奇遇，练习着对抗层层袭来的绝望，习惯去一点一滴地盼望。

也许写作，正如他画上那样，是要用手去写出自己的自由，用紧握的力量与全人类的经验连接，用一颗心认真地爱。

《好吃的故事》只是我个人经验场中对自由与爱的叙事探险。打开这些故事的你啊，愿它们遥远地握一握你的手，告诉你——你并不孤独，如果这场相遇让你心有所感，也想真诚地告诉我你的探险、旅途和寻找，那么一封邮件就能抵达：ear@fishletter·art。

愿自由与爱陪伴你我，如同记忆中的美食一样，带领我们走向灵魂的丰盛与饱足。

2021年5月20日

目 录

好吃不过邻家饭

桂大妈的臊子面

我妈把我胳膊差点拽断那天，桂大妈正坐在廊檐下吃臊子面。

那是六岁的我从没见过的一碗面。一只深瓷大碗里，细白而长的手擀面卧在深红色的辣油汤中，汤里浸着石榴籽大小、炸得脆黄的豆腐丁，菱形、明黄色的鸡蛋饼块，橘红软糯的胡萝卜丁和乳黄色沙绵的小土豆块，汤上还漂着一层切得细碎的翠绿色蒜苗叶。

桂大妈搅了下面条，一股醋香混着辣椒与杂蔬的味道就飘散在廊檐下了。

那是二十世纪九十年代初西北小城的夏天，强烈的太阳光把大杂院屋顶的青瓦烤得泛起白光。中午时分，人们总是喜欢敞开大门，在廊檐下活动。

桂大妈一家三口挤在前院一间十八九平方米的小屋里，平时就在屋里支起一只火炉做饭。夏天，火炉被移到了廊上，桂大妈就坐在一只仅能承载她屁股一半大小的木凳上烧火，天更热的时候，就只穿一件洗得有点透明的白色背心，坐在凳子上择菜，随着胳膊晃动，两只布袋一样的大奶就在胸前晃荡，身下那只细脚伶仃的木凳子"咯吱咯吱"一直叫，好像在喊"救命"。

小时候，我对桂大妈的那只小木凳一直怀有一种近乎兄弟手足般的天然同情，是因为我多少也可算作她巨臀的"受害者"。

大杂院的前后院共用一个没有门的、黑乎乎的茅厕，有一次我正在上厕所，桂大妈突然急吼吼地冲了进来，看也不看，脱了裤子就蹲，一屁股差点把来不及反应的我怼到茅坑里。

我急得忙扯住她的衣服，桂大妈"啊"的一声大喊，回头看见是我，忙叫道："哎呀！这个娃咋一声都不吭！"我尴尬至极，提上裤子扭头就跑。

此后每次桂大妈看见我都要念叨一遍："哎呀，一个女娃娃，一点声音也没有！下次见我进厕所，你就大声喊！"

我点点头，继续不吭气。

桂大妈教给我的道理，我似乎并未学会。在很长一段时间里，每次去前院上厕所经过桂大妈的屋子，我都要蹑手蹑脚窥探一番她的活动：如果她正在做一些一时甩不开手的活儿，我便把心沉进肚子里，摇头晃脑地上茅房了。

夏天那个中午，我上完厕所，经过桂大妈家时，却不由自主地停住了脚——她手里端了那样一碗深红、喷香的辣油蒙盖的臊子面，是我从来没有见过的。

臊子面是西北人常吃的主食。从前没有冰箱，肉类不易保存，每天吃鲜肉不切实际。就买来五花肉，切成小块，在油中不断翻炒，加入酱油、五香粉、老姜、料酒等佐料，直到把五花肉里的油脂全部炒出来，做成臊子，封进一个瓷坛子，油脂漂在上面，遇冷就结成一层光滑的油皮，把炒成褐色的肉牢牢封在下面。这样便可以储存很久。

每逢炒菜、做面，就从坛子里舀几勺，让人们尝尝肉味。而穷人们，连肉也常常吃不起，平时就只能用豆腐、胡萝卜等蔬菜混合炒在一起做面，最多加个鸡蛋饼，这样的面就有了另一个名字——素臊子面。加更多的盐、醋、辣椒，吃的时候大汗淋漓，也很爽快。

桂大妈端着这样一碗素臊子面，叉开两腿坐在廊下的小木凳上，颇有"一夫当关，万夫莫开"的大将风范。

她不断地搅着又长又细的手擀面，那香气直冲进我的鼻孔，让我挪不开腿。她大概也被面香全然吸引，并没有注意到我。

她"哧溜"吸一口，我就咽一下口水，往前溜几步。她再吸几口，我就趁机再往前挪几步，最后差不多都来到了碗旁边，两只眼睛眨也不眨地盯着她。

桂大妈这才抬起头看见我，笑了，大声说："来，娃吃一口！"

说着，筷子夹起一束雪白的面条塞到我嘴边。我拿出吃奶的力气，"哧溜溜"狠命吸进嘴里，面条的韧劲带着辣椒油的香气，连同鸡蛋饼的鲜、土豆的沙、醋和蒜苗的尖锐混合起来，六岁的我那时还不知道什么是交响乐，只觉得嘴里好像有很多食物一起在唱歌。

我一边拼命地咀嚼，一边还斜睨着桂大妈碗里的面条，生怕被她吃完了。桂大妈又吸了一口，看见我的样子，扑哧一声笑了，"哎呀，看把娃馋得啊——"

说着又喂给我一大筷子面条。

就这样你一口，我一口，我和桂大妈分享了她的一碗面。眼看着白面条没了，可我还是站在那里，眼巴巴地，等着。

桂大妈明白了，我这是等着喝臊子汤呢。小城风俗，臊子面面条吃完后，汤不能倒，留着盛下一碗面条，喝汤是结束吃饭前的最后一件事。

"娃要喝汤？"她笑着看看我。我点点头，还是不吭声。

桂大妈把碗倾斜着放在我嘴边，碗太大，我的脸都差点栽进汤里，我感到嘴唇上沾了一层辣椒油，那汤又热又辣，却美味至极。

正沉醉其间，突然耳朵被人提住了，转头就看见我妈气呼呼地瞪着我。

她一把揪住我的胳膊："走！吃饭的时候不往自己家里跑，跑到桂大妈家里要饭吃！"

"你看你把桂大妈的饭都吃光了！"我妈拽着我的胳膊，使劲把我往后院拉，可我就是不想走，我还要喝汤呢，我不能走。于是我顺势蹲在地上，就这么赖着。

桂大妈见状，忙放下碗，"小娃娃吃一口，能吃个啥？"她拽着我的另一只胳膊，把我往她怀里拉。她那圆乎乎的身躯，此刻好像是一只温软、巨大的肉包子。

我妈这时反倒更用劲了，我感觉自己的胳膊都要被扯断了，她一边扯一边说："走！不能给她惯这个毛病！还寻着吃！一点礼貌也没有！"

那天的拉锯战最终以我妈把我连拖带拽拉回后院才结束。我边被拉扯着，边依依不舍地、不断回头朝桂大妈看。

"小娃娃能吃个啥？"桂大妈站起身子，也往我这边看，愤愤不平地不断重复着这句话。

回家以后，我爸也狠狠批评了我。我这才知道，我这样摸着饭点，专门在邻居家混吃喝的，竟在我们方言里有一个专有词汇——"寻着吃"，短短三个字，发音很是凶狠。可见我并非无赖第一人。

此后很长一段时间，每次和妈妈经过桂大妈门前，桂大妈总是大声对妈妈说："下次你让娃在我这里吃！这娃心疼啊，平时乖得一点声音也没有！一个娃能吃多少？"

我依旧不说话，就看着桂大妈。

可自从被批评之后，我就再也没有在桂大妈家里寻着吃了。有几次经过她家廊檐，看见她手里端着碗色彩鲜艳的烩菜，菜上还架着她新蒸好的雪白松软的馒头，就止不住地口水横流。六岁的我那时必须强烈控制自己盯着烩菜看的念头，飞快地，小贼一样从她身边溜走。

那时的我毫不怀疑，桂大妈家的烩菜是我所能想到的至尊美味，她家的馍肯定也是举世无双。许多个下午，当院子里来了衣衫褴褛、要馍吃的老乞丐，桂大妈总是从笸里摸出两个刚蒸好的雪白大馒头。老乞丐就把拐杖立在廊檐的柱子旁，黑乎乎的双手捧着馒头，颤巍巍地坐在桂大妈让出的小木凳上，一小口一小口地慢慢咀嚼着馒头。桂大妈就像当初给我喂饭一样笑着，手里捧着一碗茶，俯下身子大声在老乞丐耳边吼："老人家，喝茶，小心噎着。"

每当这时，我总在墙背后偷偷看老乞丐一边吞咽着桂大妈的馒头，一边老泪纵横，看着看着，竟然对他也有些羡慕了。

张婆婆家的四季吃食

二十世纪九十年代初的那几年，几乎每个周末下午四五点，张婆婆总要在家里"炼臊子"。

一到那时，她就拿出家传了不知几世的、黑黝黝的大铁勺，把臊子放进勺子里，直接放在火上炙烤。等臊子白色的油脂变成了液态，栗色的肉粒也"刺刺"微炸着，颜色变得越来越深，空气里就飘散着混合了八角桂皮的酱肉香味。

每当这时，院子里的大人们就耸耸鼻子，叹一声："啊呀，张妈家的臊子真香啊！"住在她家对门的我闻到了，就像猫闻到了小鱼干，一个激灵站起来，不由得朝她家望。

臊子炼好后，张婆婆就从厨房拿出一个大白馒头，一切两半，小心翼翼地把臊子一勺一勺地夹进馒头里，然后便在院里呼唤她二外孙的小名。二外孙听见了，连忙欢欣雀跃地蹦过来，一把捉住馒头，狼吞虎咽起来，臊子油顿时沾满了他的嘴唇，蹭到他粉扑扑的圆脸蛋上，还从他胖胖的手指缝里滴下来。

张婆婆这时总是微笑着弯下腰，轻轻擦去孩子脸上的油。然后怜爱地看着他，嘴里时不时地自语着："哎呀，我的娃吃得心疼啊！"

张婆婆总是这样看着，我却从未见她自己吃过一口。

张家住在后院，有四个女儿。一到周末，出嫁的女儿们纷纷带着丈夫孩子回娘家，张婆婆便为全家聚餐忙前忙后，高兴得一刻都停不下来。而女儿们也是各有分工：择菜、揉面、聊天、嗑瓜子。

童年的我常常盼着张婆婆家的周末，只要她女儿一回来，就必然带着她外孙，我在院子里就能多几个玩伴。每当家里人手多的时候，张婆婆也一定会做出一些复杂、别致又美味的小吃，也必会送给我家一碗。

春天几场阵雨后，张婆婆早早奔向了菜市场，去挑选农民刚摘下来的、最新鲜的苜蓿。

在我的家乡，苜蓿是山野间常见的野菜。那种叶子肥厚又旺盛的，叫马苜蓿，是牲口的美食，而叶子椭圆娇小，害羞地折起来，像汉服的领子一样的，是人的吃食。

雨水旺，苜蓿就长得长，农民仅掐一两寸的短茎，装到尼龙袋里在市场门口贩卖。张婆婆每次都要买上好几斤，在她家银光闪闪的大铝盆里一遍遍淘洗，倒去水，趁着菜潮湿的时候，把每根苜蓿茎都裹上面粉，然后上锅蒸。苜蓿蒸好后，把味道浓烈的春韭切成一寸长，再挖一勺臊子，将三者放入油锅中同炒，只需加盐就能出锅。

苜蓿饭炒好后，张婆婆总是拿出她家那只嫩绿色的，又深又大的搪瓷碗，高高地满上一大碗，笑盈盈地端到我家来。一碗粉绿色的苜蓿混着深绿的韭菜叶，间以栗子色的肉臊，仿佛端来一个明媚的春天。

等到夏季，天气一热，张婆婆的女儿们便忙活开了。

张婆婆先把金灿灿的玉米粉徐徐撒入开水中，边煮边搅拌黏稠的玉米糊，再将玉米糊一勺勺舀入一个更大的黑色陶土多孔漏勺，一个女儿端着漏勺，另一个则要在漏勺下方放一大盆凉水。漏勺里的玉米糊从孔里钻出后，就变成一条条长着小尾巴的金黄色面鱼，纷纷落入凉水里。吃的时候，捞出面鱼，拌以素臊子，还要加上蒜泥、醋等调味品。

当然，吃面鱼最重要的便是油泼辣子了。每当这时，张婆婆的小女儿必定放下手中的瓜子，自告奋勇去烫辣椒。她嗜辣，也独有经验，烫出的辣椒色艳味美，四姐妹无出其右，后来，她真的专门开店去做麻辣烫了。

面鱼一做好，张婆婆就又拿出了她家的嫩绿色大碗，第一碗舀给我家，金黄色的面鱼又细又长，卧在素臊子汤里，一大勺油辣椒放在一边，是为了照顾爸爸不吃辣的口味。每次妈妈拿出小碗匀给我面鱼时，总要叮嘱我："慢慢吃，别呛着，别呛着！"我瞪着眼睛一边看着妈妈，一边把一条条面鱼飞快地滑进嘴里，根本来不及多想。

秋天一到，新洋芋就下来了。张婆婆山上的亲戚会背一大袋黄澄澄的、乒乓球大小的洋芋蛋下山来看望她。亲戚走了，张婆婆便用它们来做洋芋叉叉。

张婆婆的洋芋叉叉根本不把洋芋切成丝，而是切成小粒，裹上一层面粉，在一个小竹箩里一边撒面粉一边轻摇，直到一粒粒洋芋变成小象牙白色的球体，然后上锅蒸熟，在胡麻油里就着葱花一炒，洋芋饭就成了金黄色的小圆球。

而这圆圆的黄金洋芋饭，这种我与她外孙们都喜欢的可爱吃食，却是我与她家一年里同吃的最后一餐。漫长的冬天一到，西北小城的寻常人家就只能吃洋芋、胡萝卜和菠菜了。天更冷时，张婆婆会挂上一个厚厚的毡布门帘，在屋内生着火炉，女儿们也纷纷窝在自己家里，来的次数也少了。

一个冬天的下午，爸妈出门购物，把我一个人留在院子里和张婆婆的外孙们玩耍。玩着玩着，天就黑了，还飘起了雨夹雪。伙伴们玩饿了，纷纷回家，偌大的院子就只剩下我一个人。

百年老屋黑乎乎的，我站在花园的冬青树旁，不敢盯着暗处看，也不敢进自家的门，只能眼巴巴儿地望着张婆婆家的玻璃窗，看那里透出的暖黄色的光、凝结在玻璃上的白色水蒸气，以及屋内人影晃动的斑驳。那里有温度、香味、笑语、美食，而我却冷得发抖。

爸爸妈妈去哪儿了？他们为什么还没有回来？时间一分一秒过去，我越来越冷，也越来越害怕，脑子里禁不住开始胡思乱想：他们是不是半路遇到了强盗？遇到了车祸？或者——他们会不会永远不回来了？

突然，一个声音传来："你爸妈还没回来吗？"

抬起头，张婆婆不知什么时候出来了。

我忙点点头。

"哎呀我的娃啊！"她叹一声，"那你来婆婆家，站到外面冻死了！"

我走过去，她掀开门帘，屋里一股热气扑面而来。进了屋，张婆婆正和大女儿在方桌上吃饭，一盘土豆丝，许多牙锅盔，摆在桌子上。她的外孙早已吃完了，在床边玩耍。

张婆婆一把把我拉到火炉边坐下，回身取了一牙锅盔，一切两半，把她家盘子里的酸辣土豆丝一筷子一筷子夹在锅盔里，然后递到我的眼前。

"娃饿了吧？快吃！"

土豆丝醋香扑鼻，锅盔两面烙得焦黄，那皮一定是酥脆的，那芯也一定是松软的，而我拼命地咽着口水，忍住不去看它："我爸妈不让我在外面吃……说是我寻着吃呢。以前我吃桂大妈的饭，他们就把我骂了一顿。"

"哈哈，"张婆婆大笑起来，"哎呀我的娃啊！你别害怕，有张婆婆哩，你爸回来了我给他说。"

我看着她，她的笑容那样笃定。

"赶紧吃！"她把锅盔塞到我手里。我接过来，像她的外孙一样狼吞虎咽起来。这个锅盔，配以又细又脆的土豆丝，与张婆婆先前送给我家的吃食相比，算是最普通的了，可它对我来说，竟真的是一年里最好吃的。

我饿得慌，吃得狼狈，脸上都是土豆丝的痕迹，湿答答的。

张婆婆笑眯眯地看着我："哎呀，我的娃吃得心疼啊！"说着，就弯下腰，轻轻擦去我脸上蹭的油渍。我却再也忍不住，"哇"的一声哭了。

最后一碗邻家饭

小的时候，在大杂院里，因着明里送的和暗里寻的，我几乎吃遍了前后院。而这吃遍全院的殊荣，在长辈之中，恐怕也就只有罗婆婆享有了。

罗婆婆很老，据说她和我的曾祖母一样，都出生于晚清时代。曾祖母去世时，我尚未出生。而到我六岁时，罗婆婆还一直都在。曾祖母的遗像挂在我家正墙上，照片里的她居然和罗婆婆有几分相像，所以童年的我总是想不通，为什么罗婆婆住在隔壁，我家却要挂她的照片。而我同样想不通的还有一件事：罗婆婆的脚为什么那样尖、那样小，走起路来颤颤巍巍的。

不管天气多热，她总要穿一件宽大的斜襟黑色褂子，阔腿束脚黑裤，一双黑色布鞋，又配着白色布袜子，似乎故意显耀她双脚奇迹般地小。我常常目不转睛地盯着她走路，生怕她翻个大跟头，又怕一起风，她宽大的衣服充满空气，使她像热气球一样腾空飞走。

后院住的三家人，都是子孙众多，罗婆婆却只有一个养女，还出嫁得早，隔好几个月才来看她一次，给她留点生活费后就走。

罗婆婆还有一个远方的侄子，也是大半年才看她一次，每次侄子一来，罗婆婆就好像变了一个人，精神焕发，笑容也多了。侄子一走，她就又老了，家里也恢复了原貌，两扇门敞开着，即使人在里面，也没有声音，苍蝇明目张胆地飞进去，又百无聊赖地飞出来。

到了傍晚，太阳一落山，罗婆婆就把房门关上睡下了，连灯也不开，后院三面房屋皆灯火通明，唯有南房是沉郁而寂静的黑夜，好像根本没有人住过。

而罗婆婆家黑夜的宁静，第一次被打破，据说是因为我家的一个"吃货"，那还是二十世纪七十年代的事情。

吃货名曰大黄，是爸爸小时候养的一只大猫，通体金黄，头又圆又大，好像一只小老虎。还没长大的时候，就常和爸爸打架，长大以后，更是夜不归宿，每晚在房顶夜巡，早晨准时从房上跳下来。老了以后，据说通了人性，每次回家，都不空着爪子，而是带回些小礼物，有时是一只死鸟，有时是死老鼠，潇潇洒洒丢在厨房门口，好像在说："喂，赏你们吃！"俨然一副大爷风范。

一年腊月，曾祖母早起，突然发现厨房案板上多了只猪耳朵，在那个年代，穷人攒足了劲儿，每年也就是过年才能吃上一顿肉。猪耳朵即使算作猪肉最便宜的部分之一，也是稀罕物。曾祖母正纳闷是谁好心送来的，突然听到隔壁罗婆婆哭喊起来："哎呀，我的耳朵咋没了？我的耳朵咋没了？"

这事不消说，定是大黄干的。它大概和我一样嘴馋，也觉得邻居家的饭就是好吃，但它显然比我更勇武，脸皮也更厚，胆敢深夜飞檐走壁潜入邻家，用头轻轻抵开柜子，把罗婆婆放在碗里准备过年的唯一一块肉叼回来。

在罗婆婆的哭喊中，曾祖母忙叫爸爸送还了猪耳朵，被偷了吃食的她还惊魂未定——这一口肉，可是穷人一年的盼望。

大黄自然被曾祖母狠狠地批评了一顿。当然，这恐怕也有点"杀鸡给猴看"的意思，至少这样的教训对我爸是有用的，那些后来他责怪我"寻着吃"的话，没准就是来源于此。

大黄一偷吃，罗婆婆家里的情况就完全暴露出来了。自此，邻居们平日给罗婆婆送饭，便要更加贴心。

很多年来，大杂院的老邻居们一直保持着送饭的规矩，也恰当计算着拿回自家饭碗的时间。

有时，得了饭的那位会当场把碗洗干净，在里面盛上新得的时鲜，让送饭人拿回家。而有时他们会恳切地说一句："你家的碗过几天再给你送来。"这时，送饭人要么据理力争，坚持当天拿回，要么心知肚明，点头离开，隔几天，邻居一定会在碗里盛一碗自家用心做的饭还回来。

邻里间的送饭，不论频率如何，总是有送有还的——"来而不往，非礼也"。而那些送饭的人，常常是家里的小孩，他们也就在关于还碗的欲拒还迎的说辞，甚至抢碗的假性扭打中，学会观察、辩论、酬答、博弈甚至角斗。

一碗饭就是一本关于做人礼仪、体面和人情社会生存法则的教科书。

等我到了能出去送饭的年龄，爸爸是这样教育我的：给罗婆婆的饭，要绵软，因为她年龄大了，牙不好，硬了怕咬不动。去了她家，也一定要看着她把饭倒进自己的碗里，然后把我们家的碗拿回来——不管怎样，都要空着拿回来。

原因是，罗婆婆年纪大了，不能让她劳累洗碗，更不能把碗留在她家，让她破费来还饭。于是，六岁的我把饭往她家碗里一倒，撒腿就跑。罗婆婆这时迈着两只小脚追到门口，眼看追不上，就站在门槛边，扶着门框，嘴里叨叨着："哎呀，看这个娃，看这个娃……"

张婆婆也常常给罗婆婆送饭，她告诉我，给罗婆婆送饭，一定不能用她家嫩绿色的搪瓷大碗。罗婆婆吃得少，送多了吃不完。更重要的是，一定要看着她吃，因为罗婆婆觉得饭好，会舍不得吃。送来的饭一天天精心保留着，可她家没有冰箱，一顿饭放馊了也舍不得倒，最后就会吃坏身子。

而桂大妈给罗婆婆送饭的规矩更加直接，她看到罗婆婆来前院，就把她留在廊上，盛一碗饭端给她，当场和她一起热乎乎地吃掉。

就在邻居一碗碗饭的来来去去中，罗婆婆越来越老，也渐渐没劲儿和我们为碗的去留问题博弈了。曾祖母去世后，她成了全院最老的人，而随着我的长大，巷子里生于晚清的老人们也一个又一个地逝去了。罗婆婆的同龄人越来越少，她就更懒得出门了。就连六十多岁的张婆婆，在她眼里都是小孩。

只有在张婆婆问她古今之事时，她的眼里才散发出光明："民国十年大地震的时候呐，我正在厨房炒菜呢……"她的话一下子就多起来。

有一次，我端了一碗饭去她家。她收好饭，似乎无以酬答，一把拉住我的手："来，罗婆婆看看你的命。"

我好奇得很，跟她坐在床沿上。她戴上眼镜，抚摸着我的手心，默默地看着我的掌纹，一边看一边叹息："哎呀，这个娃以后，也就像电线杆上的燕子一样飞走了，飞得远得很呐！"

我不信，大声说："我不走，我爸我妈还在这呢。"

罗婆婆看着我，嘴里念叨着："我的娃啊，你以后要是有良心，就把你爸你妈接走跟你一块过，要是没良心，就让他们像婆婆一样，老死在这个院里……"她的声音暗下去了。

不久以后，罗婆婆病了。不知是什么病，就是每天卧床，起不来了。这一病，罗婆婆的女儿、侄子更是不见踪影，每日三餐，都由邻居们送了。

张婆婆每次熬了稀饭端进去，一进去就是半天，出来后有时候叹着气，有时候抹着眼泪。

桂大妈也端饭进去，出来以后，爱说话的她也不言语。

送了没几天，一个清晨，张婆婆又像往常一样给罗婆婆送早饭，回来后不久，罗婆婆家就变了。不知从哪里来了几个大汉，在她家拉了好几根电线，还换了盏瓦数极大的电灯，光明四溢的，一下子照亮了南房——罗婆婆一辈子都没有开过这样亮的灯。她家家门也敞得更开了，许多不知从哪里冒出来的陌生人接踵而至——她家也从没有这样热闹过。

这一天，罗婆婆死了。

尾声

我一直以为，罗婆婆正如自己所言，"老死"在院子里。

可不久以后，我却偶然偷听到张婆婆与人的悄悄话——罗婆婆是自杀的。那个令罗婆婆卧床的病，其实不过是一场普通感冒，而真正要了她命的，却是对邻居三餐照顾的无以回报。

年老的她唯一能做的，就是以自己的死亡来结束带给邻居的负担。在这个世界上，她再也不想麻烦别人了。

再后来，张婆婆也死了。桂大妈得了糖尿病，瘦得跟麻秆一样，就连那单纯要一口馍吃的老乞丐，也不知怎么消失不见了。

我果然如罗婆婆所言，飞得很远很远，搬过许多次家，有过许多邻居，他们中很多人房子明亮，车子气派，比我儿时的邻居富有千百倍，可他们的门户一直是紧闭的，别说分享一顿饭食，就连一只苍蝇都飞不进去。

而现在，我也关紧了家门，感到自己的心变得越来越硬……

祖宅被拆了，邻居也一个个没有了，邻家饭的味道彻底消失不见。现在的我，还是不明白，究竟是时代带走了我的老邻居，还是他们的死亡和离散，最终结束了一个人与人之间诚恳、礼让而又温情的时代？

西瓜味的初恋

小孩子的冰棍泉

认识风清那年我不到一岁，照片上，剃着光头，怀抱一只绿油油的充气西瓜，八叉腿坐着，盯着身边的孩子看，边看还边流口水。这个孩子就是风清，清明时节出生，故而得名。他大我一岁，是我爸好友的儿子。三十多年后，当我再次想起这张照片，才猛然发觉，这个西瓜竟委婉地暗示了我们的命运。

我和风清的故事开始于我两岁半那年。父母付了高价，把我安插进全市最好的幼儿园小班。它位于儿童公园内，经过大喷泉，绕过荷花池，绿树掩映下的几座平房就是了。我入园时，荷花池正在整修，抽了水，池底还残留着一汪黑色的泉，好像一只神秘的黑眼睛。初来乍到的我没有朋友，只能下课时围着池子转。

一天我正在池边，突然听见对面有人喊。

一抬头，一个高个子小孩混在大班孩子里朝我使劲儿地挥手。

是风清！原来他也在这个幼儿园！

我兴奋极了，正准备跑去找他。这时，风清指着荷花池对我喊："这是冰棍儿水！"

见我待在那里没反应，他继续喊："冰棍儿水！"

冰棍儿！我的眼前立刻闪过包在花花绿绿薄纸里的赤豆棒冰，乳白的牛奶雪糕，还有明艳的橘子冰棍儿，吃完后舌头都是橙色的。我太喜欢吃冰棍了，况且这是风清说的，风清当然不会骗我。

于是，我翻越石头围栏，沿着池塘水泥壁小心翼翼溜下去，到达塘底那汪水的边缘。

风清和大孩子见了，笑着大喊："看啊！看啊！"更多孩子围到池塘边看我。

掬一把池塘水尝尝，我这才恍然大悟。

"风清，这不是冰棍水！"我对他喊。可是，上课铃声响了，孩子们纷纷涌进教室，风清挤在孩子流中回头对我大声喊："上来！上来！"。

"这不是冰棍水"，再也没人听我喊。

我急着进教室，于是沿光滑的水泥壁向上爬，可脚底一滑，终于跌进水里了。之后我的记忆成了片段。我似乎看到水底大红色粗壮的输水管道，又记得前一天电视里的游泳比赛，于是照着游泳队员的样子游，最终竟从水里扑腾了上来。

当我浑身滴水出现在教室门口时，老师才发现了我的存在，她愣了一下，然后抱住我就往她宿舍跑，给我脱衣服，擦头发，把我塞进她的床铺硬要我睡觉。大白天的，刚睡完午觉，怎么能睡得着？于是我闭目假寐。

外婆来接我时，怎么也找不见，回头却见我的衣服挂在教师宿舍门口，"滴滴答答"正掉着水。

第二天，我退了学，前脚刚走，儿童公园就抽干了喷泉和荷花池里所有的水，小城人心惶惶，说是淹死个孩子。

公园无水的日子长达数月。每次爸爸带我经过那儿，都会笑着说，"你就是那个'淹死的小孩'"。两岁半的我还不知道死是怎么一回事，只想着风清还在那里，他说的冰棍泉不是真的，想着什么时候儿童公园的喷泉再次喷涌。

十四岁那年，在旅游车里，我第一次把这个故事告诉了身边的风清，他的眉头轻颤了一下，"我怎么完全不记得？怎么还有这个事？"

是啊，他自然而然地不记得，正如我自然而然地不能忘记。

初夏的蒜薹肉

再一次见到风清，是三年以后，我终于辗转多处回到父母身边生活。夏日晚饭后，爸爸带我去风清家。他打着手电筒，拉着我，穿越路灯昏暗的一个又一个巷子，远远看见他家院墙黑黝黝的影子，我的心里就充满了光明。敲门，院里橘黄的灯光亮起来，风清的爸爸一开门，笑纹就爬上眼角，他一边把我们迎进来，一边欢欣鼓舞地朝屋里喊："风清，看谁来了！"接着风清的奶奶也闻声出来，看见我们，又惊又喜，几乎是激动地回头叫着："风清，风清，苇苇来了！""欸！"风清便从门帘后面冲了出来。

那时的我们见面，好像隔了好几个世纪未见一样的欣喜。冰棍泉之事，早就扔到了九霄云外，未经事的小孩，男女间的害羞，尴尬，揣测，怀疑，一丁点儿也没有。

风清爸爸请我们全家吃饭了，菜摆了一长桌，风清坐在桌子另一端，和我说不上话。这时，风清妈妈端上来一盘新炒的蒜薹肉丝，就放在我面前。

我从没见过这样的蒜薹肉丝：它盛在一个红黄错落的搪瓷小盘中，肉丝和蒜薹一样切成一寸长，重重叠叠落在一汪浅浅的酱汁上。蒜薹是小城周边的春夏特产，常用来腌制、爆炒或凉拌。小城人炒制时用高火，只杀了辣味就好，吃在嘴里脆脆的，或放进热水中一汆，嫩绿的短茎浮在打卤面厚而糯的汤汁上，明艳可人。而风清的妈妈却将蒜薹烧得柔柔的，蒜薹皮被油煎得起了皱，一咬，茎里锁住的肉汤和着菜茎本身的鲜甜在嘴里爆炸。

怎么那么好吃！

因为和风清说不上话，我只能可劲儿地吃面前的蒜薹肉丝，一根接一根地咬，等家人发现，一盘菜已快见底。

妈妈不好意思地对我说："别吃了，你看一盘菜都叫你一个人吃光了。"

"让娃吃，让娃吃。"风清妈妈轻轻笑着。她短发利落，说起话来又慢又软，笑起来两只眼睛弯弯的。

我望着她明月般发光的脸，呆呆的。

风清的奶奶也远远笑着："我的娃啊！爱吃了，以后就常来奶奶家吃！"

可是说着说着，等我们再在一起吃饭，已经又快五年过去了。

十岁时，我突然像雨后春笋一样往上蹿，个头都赶上了风清。"两小无猜"似乎也结束了，至少在我这里——见了他，我懂得了害羞，可即使脸红得不行，我还是热切盼望着，从他没走的时候就开始盼望着下次的会面。只要见了他，天似乎就蓝得不行，太阳似乎也明亮得不行，我整个人好像一粒尘土，向上飞舞，飞舞，快乐得仿佛要溶解于天光之中了。

因为爱吃，我开始学做菜，学来学去无非是最基本的鸡蛋和土豆系列。

风清来我家吃饭了。我央求爸爸，让我也做一个菜。爸爸拗不过，只好任我下厨。围着又宽又长的围裙，我把土豆切成厚片——本来要做土豆丝，可我不会切。往炉灶内填碎煤，打开吹风机，把胡麻油倒进铁锅中，将土豆片煎成焦黄，撒上盐就出锅了。

吃饭的时候，我迫不及待地问："风清你最爱吃哪个菜？"

"风清最爱吃洋芋了，你看这个洋芋片都快被他吃完了。"没等儿子说话，风清爸爸抢先一步回答。

"这个菜是苇苇炒的。"我爸说。

"啊？"风清抬起头好奇地看着我，呆了几秒，然后没说一句话，只埋头吃洋芋片，其他的菜一概不动了，一直吃到白盘里全剩下明黄的胡麻油。

"你看看这个风清，你看看！"风清爸爸不好意思地笑着。

我坐在旁边，心突突跳着，脸烫得慌，我怕不由自主的傻笑怎么也藏不住，只好借口去趟厨房，让自己平静下来——在那里，我走过来，踱过去，一会儿擦擦灶台，一会儿摸摸案板，突然懂得了什么叫手足无措：一个孩子第一次喜欢一个人，或许——他也喜欢她，就是这种慌张又欣喜，不知如何是好，却又幸福无比。

山坳里的烤洋芋

我一天天长大，也越来越盼望着见到风清。小学六年级，风清爸爸带他来我家商议升学的事，只留我和风清两人在厢房，我看着他——这次走了，还不知何时才能再见，情急中脱口而出："风清，我家后山上可好了，有泉水，可以抓蚂蚱，我带你去玩！"

风清有些惊讶，还没回答，我马上补充道："我们去烤洋芋！"

"洋芋？"他的两只大眼忽闪忽闪的，"……你会烤吗？"

"会！"我保证得有鼻子有眼，其实自己从没干过，只是接着提议，"后天下午两点你在我家巷子口等我？"

"嗯！"

风清显然是洋芋的信徒。他从没和小伙伴进过山，死活缠着奶奶答应。奶奶担心得很，不住叮嘱他早点回来，别和我放火烧了山。

我在厨房抓了三个洋芋，一包火柴，几乎是飞奔着去见他。领他穿过宽宽窄窄的巷子——哪怕故意拐来拐去，也不想让他错过我的世界的一切：那山人赖以维生的泉水，开满蒲公英的旧房背后的草坪，山崖断面坍塌的古墓……绕到最后，才找了一处无人的山坳，徒手挖了个坑准备烤洋芋。

风清在旁边拔着蒿草，我把洋芋放进坑里，并覆以薄土——这是同学传说中烤洋芋的方法。当然，传说中还要配备盐、辣椒、花椒粉，等到肉色金黄，香气四溢的洋芋烤出，蘸着这些佐料，任沙性的颗粒和着香料在口舌里融化开来，质地温厚又不失尖锐——想想都能催下口水。可到了点火时刻，我却退缩了——由于曾被火炮冲伤过手指，我连火柴都不敢划，只好觍着脸请风清来，我则不断添上草根，树皮，树枝，最后，终于有一团大火横在我们中间了。

这样空旷的山坳里，这个秋风初凉的下午，就只有我们两个人，烧着一堆火。山风轻轻拂过，蒿草突然会通体赤红起来，随即又暗沉下去，好像发了一阵烧。草籽在火舌里"噼噼啪啪"响着，衬得四周更加寂静，仿佛此地和我们是被千万年的死亡和失去所遗忘的角落。风清和我没有说话，直到柴火燃成灰烬，他才问："好了吗？"

"好了吧……"我底气不足地说。

挖出洋芋，它们半软半硬。

"这能吃么？"他又问。

我急了，好像这洋芋就是风清眼里的我。我可以更好的，一切可以重来的。于是我赶紧把杂草和树叶汇集起来，自己划了火柴——为了风清的烤洋芋，我竟连点火也不怕了。我把挖出的洋芋全扔进火堆，或许这样它们才能立即变熟。

火堆燃尽，顾不上烫手，我先刨出一只洋芋，它的表皮已全然烧焦，揭开皮就看到淡黄色的洋芋肉。我偷偷把那只更软的递给风清，自己则啃着半熟的。风清吃得满手满嘴都是炭黑，临到最后，把剩下的三分之一脆洋芋指给我看："这能吃吗？"

"能吃能吃！"

我嚼着生洋芋，故意吃得津津有味。

这个下午，十二岁的我开始畅想未来。一个孩子第一次爱上一个人，她所能想到的未来，无非是男娶女嫁，白头偕老罢了。童话故事不总以婚姻为结尾么？将来，我会吃上风清妈妈浓油赤酱的蒜薹肉丝，我也会一直给风清做他喜欢的炒洋芋片。所有相爱的人都将生活在一起，一起吃好吃的，我们长大后的安稳人生，应该这样写就吧？可是，没心没肺地玩闹时，我又常常会生出一丝恐惧——万一中途有变，我们不在一起了呢？想到这里，我又再次手足无措：我的爱一日又一日递增着，而我的怕也一日一日地累积着。

日记风波

我和风清分到了一个初中！

小学最后一个暑假要结束了，爸爸带我去看望风清的奶奶。这才知道他分到了九班，而我则是十班，代课老师全都一样。奶奶高兴地说："明天你们一块儿去上学！风清，你自行车后座带上苇苇，一块儿去！"

我强烈抑制着雀跃的心，小声说："我有自行车的，我们一起去上学，风清，明天早上你在路口等我。"

他又"嗯"了一声。奶奶的眼睛笑得像个月牙儿。

可上了初中，我并没像原先憧憬的那样每天都能见到他，只能在两班合一的体育课上，远远看他站在男生队伍里打篮球的侧影，或是放学后的车棚里，他混在自行车流中瘦长的背影。我默默地看着他，直到他消失于视线之中——我家搬到了城东，他家仍在城西，纵使相遇，还没说几句，便在各自新朋友的召唤中各奔东西了。

我在风清班上也结识了新朋友。长长的回家路上，她每天都要讲发生在九班的新事，有时候，风清的名字会突然落下，好像一颗松塔滚落在山间。

有一天，语文老师拿来一篇写景的文章在班上念，是风清的。我听了，很久都没有说话。

一放学，九班的朋友见我就问："风清的文章你们班念了没有？"

"念了。"

"今天我们班同学都在那儿起哄，问他，'风清，你写的那个风景里面，你说在等人，等谁呢？'……你猜风清怎么说？"

"怎么说？"

"等你呢！"

"谁？"

"等你，你！"

"我？"

"嗯！原来你认识风清啊？"

是啊，他写的那些，我怎能不熟悉？黄土，蒿草，蚱蜢和秋风，闭上眼睛，依然清晰如昨。那是我们一起烤洋芋时的山景。文末，他提到了山坡上的等待，留了一个开放式结尾，当老师念到这里，我的双颊发烫，朋友一说，更是心乱如麻。这下，我满脑子全是风清，作业也做不好了，就盼望着第二天去隔壁教室找他，告诉他我们不要再等，反正以后也会结婚。而我知道，只要他不反对，我一定会像当年寻找冰棍泉一样，为他踏入深渊。我写了很长的日记，也回忆那天烤洋芋时的山景——显然，写作平息了少年人的冲动。想到我们会有更光明的未来，何必初中就因"早恋"闹得人仰马翻，于是我决定继续等待。

我开始写长长的日记，一天天靠它维持着理性，仿佛一个瘾君子，一日不写就双目无光浑身没劲儿。过年期间，我刚在爷爷书房里写完日记，暂时离开了一会儿，回来时，却发现我妈站在桌前——我的日记在她手里，张开着，好像一只捉住的蝴蝶被撕开了双翅。

一股热血直冲胸口，我几乎是喊了出来："妈，你怎么看我日记！"

"你的日记难道我不能看吗？"我妈放下日记，理直气壮地。

看到理性之地彻底沦陷，我气得浑身发抖，高叫道："这是我的日记，你就是不能看！"

我妈翻着日记，用手指着我写的东西："你看你写的啥，还'山间的爱恋'，还'爱恋'！你还早恋！"我的日记在她手里翻动着，而她也对我几乎神圣的感情，无数次用理智保护的秘密极尽羞辱和讽刺。

在爷爷的书房，我好像一丝不挂地站在她面前。她的目光语言化为一片片利刃，在我身上割出一道道口子，伤口大张着，流着血。我被逼到了绝路，无法后退，所有的疼痛和屈辱，都汇集成一句反击的话。一句禁忌，一句在古人看来我要遭天谴的话，我第一次说出了口。

我一把抓起日记冲出书房。正巧碰见大伯进屋，听见我的话，他连忙拉住我："哎，你咋能这么说你妈！"我不想辩解，愤怒已将我全然占据。我的日记被人看了，心底最深沉的感情被人羞辱了，而这个人是我的妈妈，和我骨肉相连的妈妈。而人生中第一次骂了我妈，我也变成了一个不可饶恕的孩子，自己都不能原谅自己——好像有什么珍贵的东西碎掉了，再也拼不起来。

夏夜，西瓜，他

日记之事后，我不再写关于风清的事了。我和我妈伤害了彼此，而历史好像也缺了一天——我们都装作它没有发生，继续和平而警惕地相处着。到了暑假，爸爸却带来一个好消息——他联络了一个开出租车的同学，叫上风清的爸爸，一起要带孩子周边一日游。

目的地是一个考古遗址，地处偏远，是我和风清在地方志上找到的。旅途漫长，光去程就花了五个小时。回程时，风清坐在最后排中间，我和司机女儿各在他左右边。她叫小林，大风清一岁，短头发，戴着大框眼镜，常笑着。和我们第一次见面，她就像老朋友一样聊着自己的生活，或者一个问题接一个地问我们。姑娘说累了，歪头睡了，草帽覆在额头，不一会儿就打起了呼噜。我和风清相视而笑，长出一口气。小面包车在山间来回颠簸，把路边的麦田和戴草帽的麦客抛向身后，天色蔚蓝，没有一朵白云，成熟的小麦混合阳光的香味在我们脸上拂过。坐在风清身旁的我，多想路这样延伸下去，一直延伸到永远。我们两个沉默了很久，风清突然凑到我耳边，问："你怎么不说话？像只小绵羊一样。"

我知道我脸红了，继而在心里微笑起来，这笑却最终变成了一句自嘲："是吗？小时候我们班同学可把我叫母老虎呢！"我的心里喊着，风清，如果我是一个厉害的小孩，也只有在你面前，我失去了一切威力和棱角，也只有在你面前。

　　风清好奇地看着我："是吗？我没发现啊！"

　　"你没发现的还多呢！"

　　"比如？"

　　就在这时，我将那个两岁半时因他一句话寻找冰棍泉的故事和盘托出。他惊愕着，诧异着，半晌也说不出话。

　　"你记好了，你欠我一条命呢！"我跟他开玩笑。

　　风清微笑着，阳光洒在脸上。

　　那个十四岁的夏天，真是充满了愉快的好日子。我家回到祖屋消夏。饭后，爸爸说风清要来取旅游照片，我就坐在躺椅上装着乘凉焦急地等待。夜幕降下，蛐蛐在老屋廊下的砖缝里叫着，喇叭花也沿着檐下的细绳向上攀爬，然后在黑暗里悄悄地绽放。爸爸不让开灯，怕引来蚊子与飞蛾。俄而听见铁环"哒哒"扣着木门，心便"咚咚"地跳起来。爸爸闻声出屋，开了廊上的大灯，半个院子都浸在一片橙黄的光明里。客人进门，脸上满是笑容，爸爸便招呼我搬出黑色雕漆小方桌，再从清凉的北房寻来一只西瓜，厨房里便响起瓜皮清脆的裂声。故乡的瓜，圆滚滚的，正圆，瓜瓤是淡红色，瓜子黑而大，好像从来没经过进化，轻轻一嗑瓜子，里面就伸出嫩白色小舌头一样的瓜子仁。这种瓜，刀口刚一碰皮，一声脆响，就全部裂开，好像从采摘的那一刻起，就耐心等待着这样一个轻微的动作，然后便献出自己全部的生命。那瓜瓤是嫩的，脆的，不用牙齿咬，就在嘴里碎成小颗粒。妈妈端着两大盆西瓜放在方桌上，空气里便是清爽的西瓜香。飞蛾在头顶扑着灯光，留下旋转的影子。爸爸们边聊天边吃瓜，我也坐在旁边，吃一阵便和风清悄悄离席，溜到北房前的小花园边坐着，高大的冬青树把我们掩藏在灯光后。台阶清凉，一抬头，就能看见星星在闪耀。身边的他，是我喜欢了那么久的人，心里激动得不知道说什么好，只能抱住自己的腿，没话找话，胡乱讲些院里的传奇：花园里吃青蛙的老鼠，吃了馒头浑身长毛的螃蟹，还有从梨树掉到爸爸脖子的壁虎。他静静地听，也问些问题，星光下黑色的眸子在发光，俄而羞涩地笑一阵，便是一阵沉默，静静坐着的两个人，不知道还寻些什么话，就这样坐着，也很好。

那时的我，多想让这个属于我们的夏天走得慢些，再慢些，甚至一直这样进行下去，永不停歇：夏夜，西瓜，他，这些小小的幸福，与宇宙中亿万年来大生大死，大毁大灭相比，如此微不足道，可对一个十四岁的孩子来说，却是她所能想象的生命庆典的全部了。

暑假过去，我们都上了初三，一日，风清突然来找我，这是三年来他第一次到班上找我。隔壁班异性单独寻人，总在青春期学生中闹出不小的动静，风清连流言和起哄都不顾了，见了我焦急地问："怎么办，怎么办！小林给我写信表白了！"

我一阵吃惊，强压住内心的惶恐，试他道："你答应她呗～"

"我不喜欢她，怎么答应啊！"风清恳切地说。

夏天并未走远，蓝天，白云，我的心里刮过一阵清风，悬着的心落了地，可我嘴却太硬，只是笑着说："我也不知道怎么办……你只能自己解决喽～"转身回教室，把风清撇在身后，他佯嗔着对我喊："唉！你别走，怎么办？怎么办？"

如果那时，我可以停住，对他说出心中所愿，或许此后一切都会不一样了。可是，十四岁的我，又怎能知晓呢？我以为属于我们的道路漫长，这个夏天只是一个美好的开始罢了，接下来的日子，都是灿烂和辉煌。我活在这样的愿景里，将他默默藏在心中，忙着自己的学业，并执着地继续等待着我们在一起的那天。

喝不下去鸡尾酒

可再一次和风清面对面谈话，已是五年后。

这五年，由于我们各自奔忙学业，两家疏于来往，直到大二寒假，才又聚到一起。中午吃完饭，爸爸说："你跟风清出去走走吧，你们现在都是大学生了，好好聊聊你们的生活。"

我知道我可以谈恋爱了。在正月寒风凛冽的故乡，我的心里装着一个有冰棍有西瓜的夏天。告别了父母，跟着风清，在城市的街道上边走边选着谈话地点，最终我们来到一个酒吧，似乎只有这里才能彰显我们"大人"的身份。

　　和风清研究着鸡尾酒奇怪的名字。他最终选择了"蓝色妖姬"，我则是"粉红情人"。交换着彼此的酒，我们看着，尝着，好像当年山坳里烤洋芋的两个小孩，既好奇又开心。

　　终于坐定，我等着他开口，或者，等着我开口，来结束这漫长的等待和我们各自孤独的岁月。

　　为了这一刻，我已经等了很久很久。

　　这时，风清突然从兜里掏出一支烟，点燃了，迫不及待地吸了一口，然后斜身倒在沙发上，他仰着头，青白色的烟从他口中缓缓上升，成了一朵云。

　　我从未料到这一幕，忙问："风清……你怎么……抽烟？"

　　"你别告诉我爸，他们不知道我抽。"

　　我应了一声。突然感到眼前这个风清有点陌生："你啥时候学会的？"

　　"上了大学，烦得很，人家都抽烟，我也就抽了。"

　　"烦啥？"

　　"唉！我们宿舍的，一个个都有女朋友了，就我没。"

　　我喝了一口酒，忐忑地说："你想有就有啊。"

　　"没人喜欢我！没有人！"

"小林不是喜欢你？"

　　"对了，还有小林……她怎样了？"

　　"我爸告诉我，小林年前刚结婚。"

　　听了这个，他狂抽了一口烟："她都找到幸福了……只有我……"然后他猛地直起身，喝下半杯酒："我喜欢的，都不喜欢我！"

　　我突然怕极了，忙问："谁不喜欢你？"

　　"初三的时候，我们班不是新转来黄雨芳吗？她数学学得好，那时候我们讨论问题，我也不知道为啥就喜欢她了，可是她不喜欢我。所以之后我的成绩就下降得很厉害。那是我的初恋啊，我的初恋！"

　　我突然像被世界上最寒冷的东西狠狠刺穿了。是的，那是我十四岁的秋天，属于我们的夏天刚过去不久，九班新来了个同学叫黄雨芳。他喜欢上了她，而我却还活在十四岁夏天的记忆里，活在和他共度余生的梦里。

　　他似乎没有注意到我的神色，只是自顾自地黯然神伤，讲述着他还喜欢的一个大学女孩的故事，依然是人家不喜欢他。

　　我浑身发冷，酒一口也喝不下去了。他抽完一支烟，又点燃一支，酒气上头，脸已经泛红了。

　　"你呢？你有没有喜欢的人？"突然一句话砸过来，让我无处遁形。

　　见我不答话，他又呵呵笑了："你别告诉我你从没喜欢过人——我才不信！"

我的眼泪就要下来，我强烈地抑制住自己，一个字一个字地说："我曾经很喜欢一个人，喜欢了很多很多年，但是，他好像没有喜欢过我。"

"没事儿，还有更好的。"他安慰着我，像个大哥。

此刻的我，多想对他说：风清，你就是那个最好的，是我十九年来最好的一个梦。我喜欢了很多年的人，就是你啊。

可那么多新事像冬天的雪一样突然堆积在眼前，我的路断了，走不出去了。

我不甘心，决定再冒险一次，几乎是表白一样跟他说："家里长辈……好像挺愿意我们在一起……我和你……"

他一甩烟，笑了一声："怎么可能？！"

那一天，十九岁的我终于明白，人在极度悲伤的时候，是会笑出来的。

"怎么可能"这四个字让我笑了出来。走在寒冷的街道上一个人回家，我一路默念着它们，一路笑着。我在笑谁呢？笑我一个人，演了一出独幕剧？笑我和他之间，一遍遍重复着两岁半的故事？笑生活开了我的玩笑；爱得越认真，信得越坚定，玩笑就越精彩？

我终于知道，年少时曾害怕了无数遍的那个问题，我最终会如何作答：如果我和风清不在一起，我会怎样呢？我多想跨越时间的洪流，告诉十二岁的自己——我会笑出来，这样满脸是泪，心如刀绞地笑出来。

我们的夏天，永不再来

一年后的正月十五，我和风清去看烟花，对着满天烟火，他告诉我，他有女朋友了。

此后我们各自为情所困，又是一个五年。再次重逢，彼此都是单身，这次，爸爸带我去看望风清的奶奶。奶奶快一百岁了，硬要留我在她家吃饭。而我，已经不再像从前一样，毫不推辞面无改色地坐在饭桌前，狼吞虎咽大快朵颐了。我学会了客气，学会了推辞，学会了津津有味地喝着白开水。

奶奶看着我，在一屋子人中间，独独看着我。

她的目光似乎要将我看穿："苇苇，我有一桩心事。我一直有一桩心事。"

我凑近她，她双手握住我的手，一句话惊天动地："你的心事，奶奶知道……奶奶知道……有奶奶在，你放心。"

我的泪就要涌出来，可在众人面前，我还是笑着回应她，点着头。

快走的时候，瘫痪的她隔着床头栏杆喊着："苇苇，我爱你！你要记着，我爱你！"

我尴尬而悲哀地笑着。一个快一百岁的老人当众对我喊"我爱你"，大家都当一桩趣事全笑了。风清爸爸在旁解围道："奶奶年纪大了，有时候脑子糊涂了，乱说些东西。"

可只有我知道，奶奶哪里是糊涂，历经沧桑的她一眼就看穿了我，这么多人中间，唯有她，一眼就看穿了。

奶奶去世一年后的夏天，风清在甘肃，我在青海，相去只有一百余公里，这是我们考上大学以来，各自生活的地方距离最近的一次。他发短信给我："我后天要在兰州结婚了。"

"祝贺你！发给我地址，我去参加你的婚礼。"

我打心眼里为他高兴，并准备了贺礼，可他没有回复。

那也是个夏天，我在青海的山顶，把曾经属于我们的一切倒带，还给历史，那些所爱，所怨，所心领神会，所隔膜万重的一切——冬青树背后的细语，野风吹过麦田的响声，山坳里的等待，炒洋芋的烟火，蒜薹肉，冰棍泉，最后回到三十年前照片上定格的那一刻。我抱着西瓜，看着他，好像看到时间停止，地老天荒。西瓜是我们一起吃过的最后一样东西。而我最终也说服了自己：此生属于我和风清的夏天结束了，这世间最甜最凉的瓜，如此美好，却永不再来。

这上海，吃得还没我们工地好

十八岁那年的夏天，我穿着一件橙红色的荧光马甲，站在西北农村的路边，看推土机在国道上挖坑。

天色碧蓝，蝉儿也躁得慌，路边田野里的玉米站得笔直，杆子上别着尚未抽穗的玉米棒，像举着枪。不远处，一个穿老式土布坎肩、白发白须、满脸皱纹的老人从玉米地里钻出来，肩上扛着一把造型别致的铁质农具。

我恭恭敬敬地叫了一声："爷爷，请问您背的是啥？"

老人听了问话，先愣了一下，随即抡起农具就往我腿上砸来，骂道："嘻！我打你这个五谷不分的怂娃！"

我边跑边叫着："爷爷，我不知道才问您呢，您好好说，打人干啥呢？"

"这么大的人了，连这都不认得。我给你说，这是锄头！锄头！"老人放下农具，吹胡子瞪眼的，见我躲一边，就将农具"啪"一声砸在地上，仰天长叹道："唉！完了！完了！年轻人连锄头都不认得了！"

这是我人生中第一份工作开始的第三天。

工地上的接风菜

二〇〇三年高考后，估完分，眼看与心仪大学无缘，投硬币报完了志愿，我就想出去打工。恰好亲戚单位修路项目正缺人手，我便提了生活用品，背了两本书，跟着亲戚报到去了。

项目部在城郊回族村落的路边，是个新盖的四合院。刚进门，一个扎着马尾辫、又瘦又黑、穿着鹅黄的确良短袖的女人就闻声从门帘后出来："说是个娃娃要来，你看这不来了？"

走近，才见她脸上皮肤坑坑洼洼，三十七八岁的样子。

"这是罗姨。"亲戚介绍道。

看我恭恭敬敬点头叫她，她不好意思地笑了："我就是个做饭的。"然后一边迎我进门一边朝堂屋喊，"吕工！那个娃娃来了！"

右拐进堂屋，一个四十五岁左右的中年男人从方桌旁站起来，方脸盘，方框眼镜遮住了半张脸，白色跨栏背心束在土黄色裤子里，遮不住跃然而出的将军肚："哦，你是小鱼吧？"

"这是吕工，这个项目的总工程师，也是你的领导。你在这里要好好听他的话。"亲戚表情郑重。

我赶忙答应。

"今天你先住下，就和罗姨一起，她房间有张空床。明天就给你安排工作。"吕工的本地方言里夹着些外地口音，说话像放枪，重音拐来拐去的。

我背着行李去了罗姨的小屋，进门就看到两张钢丝床，床与窗户间隔着一张办公桌。窗户上的粉色碎花窗帘，遮住了外面的一切。

"罗姨，这个项目部就你和吕工两个人吗？"

"还有崔工和小王，今天他们都进城了。现在常驻的人主要就是吕工、小王和我，崔工时不时来一下。这个项目六月才开始，租这农民的房子也没几天。"

边收拾东西边聊天，才知罗姨和她丈夫皆因企业破产下岗，辗转多处，最终才在亲戚的介绍下做了这份工作，负责修路项目部的卫生和伙食。工地一开工就不能离人，路段长，公路监理也会随时来检查工作，工头、帮忙的工友时不时来吃饭，所以她哪儿也不能去，只得日夜留守在工地，将丈夫和孩子留在城里。

说了没一会儿，罗姨低头看表，惊呼："哎呀，要做饭了！你跟我到厨房看看？"

出门左拐，就进了厨房，一口嵌着大铁锅的土灶立在窗边，旁边是一张一米五的大案板，案板下放着两袋一百斤的面粉，案板旁的水泥地上堆着些蔬菜，种类并不多。

"今晚我们吃烩菜？"罗姨打量着厨房里的食物，好像在自言自语，又像是在问我。然后就叹了口气，拿出几个土豆、茄子："这里买菜真不方便！附近农民家自己种菜，连个买菜的地方都没有。吕工给的项目部的伙食费，我都没地方花！"

她边说着，边用菜刀将土豆皮削去，我一边剥蒜一边问："那这里吃的面粉、菜都咋来的？"

"这些面、油、菜都是小李子帮忙带过来的。"提到小李子，罗姨眼里的愁云一扫而光，"小李子你怕不认识吧？过两天应该就来了，是我们段长的司机。年龄小，长得也小……哎呀，那个人真是欢闹得很！你见了就知道！"

罗姨将土豆和茄子都切成滚刀块。先把土豆放进滚烫的菜籽油里，不一会儿就煎得微黄焦香，盛出来，再加茄子，茄子一遇热，吐了水，表皮微皱，乌黑油亮，罗姨把煎好的土豆倒进去，放酱油、盐、糖、蒜片，刚翻炒几下，土豆和茄子混合的香味便荡漾开来。罗姨转身拿起个暖水瓶，刚往锅里加了点开水，院外就突然传来一个怪异的声音，鬼哭狼嚎的：

"Mannn ~ tou！ Mannnnn ~ ~ ~ ~ ~ tou！"

"哎呀！"罗姨火速放下水瓶，嘴上急急说着，"小鱼，你看着……"

没说完便以百米冲刺的速度跑了出去，边跑边朝外面大喊，

"哎，等一下！等一下！"

过了一会儿，她满头大汗，提着一袋又圆又大的馒头进了门，边走边哈哈笑着："哎呀，这饭做得跟打仗一样！这个卖馒头的人，天天都这样，不喊住就躲得远远的，买个馒头跟抓贼一样。"

那天晚饭时，我掰开百转千回买到的雪白松软的大馒头，蘸着包裹着茄子和土豆块的香气四溢的酱汁，听罗姨谈着工地的情况。我从没吃过这么好吃的土豆烧茄子，那土豆外皮是紧的，可轻轻一咬就化了，茄子的肉嫩滑香甜，里面混杂了土豆绵软的微小颗粒。

夏天的晚风干燥凉爽，空气里麦田和野草的香味与土豆烧茄子的香气纠缠着，化作温暖无形的大手，轻抚着初来的我惴惴不安的心。

穿上马甲，第一次出工

第二天一早，吕工就给我安排了工作：计算修路数据，并再抄写一份。

我心里很忐忑：自己一个文科生，对修路一无所知，万一计算要用高等数学，怎么办。但很快，吕工就塞给我一个计算器："里面都是加减乘除，你只要把小数点搞对，多检查几遍就行了。"

我看看表格，发现每个数据小数点后都有好几位，更忐忑了：当初选择文科，就是因为自己对数字太过粗心，万一将来做工程师，盖桥算错小数点——桥塌了；当个科学家，研制药算错比例——人吃死了。于是整个早晨，我一边算，一边紧张得手发抖，每算完一个，来回检查四五遍还不放心。

罗姨叫我吃饭，她做了拉面，细细长长的面条卧在西红柿汤里，酸酸甜甜，可我就是没胃口，吕工"哧溜溜"地吸着面条，过一会儿就摘下眼镜，擦一把额头上的汗，我不敢看他，感觉自己身旁坐着一个巨大的小数点。

从早到晚算了整两天，我才终于完成任务，当我把数据交给吕工，他看了看，既无表情，又无评论，只是淡淡地说："明天下午你到路上去，熟悉一下赵家堡涵洞施工现场，看看他们的进度，再叫老张来一趟。老张是开翻斗车的，让他送你下来——对了，你走的时候把工作服穿上。"他指了指堆在墙角木凳上的橘红色荧光马甲。

我长舒了一口气，总算可以和小数点告别了。

次日下午，我喜滋滋地穿上马甲，沿着白杨成荫的国道，一路向西，走了一个小时，终于来到赵家堡工地——其实我并不认识哪里是赵家堡,只是一路向前,路断了,工地自然就到了。

一辆推土机正在路上挖坑,几个工人站在路边,手握铁锨,忙着铲土。我站着看,却不知道该看什么,也没人和我说话。

想找人搭讪,第一个人就遇到那个要给我一锄头的老汉,想着自己虽然高中毕业,可一出家门却傻了,还穿着件荧光马甲,多余且高调,心里十分气恼。

正恼着,一个四十多岁、穿着白色横纹 T 恤衫、鞋上沾着泥土的男人从工地那一头向我走来,皮肤晒得黝黑。

"来了!"他朝我笑,"你贵姓?"

"姓鱼。"

"鱼工,咱们没见过啊!经常见的是吕工,还有个王工。"

"我不是鱼工……"

"你不是项目部的?"

"我是,但我只来了没几天,也不是……"

"那也是鱼工。"他笑眯眯地打断我。

这下好了,马甲穿上,就被人当成工程师。面前的人自报了家门,原来就是工头,他热情地给我介绍工地的情况,我只好硬着头皮装作很懂的样子,左看看右看看,蹲下去看,跳起来看,然后点点头,作若有所思状:"嗯,嗯。回去我跟吕工汇报。另外,你们这边开翻斗车的老张,一阵儿下班去趟项目部吧,吕工叫他过去。"

工头喊了声"老张!"一个秃头、鹰钩鼻、深眼窝,长得像唐朝壁画上西域使徒的老头就在不远处应了一声。

那天，我坐在翻斗车的副驾驶上，老张给我说了一路。说他儿子在外地上大学，家里穷，靠种地根本供不起，正好他会开车，弟弟也在公路上工作，于是就被招来修涵洞，而我所在的项目部没车，出行只能靠腿，往更远的地方去，就只能找老张，这次叫他回去，肯定是吕工明天要出远门。

和老张一起进门，罗姨就笑嘻嘻地从厨房迎了出来："哎呀小鱼！今天吃饭的人多啊！幸亏小李子来了，不然这做饭的菜都没了。小李子买了好些菜，还带来了猪头肉，今晚我们吃肉！"

话音刚落，一个一米六高、全身黑衣、皮鞋锃亮、领口别着墨镜的平头男子从堂屋里蹦了出来，满脸都是笑："你就是小鱼吗？哎呀今天我们吃好的，罗姨给你做好吃的嗷！"他的眼睛又大又深，两只长眉又浓又弯，身上似乎天然散发着一种喜剧气质，让人见了就忍不住笑。

凉拌黄瓜、凉拌刀豆，还有熟悉的土豆烧茄子，再加上主角——猪头肉，晚餐确实很丰富。小李还开了瓶啤酒，给大家满上——啤酒是他带来的，整整一箱。看大家都喝，我也馋了，一口下去，清冽宜人，原来和大家一起，这么苦的啤酒竟也变了味道。

吃了阵儿饭，小李子见我们都不太言语，就讲起了故事："前两天我去游泳，一个男的，脱了衣服，从更衣室走到泳池——游泳前不是要热身嘛，他把胳膊举起来，左一下，右一下……"小李子也站起来，做着健美运动员的动作，饭桌顿时成了剧场。

"我刚好经过——你们猜怎么着？我的妈呀！"他双手捂住眼睛，连话都说不好了："这个男的……哈哈……忘了穿裤衩！"

整桌人都笑着看小李子表演，小李子自己倒先笑得弯下腰，"这个男人看我看他……也没发现啥，抬起胳膊，运动做得更欢了……左一下，右一下……"纵使笑得蹲在了地上，他也不忘模仿裸男的动作，左一下右一下抬着手臂，一边笑一边叫："我的妈妈呀！我真是看不下去了啊！"他整个人都快要趴到地上了。

罗姨笑得伏在桌子上，筷子都掉了，我笑得眼泪直往外涌，老张笑得满脸通红，露出残缺的牙齿，只有吕工笑了一声，然后又回归淡然状，继续低头吃菜，时而睁大眼睛，透过镜框高处审视着每一个大笑之人，像个旁观者。

"小李子，我说你吃饭再别讲笑话，吃完了再讲，你要再讲，吃个饭都要把人噎死了！"罗姨笑得眼睛比月牙还弯了，满脸的痘痘都变成了星星，好像个个都在发光。

劫菜的罗姨

只要是小李子不来的日子，罗姨买菜就是个大问题。过了些日子，她听说附近农民早上进城要经过项目部前的马路，于是便决定自己去拦车买菜。

清晨五点半，罗姨匆匆起床，随便洗把脸就推开院门冲到路边。这个时候，农民们正好摘完自家田地的蔬菜瓜果，骑上三轮车往城里狂奔。

起初，罗姨还羞涩地在路边招手："哎！这个卖菜的，停一下！"怎奈进城的国道都是下坡，农民的三轮车一路乘势飞飙，谁也不想停。罗姨便心一横，站在马路中央，看到骑车的农民，一边喊一边追，拼命拽住他们的三轮车，求他们卖些新鲜的食材给我们。

如此，我们才终于有了水灵灵的蜜桃、大个儿的西葫芦和脆嫩的青菜。

自打开始劫菜，罗姨就再也不用慌张断粮了，而我的工作也步入正轨：算数据，抄文件，在工地与项目部间充当人肉电话。此外，我和罗姨的生活里还多了一项——夜谈会。

农村的夜似乎比城里来得更早，也更黑，方圆数里一盏灯都没有，夜谈是我们唯一的娱乐活动。而吕工每天一吃完晚饭，就回到厢房，一个人待着，也不知在做什么。

有一天夜谈会进行到一半，罗姨出去上厕所。我突然听见院里一声尖叫，随即便是她的笑声："吕工，你大晚上在院里抽烟，不开灯也响一声啊！你这样吓死人啊！"

"那你也没被吓死呀。"吕工的声音还是一如既往的平淡。

"这个吕工，是个啥人嘛！"罗姨回来，又好气又好笑。

大概我们屋里的欢声笑语感染了吕工，随后的一天夜晚，我们屋子终于响起"咚咚咚"的敲门声，门开了，一副方眼镜、一个大方脸，带着审视的、严肃的表情探了进来。

"你俩大晚上笑啥呢？"

"吕工进来和我们一起聊天吧！"罗姨邀请道。

"大晚上有啥聊的。"吕工口气仍是冷淡，头缩了回去，关了门。

"这个吕工……"罗姨又笑了。

我们屋越是热闹，就越衬出吕工的寂寞来。终于，小王回来了。他是在一个傍晚回来的，打了个照面，相互介绍了一下，就待在厢房不出来了。小王二十一岁，交通学校毕业，黑暗里没看清长相，就知道大约有一米九的个子，白条一样在夜里发光。

小王回来后，吕工枯井一般的夜生活仿佛重新渗出了甘泉，当天夜里，厢房就传来"叮叮咚咚"的吉他声。

起初，吕工派小王和我出去测绘。小王肩上扛着三脚架，我提着两只工具箱，高个儿的他在前面慢悠悠走，矮个儿的我在后面一路小跑，他不怎么说话，我也就不说。

后来，我们又被派去一个桥梁工地，工头姓李，三十多岁，高个子，小眼睛，头发中分，知道了我们的姓氏，就一口一声"王工""鱼工"地叫着。我说我就是个打工的，他也不改口。

过了几日，吕工带我们查看桥梁工地，发现那里偷工减料，水泥不对，施工尺寸也不对。李工头满脸堆笑地说："吕工，你就通融通融嘛！这大夏天的，干活也不容易。"

可平日淡然的吕工突然变得极其严厉，脸涨得通红，在工棚里指着李工头的鼻子吼道："施工质量不达标，人命关天的事，你叫我通融？马上给我毁掉重做，否则就给我走人！"然后头也不回气冲冲地走了。

第一次见吕工生这么大的气，众人都呆住了。小王去追吕工，我走得慢，李工头追上来："鱼工鱼工，你看看这个参数，你看看……"

"我说了我不是鱼工，我看不懂。我就是个提箱子的，这个你问吕工和王工。"

从那以后，李工头常常来项目部，有时候为了能和吕工说上几句话，一坐就是半天。见了我，也改叫小鱼了。有时吕工不在，他就坐在罗姨和我的屋里等着。

一天下午，罗姨在厨房，我正坐在桌前抄数据表，李工头又来了。他先是坐了一会儿，继而又起身来看我的表格，然后就慢慢凑近、再近，我突然感到他在我头发上方越来越沉重的呼吸，浑身散发的热量仿佛马上就要爆炸并将我吞噬。我还没弄清怎么回事，突然听到一声大呵："出去等吕工去！"一抬头，罗姨站在门口，脸上神情极为严肃，一进来就"啪"地关上了门。

"这个姓李的！"罗姨快步走过来摸摸我的头，"他没对你动手动脚吧？"

我这才反应过来，摇了摇头，罗姨松了口气："这姓李的不怀好意，前几天我在屋里，他坐着坐着，就用脚勾我的腿。"

后来，罗姨把这事讲给了小王，和我出工时，小王对我说了自见面以来最长的一段话："以后你再别说你是一个打工的了，他们这些工头坏得很，听见这个私底下不会尊重你。以后你跟着我们，你就是鱼工，再不济也是工程师秘书，有啥问题就问吕工和我。我们人虽然少，但是我们在阵势上先要压过他们，要么他们就敢胡来！"

我心底一酸，一个不谙世事的高中毕业生，也没有真本事，在工地上不但无法立足，到头来还得大家保护我。隔天我去了亲戚家，借了关于修路的基本知识的书，开始研读如何修路。

吕工大战馒头君

李工头之事，也不知道他们跟吕工说了没。对此，他并未发表任何言论，只是忽然变得十分警觉。只要在小院里待着，每隔一阵，他都要出来看看院子的情况，特别注意我们的屋子，俨然成了保安。罗姨一问他，他就瞪大眼睛，双手一摊："最近听说闹贼嘛！"

就这样警觉了十几日，一天罗姨和我正在厨房准备晚饭，突然听得外面一声大吼，紧接着机关枪似的质问："哎！你谁啊？你干啥呢！你给我站住，你干啥呢？"

冲了出去，就见吕工揪住了一个戴帽子的高个男人，"你往我们院子里面乱瞅，还要掀门帘，进去偷东西吧？"

"我……是卖馒头的……"

"卖馒头你外面卖去，进门瞅啥啊！"

罗姨出来看了一眼，突然"哎呀"一声，赶紧去拉："吕工，他真就是卖馒头的！"

那卖馒头的高个男人也是不卑不亢、声如洪钟："瞅你咋了？你们男男女女，租在这个院里，进进出出，谁知道是干啥的？我还没问你呢！"

"哎，你这个卖馒头的，你管得还真多啊！"不论罗姨怎么拉，吕工揪住对方的衣服怎么都不放手。

"你们到底是干啥的？"卖馒头的也杠上了，不依不饶。

"我们是干啥的，也不需要向你汇报！"

看着两人就要打起来，罗姨大叫着又去拉："吕工啊，你要打人的话，人家以后不卖给我们馒头了！"然后转头对卖馒头的说："你赶紧去卖你的馒头，我们都是好人家！"两人这才松了手。

"啥人嘛！还问不得了，这个村就你们一户人最奇怪了。"卖馒头的边往出走边回头高叫着。

"不卖就吃面条！"吕工气冲冲转身回了屋。

吕工大战馒头君的后果之一，就是我们真的没馒头吃了。

馒头君颇有风骨，从前只是下午四点左右在项目部前怪吼两声，现在吼都不吼了。但因为他声如洪钟，循着洪钟的回声，我和罗姨总能推算出他大体的逗留区域。

于是，只要我在，买馒头便成了我的任务。一到点，我便竖起耳朵，开始寻觅他的声音，一察觉到，便立马拿上钱，飞奔着去拦截。也因了馒头君，我在村里晃荡的时间更长了，渐渐地和村里老人聊熟了，还被邀请进清真寺参观。

我在村里的活动范围日渐扩大，小王也带来了新朋友。因他总在隔壁小卖铺买烟，一来二去，与店主的儿子小马成了好朋友。小马和小王同岁，在附近小学当一年级语文老师。得知罗姨每天都要拦菜来对付不时出现的菜荒，小马妈妈特地跑到自家地里，拔了一大笼豇豆送给我们："以后你们缺菜了就来我们地里拔！"

从此以后，小马总是隔三岔五来一趟项目部找小王聊天，害怕我们不好意思去拔菜，每次来都特意带着地里的东西，有时是西红柿，有时是大葱。

一天，罗姨在马路上居然拦到一个雾气腾腾的大西瓜，这是我们夏天买的第一个西瓜，为此，她特地派小王去隔壁请小马。切瓜前，她烧了壶热水，加入碱面，硬是把菜刀煮了一遍。

端着切好的西瓜，罗姨对小马说："小马，我知道你们回族的习俗，所以我特地煮了刀切了这西瓜，你们家一直帮我们，都不知道怎么感谢你。西瓜你总要吃一块。"

小马欠欠身，不好意思地接过瓜："罗姨啊，你真是太客气了，都是邻居嘛，你们还给我们修路呢，应该的。"他笑着，大眼睛睫毛浓密，忽闪忽闪的，好看极了。

工友的啤酒夜

我已完全适应了这样的修路生活。

天热的夏夜，罗姨和我就把夜谈会开到院中间，她坐在院里泡脚，我在她身旁呆看着月亮。小王听见我们的声音，也不愿再待在屋里，而是把吉他拿出来，弹奏他夜夜都要练习的乐曲，后来我才知道那首歌叫《一生有你》。

小王说，前一阵子刚来时，就因为被分到这个偏远农村，女朋友和他分手了。很长一段时间，他谁也不想理。现在想想，其实也没什么，路还长着呢。

夜色如水，小王唱着"多少人曾在你生命中来了又还，可知一生有你我都陪在你身边"，歌声配着吉他声，让人汗毛林立，想来小王这么帅气，怎么会有女孩不喜欢呢。

又想到罗姨，罗姨的丈夫几日前来工地看她，那个罗姨嘴常念叨的、对她很好的男人，见到自己的太太时，笑容羞涩，眼睛都在发光。

崔工也站在房门口，这是他少有的留宿工地的夜晚。几个人静静地听着，吕工也终于在屋里坐不住了，默默走出来，站到了小王身后，开始谈起自己远在家乡的妻子和女儿。旁边的崔工时不时插句嘴："这吕工，就是因为说话爱怼人，好好的研究生毕业，被分配到这种地方。按你的水平，你要会好好说话，早都能当个段长了。"

吕工不说话，崔工继续说："我就爱骂吕工，他一犯病我就骂他。"边说边喝着手里的啤酒，"吕工，你服不服？"

"去去去！"吕工推一把崔工，"你不也是因为爱喝酒才流落到这里。"吕工嘀咕着，然后瞅瞅小王："小王喝酒吗？"

小王放下吉他，拿起了脚边的酒瓶向吕工致意。

"小鱼？她罗姨？"

我们都手握啤酒向他致意。

"你们啥时候都喝上了？也不叫我！"吕工转头进屋取酒去了。

这样的时刻在那个夏天常常发生。小王、小马、吕工、罗姨，时不时带来好吃的小李子，时不时出现骂一下吕工的崔工，还有开着工地上不同类型车子送我们上远工的老张——工地上的日子一天天过去，我也一直沉浸在欢笑中。

施工情况我终于会看了，修路书也研读到一半了，一天傍晚，亲戚带来爸妈的话，叫我回家一趟："学校来了电话，叫你去取录取通知书。"

我才意识到，时光竟然以一种我并未察觉的方式悄悄溜走，自己都快忘了高考这回事了。

回到从前的高中，那里仿佛已是另一个世界了。老师们走过来祝贺我被上海一所大学录取，而我只想赶紧领了通知书回去上班——过水路面还要我去查看施工情况呢。

从学校直接回了工地，我把录取通知书压在枕头底下就去工作了。

罗姨从厨房出来，问我通知书的事，我拿给她看。她欣喜地一边看一边笑："小鱼，这上面让你八月底报到，也没几天了，去了上海以后，你就不一样了。"

我鼻子一酸："罗姨，我不想去上海上学了。"

罗姨哈哈笑了："你还真是个娃娃……上这样的学校，多少人巴不得啊。"

我声音更低了，心里也越发难过了："我觉得……上海可能还没我们工地好……"

可罗姨听后却笑得更欢了："你这娃娃胡说呢，咱们这工地咋能跟上海比。"

"罗姨，我上完学了再回来。"

"你回来我们也不在了。这个工地十月份就结束了，我也要走了。我们厂倒闭以后，我也是这里打打工，那里打打工，再找一份工作，再干下去。下一份工作还不知道是啥呢……"

我们的对话被出门巡查的吕工听见了，他也走上前来祝贺我，还难得地指着院里的月季花说："你别看现在我们在一起，以后小鱼就不一样了，小鱼就像这朵花。"他指着一朵含苞未放的红月季说，然后又指着一个花瓣凋零的花骨朵说，"你罗姨就像那朵花。"

"你看看这个吕工，他嘴里从来都吐不出好话！"

我们都笑了。

从工地到上海

没过几天，爸妈来工地找我："光听说你被大学录取了，通知书我们都没见上，你却跑到工地来了，到底啥时候报名？"

他们看了通知书，执意要接我回家，我死活也不肯，"二十六号才报道，我二十三号离开工地就行。"

"不行！二十三号太迟了。路上都要一天呢。"

不想去上海，我很想这么说，可人人都说上海好。

我喜欢待在工地，可是，这个工地结束后，我去哪儿呢？没有修路的真本事，到时还是会被工头们瞧不起，到时候还不是得去上学？

最终，我答应爸妈二十号回家，但他们下次来时得准备好酒好菜，我要好好招待我的朋友们。

临别的菜，爸妈在我叮嘱下，特意买了大家都爱吃的猪头肉，罗姨又烧了我最爱吃的土豆炖茄子。我们说了好多话，喝了很多啤酒，小李子也讲了好多笑话。可开心的宴席，也终有散的时刻。

我提着脸盆，爸爸背着被褥，从宿舍走出来，吕工又站在廊檐下他常抽烟的地方，拿着一个红包，郑重地递给我："小鱼，这是你在这里的工资。"崔工的脸喝得已经通红，走路都不稳了，大着舌头告诫我："小鱼，好好数钱，别被这姓吕的坑了。"小王也满脸通红，看着我，不说话。

小李子说："走，我开车送你走。"

看见罗姨站在人前不说话，我心里一酸："罗姨，以后不知道啥时候还能吃上你做的土豆炖茄子了。"罗姨抹了一把眼泪，"小鱼，你以后想吃回来罗姨给你做。你在上海好好的啊，好好的。"

夏末的这个夜晚，就像这个村子其他沉静的夜一样黑漆漆的。

走出项目部，小李子早已把车开到门前，这时隔壁小卖铺的门突然打开了——小马和他的父母走出来，借着车灯的光我才看到，大家都在和我挥手告别。

过了几天，我终于到了很多人梦寐以求的上海。

报到后领了饭卡，第一次单独在大学食堂买饭。看到有包子，一笼四个，类似工地的馒头，我想也没想，开口对阿姨说："来一笼包子。"

阿姨震惊地上下打量我："小姑娘你一个人吃吗？这个叉烧包很大的哦！"

一个还没工地馒头的一半大，我心里想。

"一个两块五哦！"阿姨又补了一句。

什么？这在工地上都能买十二个半的馒头了——而且馒头君一定会给我十三个。完了，在上海我是吃不饱了。

我妥协了，买了两个，一口咬开，里面的肉馅甜得像蜂蜜。

吃不惯甜肉的我差点气得跳起来，把包子丢给南方的室友，再也没了胃口。

我倚着食堂桌子，看着周围一排排黑压压的、低头吃饭却毫无欢乐可言的学生，仿佛一眼看尽了自己在上海的未来——吃不饱，吃破产，最后郁郁而终。

我想罗姨、吕工，想小王、小马、小李子，想念崔工和老张，想念土豆炖茄子，以及工地上清贫而淳朴、慷慨而快乐的一切。

罗姨啊，远方的你或许并不知道，当初有一句话我是对的——"这上海还没我们工地好"。

但你也有一句说对了——去了上海以后，我就不一样了。

　★文章中所有人名地名皆为化名。

牛肉面吃罢，
我们已无法回头

校门口的牛肉面馆

我上高中时，学校门口新开了一家牛肉面馆。

它没有名字，也没有招牌，每天早上开门，下午闭馆，上学路过，总看到坐满了人，一股牛肉汤特有的香味从面馆里飘出来。有时，我常常特意拐道，迫近地朝里面张望，就为看一眼别人碗里的面，至少也能解解眼馋——这兰州牛肉面，在我的城市是热闹的吃食，标准并不变，清汤、绿白萝卜、红油、蒜苗和香菜——所谓的"一清二白三红四绿"，鲜艳活泼得像个少年。

为方便学生吃面，面馆特意在校园一侧开了小窗，我的高中同学便趁着早课休息时间，悄悄溜到窗下，喊来伙计买面。牛肉面汤汤水水装在几层塑料袋里，随着同学的小碎步一路穿越校园，进入教学大楼，最后到达教室，一路面香留痕。拿面坐定，就已经临近上课，买面的同学着急地狼吞虎咽，教室里其他人也不由自主地忙咽口水。

每当这时，坐在我后排的夏光就一定要感叹一句："哎呀，这吃面的几个都是坏人！这牛肉面，香得简直了！这还叫人以后咋上课呢？"

夏光是班上的语文课代表，常被大家怀疑是语文老师失散多年的骨肉至亲。他俩个子都不高，皮肤一致地白皙细腻，左右脸蛋都带着高原红。只不过老师面盘方阔，而夏光脸圆得像个年画上的胖小孩。他俩说起话来也都中气十足且一本正经，临到话的末尾，才翘起嘴角微微一笑，让人发觉原来是在讲笑话。他们还都写得一手好字，所以夏光常常要帮语文老师抄黑板报，每次都记录些高考信息，好词好句。语文老师不时拿出优秀作文在班上念诵，用着新闻联播一样标准的男中音，只是突然会有几个重音狠狠落下，砸醒打瞌睡的同学，夏光的作文就时常被用来提神醒脑。当然，除了与语文老师关系可疑外，夏光最可疑的就是与同桌女孩的关系。下课时，他们常常纵论历史时政，坐在前面的我，有时也加入论战，三人口沫横飞。人家吃牛肉面，我们就使劲儿探讨课本的篇章，揣摩考试出题人的意图，最后总以嘲笑课本的错谬、题目的无聊而结束，看一道，骂一句，再看一道，再骂一句。有时顺带也感叹几句吃面人的没心没肺。大概这些嬉笑怒骂训练了我们的逻辑能力，也增强了记忆力，长此以往，我们仨的文科成绩居然在班上名列前茅。

那时的我们虽不讨论未来，但心底都默默有了选择——远远地离开家乡，去北京，去中国文科最优秀的几所大学，在那里继续纵论天下、口沫横飞。

可过了不久，夏光便调离了我们这个群体。据说是他主动要求换座的——对于此事，他的同桌也不言语。夏光远了，时间也在牛肉面香味中过去，那时备战高考进入白热化阶段，谁又在意这种小别离。不久"非典"来了，故乡牛肉面馆全体生意受到重挫，校门口面馆暂时关门歇业，而我们这三个曾经一边闻着面香一边狂咽口水纵论天下的少年，在随后的高考中也宿命般地全被"霉神"附体，且都栽到了语文上：

我的选择题几乎全军覆没。夏光同桌也出其不意地语文不及格，而夏光的成绩，低得连语文老师都不相信。成绩出来，夏光不服，老师更不服，申请复查分数。最后才被告知，原来他高考作文背了题，仅得了三分。

这样，我们均与心仪的大学擦肩而过，且分道扬镳。夏光的同桌远上东北，我南下上海，夏光最近，去了西安。高考结束后，我们自顾不暇地离开家乡。校门口那家让人魂牵梦萦的牛肉面馆终于恢复营业，但我们却没能聚在一起，哪怕是吃上一碗面条。

老同学的《自选集》

那几年，不知怎么，文科生突然很热衷于报考法学专业，大概觉得它与律师、法院、检察院有某种亲缘关系，听起来颇有前途。夏光就在家中长辈的安排下读了法学。大学第一、二年，我们保持着稀疏的通信，第二年结束时，他通过邮箱发给我一本不薄的册子，我打开一看，首页五个粗体大字《夏光自选集》，差点闪瞎了我的双眼。

我一页页翻看他的集子，其中几篇是这样开始的："夏光问：法的精神是什么？夏光答：亚里士多德曾经说过……"读着他的自问自答，我的耳边仿佛自动播放着他一本正经的男中音。我的老同学才十九岁，《自选集》就是语录体了，定会前途无量啊。《自选集》里还有些读书笔记，对法学一无所知的我就跟着他认人名、背书名，一来二去也知道了几个著名法学家及其代表作，说出来还能唬人。《夏光自选集》里最吸引我的，是他参加的虚拟法庭的实录及其总结。其中有一张照片，是个瘦小清秀的女孩，夏光说，这是他的女朋友，苏州人，虚拟法庭就是他们一起组织的。它也压根不是专业课作业，而是几个法学爱好者的课外活动。大学二年级的我，自己都在本专业到底是做什么的问题里迷茫着，可夏光却好像得了神启，学科理想无比丰满，组织活动，做虚拟辩护律师，最后还结集，顺带有了女朋友，俨然已有年轻法学家和社会活动家的风范。翻着这本《自选集》，我不由羡慕，又有点说不出的嫉妒——这个夏光，这个当年闻着牛肉面味狂咽口水，却操心着国家大事的人物，虽然遭遇了高考滑铁卢，留在西北，但阳气不衰，才气隔着屏幕都辐射到了中华东南。那句老话怎么说来着？"士别三日，当刮目相看"，何止刮目啊，他的进步实在灼人，我的眼珠都要掉下来了。

午夜老司机面馆

我几乎肯定夏光将来要进入律师行业了，而且不会偏安于家乡。天上的飞鸟，怎会甘心于稳定的牢笼之中。夏光也说，将来毕业之后，想在西安做律师，而我甚至毫不怀疑，再过几年他会有自己的事务所，说不定还会去北京追随那些公益律师们。而那时迷茫的我，依然没有对未来的计划。

大二暑假，我去了家乡一个新闻单位实习，每天对着稿件改错别字，帮着记录群众来电，中午就指望着单位楼下一家著名的牛肉面馆过活。实习期间社会上也算风平浪静，唯一遇到的大新闻，却是单位自己的——我们的主编，一个闻名本地的"大才子"，居然连续失踪多次。一会儿说他跟领导喝茅台宿醉了，一会儿又说他嫖娼被抓了。当然这个实习也有好处，那就是让我最终做了决定——毕业以后不再回乡工作。

再次见到夏光，已是大三寒假。我开始了社会调查的生涯：过年时记录一个庙宇彻夜的仪式。夏光听闻此事，坚持要晚上十一点来庙里帮我。我们拿着相机，挤在人群最前面。我跑得快，早已占据了有利位置，夏光穿着棉衣圆滚滚地也想追上我，主持仪式的老人此时已经立在供桌旁，回头见到夏光跑，对他厉声斥道："跪下！"

夏光此时好像犯了重罪，"扑通"一声就跪倒在供桌旁。

在这大地结冰的正月，寒风肆虐的午夜，夏光就一直乖乖跪在地上，在悠长又庄严的音乐中，冗长又肃穆的祭祀文告声里，他几乎一动不动，一本正经地一直盯着祭祀队伍，跪得像个孝子贤孙，完全进入了角色，连照相这事都忘了。他那原本两团高原红的脸，也被寒风吹得紫红，用我们当地话说，"冻熟了"。

整个仪式结束，采访完毕，已是凌晨三点多，夏光的腿被冻得都不灵便了。我们走出庙门，他指着远处说："走，牛肉面。"

沿着街道向前走，有家通宵营业的牛肉面馆，位于交通要道的交会处，是深夜跑车的司机饱肚、暖身、驱赶寂寞的地方。走进面馆，一团热气一下蒙住了我的眼镜。这么多年过去，虽然曾设想过多次一起吃牛肉面的场景，可万万没想到居然是在正月的凌晨。没有人排队，我们快速付了钱，领了面，夏光端着碗乐呵呵地走过来——白色大瓷碗里漂着鲜艳的红油，翠绿蒜苗叶和香菜叶新鲜可人，鹅黄色的面条静静卧在汤里，安稳地好像在做一场美梦。面馆的白炽灯下晕着一层青色的缥缈的烟尘，那是吃完面条的司机在座位上抽了一口又一口的烟。其他人也只是"呼呼"地吸着面条，有一句没一句地说着话。这深夜的牛肉面馆，与白天的热闹、喧嚣和急迫完全不同，一切都好像是慢动作，人们吃得从容、隐秘，甚至安静。就好像有些事，有些人，白天光鲜亮丽，可唯有在沉静的深夜里才能发现他们的本质。

夏光揉揉腿，叹一声："哎呀，终于坐下了。"

"刚才你跪得真是认真啊……"我笑道。

他用手掰开一次性筷子，一本正经地说："我没办法！那老汉那么大一声叫人跪下，我一看，跟你跑根本来不及。再说，人家都跪下了，我咋能不跪呢？"

夏光说完，嘴角翘起笑了，不知道是不是说了个笑话。

"奇幻"牛肉面事件

后来我们都忙于毕业，联系也少了。一年后我继续攻读研究生，却听说夏光最终回乡工作，做记者，专门采访地方领导。他的决定让我有些吃惊，而他在电话里并没有细说。

暑假回家没多久，夏光一大早就约我出去吃早饭。

好久没见，工作了一年的他脸上的高原红依然深厚，只是不知怎么，多了些欲言又止的神情，说起话来也吞吞吐吐的，虽然还是一本正经，但说完后却沉沉地笑一下。

我们走进市中心一家牛肉面馆。这里很干净，一律是四人连体桌椅，白色塑料桌子，橘红色小椅子，有点像学生食堂。人并不多，我们捡了大堂中央位置，远远能看到落地窗外，行人或急或缓地一一走过。

拿面坐定，见夏光开始剥蒜——牛肉面馆的桌子上常放一个小碗，里面是粒粒生蒜，家乡人喜欢在吃牛肉面的时候佐食生蒜。我便开始迫不及待地问他工作的事，问他为何不留在西安。夏光一五一十地回答道："这是家里的安排，我没办法，家里硬让我回来。"

"那你不打算做律师了？你那么热爱法学！"

夏光认真地说："这个工作我先干着，一边干一边准备司法考试，等我过了考试，就再回西安。在家这边也不是个长久之计。"

　　见我不言语，只低头吃面，夏光忙补充道："我现在也就是个实习记者，我发现记者这一行要学的门道还挺多的，我刚进去，就先跟单位几个老人学学吧。"

　　"那你留在这边，你女朋友呢？"我忙问，脑海中还是那个和他一起组织虚拟法庭的，秀气小巧的苏州女孩。

　　"分了。她回苏州了。"

　　夏光说完，咧嘴尴尬地笑了一下，然后埋头继续吃面，也不说缘由。过了一会儿，他才自言自语道："唉，其实说起这个事——你知道高中那会儿我为啥跟你们坐得好好的，突然换座位吗？"

　　没想到他突然提起高中，我摇摇头。

　　"那个时候我是真的喜欢我同桌啊！真的喜欢她！可她……调换座位以后，把我难受得……唉，不说了——她现在完全变了。"

　　摸不清他为何提起此事。我寻思着，也许不成功的爱情，真的不能放肆回忆，一提起就好像点燃一串鞭炮，引爆一年又一年郁结的心事，将自己一层层炸伤。我也不回答，继续吃我的拉面，一口口地喝汤，准备继续听他倾诉。

　　突然一句话劈头盖脸下来："老同学你知道吗？我嫖娼了。"

　　"啥？！"我差点没被牛肉面汤呛死。

　　"我嫖娼了。"他一本正经地又重复了一遍，嘴角居然流露出一丝笑意。

他这是又跟我开玩笑吧？

"你知道我去哪儿嫖的吗？"他又恢复了一本正经。

"你去哪儿嫖的？"我终于料定这是个玩笑，准备顺着他把笑话演到底，于是我也笑着说，"像你这种刚工作的实习生，又没钱，还能去哪儿？路边亮着粉灯的美发店呗。"

他笑了，突然显出让我有些迷惑，却自豪的神情来："我给你说，乾泽宾馆！"

"乾泽宾馆？！你说笑吧？"这回我真忍不住了，看他的玩笑水平这些年毫无进步，现在居然退化到了拙劣的程度，我都演不下去了。乾泽宾馆是家乡最早建立的宾馆，也一直是本地最高端接待服务的代表，自我记事以来，凡有政界要人、商界领袖、文化演艺界名人到来，都会被安排入住乾泽，这里也开过许多重要的省市级会议。我于是笑道："夏光，你也不想想，那是政府招待所，你在里面嫖娼？你做梦啊你？"

"政府招待所怎么了？还不能叫人嫖了？"夏光见我不相信，突然急了，"我给你说，那里面不是有洗浴中心吗？洗完桑拿，就有人来服务的！"

他于是跟我详细讲解了洗完桑拿怎样隐秘叫小姐的流程。这番叙述终于让我相信，刚才的他并非说笑。可我还是想继续确认一下，于是问他："那你自己去的？"

"晓木请的。"晓木是夏光的好友，我们高中同级不同班的校友。夏光常常和他在一起玩，也数次提起他。

"晓木也嫖？"

"他胆子可大了，以前上大学的时候寒暑假回家，女朋友还在北京呢，他跟他爸说一声出去游泳了，其实就是去乾泽宾馆嫖。"

"他叫你嫖你就嫖啊？"

"啊。他硬叫呢，我也没办法。我看他嫖，我也就……"他笑得很尴尬，"其实我也有点不好意思。嫖的那个女的还比我大，还是孩子的妈，刚开始真的不好意思。"

这句话一说出来，我终于确定，夏光没有跟我开玩笑。玩笑是放浪的，而真实是收敛而羞涩的。我望着眼前这个老同学，实在不能把眼前这个他与先前的形象联系在一起。此时我胸中一口冷气百转千回，吃下的面也在胃里闹腾了，头顶却似乎有一团明火在烧。我尽力在大庭广众之下压低自己的声音："夏光，你……你怎么会嫖娼？！"

他脸红彤彤的，一言不发。

"那是一个孩子的妈啊！"我感到自己的气都喘不上来了，"一个可怜人！……要不是走投无路，谁去做这个？……你以前那么崇拜公益律师，他们不就是给受欺负的可怜人说话吗？可现在，你怎么会……"我气疯了，话都说不出。牛肉面碗横在我面前，几根面条泡在汤里，碗也显得空落落的，没有一点回音。

夏光的脸上带着我难以描述的复杂神情。自责？自豪？自傲？说不清。他突然笑了："唉，你这娃还小，你是没进入社会。"

我当时并没有理会他的回答，自顾自地劝解道："夏光，咱没女朋友没关系，可以慢慢找，如果因为你情场失意，又被朋友影响第一次嫖，不要紧，这一次后，咱别干了。好好找个女朋友，正正经经过日子，好好考你的律师资格证，实现你的梦想。"

　　夏光突然叹了口气："唉，老同学！我给你说，这一年，我自从干了记者，跟着领导，见的事情太多了——有些事情真是……有时候我都想把它们写下来。"

　　我不依不饶地盯着他，夏光大概觉得我的目光仍然在讨要说法，他压低声音，终于大胆地说下去了："你想想，领导带你下基层，他们讲的话你都要记着，他们要吃饭你也得陪着，他们吃饱了业余活动，你也得跟着。山珍海味吃完了干啥？洗桑拿！洗完了干啥？去嫖娼！领导请你，你不干，不就不给领导面子吗？明面上我是记者，实际上跟着他们我啥都得干！"

　　两双筷子各自横在碗上，我们彼此都吃不下去了。

　　身边买饭的人来来去去。我们这里却好像时间结冰，我不知道说什么，只好抬头默默看着面馆顾客，这时，从取面台走来一个彪形大汉，一米八五左右，挺着大肚子，端着一碗面，乐呵呵地对准我们斜对面无人的连体桌椅，一屁股坐下了。

　　就在这个瞬间，发生了一件自我吃牛肉面以来最为"奇幻"的事情，好像是三流电影和蹩脚文学剧本里刻意编排好的戏剧化场景。随着大汉的落座，连体桌椅突然受力不均，"轰隆"一下翻了个底朝天。大汉摔得斜躺在地上，牛肉面更不用说，碗也破了，面洒了一地，红油肉汤飞溅四处。众人已经惊呆，迟疑了几秒，离他不远处的夏光喊了一句"哎哟！摔坏了！"逃离了我们的桌子，起身去扶。

看着他的背影，我不禁有些恍惚，这应该是我熟悉的那个夏光吧？

那碗面后，我们在十字路口分别

夏光和我，终于在十字路口分别，各回各家。

临别时分，我又念叨了一句："夏光，你别嫖娼了吧。"夏光搓着额头无奈地一笑，没有回答。

公交车上，人们一站站上来，又一个个下去。虽然他们乘着同样的车，但是终究由于目的地不同而分道扬镳了。这是夏天的七月小城，车道两旁绿叶葱郁的国槐树已经落了一地粉绿色的碎花，大二的夏天，我也曾踩着这样的碎花去新闻大楼上班。转眼间，新闻大楼也映入眼帘了。曾经的我，原来也和夏光一样是新闻行业的实习生啊。

想起实习期间让我断了留乡念想的那天——我负责记录群众来电，有个大妈带着哭腔打电话说，他的儿子得了尿毒症必须换肾，好不容易等到了肾源，可是钱不够，家里砸锅卖铁，东借西凑还少一万五千元。病人这阵子就住在西安的医院，等着做手术，她走投无路，知道我们单位有个群众热线，专门解决市民困难，所以只好打电话，问问媒体能不能帮忙呼吁一下市民捐款，他们将来一定全部归还。

我留了大妈的联系方式。

主编头天又陪领导喝茅台去了，下午才宿醉归来，一听就说："这种事情找我们新闻单位有啥用？这种事情太多了，后面的治疗还要花钱呢，最后没完没了。我给你说，这些人真的是麻烦死了！"

"一万五千块钱，人就在医院等着救命啊！主编，这不是我们写几个字的举手之劳吗？"我问他。

他瞪了我一眼，厉声斥道："你别管！"

过了几天，主编在另一个区因嫖娼被扫黄大队抓了。失踪了一阵又被捞回来，继续做着主编，似乎一切都没有变化。

看着新闻大楼从我视野里远去，想着实习的经历，我的心头越来越紧——夏光，未来的夏光，我曾经有志于法学的老同学，在家乡新闻单位的浸润下，会不会也成为第二个"大才子"主编？可是我们刚才，不就吃了一碗普普通通的牛肉面吗？怎么一碗面过后，一切仿佛都变了呢？

回到家，我妈问我："你的衣服咋啦？"

我一低头，白色上衣胳膊处好几滴红油点儿。细细想来，原来这是牛肉面馆里跌倒大叔摔破碗的"礼物"，我忙换下来，使劲儿地搓洗，可油渍却好像长在了上面——好好的一件白衣服，再也洗不干净了。

最后的消夜

许久不和夏光联系，我们各自奔忙。两年后，他跟着领导来上海看世博会，顺便做做采访，来去匆匆。晚上十一点，他结束工作，说要来见我。我以时间太晚了为由推脱，想敦促他赶紧休息。可夏光竟打着车，横跨了半个上海，来到我学校门口，非要跟我说几句话。

但这里没有深夜开放的牛肉面馆。

他来了，无非先报告这些年工作所学——单位的实习生貌美如花，其中一个还追求他。洋洋自得地说完这些，他停顿了很久。

"老同学啊！"他的神色突然紧迫起来，皱着眉头，又强装着笑容，好像他这次这么着急地深夜打车来见我，就是为了这个问题。他用手轻轻搓着圆圆的额头，额头浮起了一丝丝皱纹，像是疑问，又像是无奈，一个声音闷闷的："你说我现在到底该咋办啊？"

原来先前的话只是暖身，这才是重点。就好像从前先是玩笑，最后才说真话。可是，我的答案他早已知晓，他的决定我也了然于胸。即使知道，人们还是要提问——提问，有时是在拷问自己。

"你什么怎么办？"我明知故问。

"我咋觉得，我现在越陷越深了……"夏光双手扶着头，咧嘴苦笑着，这倒重新燃起了我的希望。

"你悔改吧！"

"咋悔改啊？"他问我，倒显得一本正经。

"放下屠刀，立地成佛，洗心革面，重新做人。"我继续玩笑。

"能说具体点吗？"夏光无奈地笑了。

他这样一问，当年牛肉面馆里劝他的那个我又回来了。他或许能改？我于是又情绪激昂起来："自救！你写作也好，就当你是沉沦作家，体验生活，把你遇见的事情写下来，写完就辞职。要不你辞职考律师资格证，再回西安，重走你的律师之路。总之，你离开家乡吧，在那里再泡下去，你就完了！真的！"

夏光不好意思，又为难极了的样子。过了一会，他嘴角翘起微微一笑。

"你也改吧！"

"我改什么？"我有些迷惑，又有些吃惊。

"不要为有些事情，忧国忧民，中国这么大，事情这么多，发生一件你忧虑一下，愤慨一下，每天整得自己情绪不好。"

我叹了一口气，一时竟不知说什么好。又觉得他想转移话题，忙追问道："哎，你悔改不？"

夏光嘿嘿一笑，"悔改悔改。"

突然发现他笑得好像电视里维稳的领导。

第二天他走了，又回到家乡。后来我出了国，从此我们失去了联系。

又过了几年，我一个高中同学回乡过年，竟遇到了夏光，说他想要我的联系方式。我想了想，终究没有给他。说实话，我怕他又会远隔千山万水地追问："老同学，你说我以后咋办呢？"

他不知道，这个问题于我，已成了"世纪之问"，我年岁愈长，就越不敢回答，甚至连一句"你悔改吧"也不肯说了。一个年轻人在遍布陷阱的世界血气方刚地行进，往往会在不经意处软弱至极，而这些微小的软弱和当时的抉择累积起来，便构成了命运。谁能评判？又怎样悔改呢？

如今的夏光，已经娶了单位漂亮的女同事，生了孩子，据说还升了官，也做了主编——他大概快要和"大才子"一样，也成为地方名人了吧。

而我呢？真不知道哪一天，突然会跌入预设好的陷阱，也孜孜不倦地问别人："你说我以后咋办呢？"——正如夏光一样。

今后如果还能遇见，恐怕也不会去吃牛肉面了。那顿上海最后的夜宵，夏光见我要吃街边的麻辣烫，直嚷："你看，我要请你吃顿好的，你偏要吃这！"

可是，街边朴素的美食已经很好了，不是吗？那个高中时一起流着口水，凌晨时一起取暖的面馆，还有那时的我们：年轻、矜持，一清二白，宛若牛肉面清汤；脑中的点子、胸中的理想，三红四绿，活泼如牛肉面的佐料。可是，谁又曾料想，下顿牛肉面吃罢，人生的路口，我们已分道扬镳，无法回头。

背一棵香椿树去留学

理发哥和虾酱肉

留学生之间的友谊，往往从吃开始。

"哎，中国超市最近有一种越南的牛肉干很好吃，像国内的。"

"是吗？那将来一起去中超。"

或者更简单直接的："你吃辣吗？"

"我超爱吃辣，可是这里找不到好的辣酱啊！"

"嗯嗯嗯！"

瞬间引为知己。

更不用提那些周末一人一菜的聚会中所结成的异姓的兄弟情谊。留学生之间的友谊，开始得就是这样莫名其妙。

我和磊哥的友谊，也是这样开始的。

接近年关，留学生中便开始了两股"异动"：一是备办年货的买卖，二是理发的交易。天涯羁旅，许多人还固守着国内传统，即使圣诞元旦的大餐刚刚过去，采办年货却仍旧是件雷打不动的大事。同样，新年新气象，纵使一年发如飞蓬，头型猥琐，这时也要狠下心来，好好来一场理发运动。可法国最简单的理发，都要二十欧元起，对囊中羞涩的留学生来说，实在昂贵。于是腊月开始，留学生中那些学戏剧、拍电影、有舞美造型经验的人，便抢手了。舞台的表演，镜头前的准备工作，早已练就了他们理发的功夫。一次五欧、十欧，既为学生提供方便，又给自己改善生活。

磊哥就是我所在城市"技多不压身"的留学生中的一员。拍过电影，又读着博士。然而他理发，分文不取，但求美食一顿。

当然，磊哥的手艺，起初也仅限于男生。他自备剪刀、推子，上门服务，理个小平头，便能饱食一顿包子、大盘鸡、红烧羊肉。美酒几杯，便结成友谊。两个月后，又是同样一波头发长长的固定客户，如此这般轮回一通。磊哥不怎么会做饭，但凭着手艺，倒经常出入留学生家中，品尝他们带着四面八方文化熏习的私房菜。久而久之，他的声名便传到了周围小城镇的留学生群里。磊哥于是又背着自己的工具，跋山涉水、跨市跨省地推进理发事业。每次回来，都见他容光焕发，脸似乎又胖了一圈。

将近年关，找磊哥理发都需要提早预约了。

我拿起电话："喂，磊哥，我这边两个人头，腊月二十三有空吗？"

"二十三晚上可以。"磊哥用沉实缓慢的声音回答着，最后也不忘加一句，"菜要好"。

"放心。"

这一天，在我的家乡是亲人团聚祭灶的小年。我早已提前准备了家乡特色菜"虾酱肉"。制作虾酱肉，首先得选用上好的、略肥的五花肉，将它切成大方块，煮至七成熟，这时，肉块会略微卷起，稍稍膨胀，泛出一层白光。然后，在肉皮上抹上蜂蜜或老抽，在肉上切些横竖花纹，放入锅中油炸——再次出锅，肉内多余的脂肪已经渗入热油中，肉皮却金灿灿的，泛着又小又酥的泡泡。肥肉黄白透亮，瘦肉粉白诱人。切片，拌上咸香的虾籽酱和炒面混合成的酱汁，整齐地码好放进瓷碗中，再加上葱姜蒜和干辣椒。然后用盐水和面，擀出一片圆形面片，封住碗口，最后上锅蒸。虾酱肉的制作，对留学在外，工具缺乏的我来说，算是一项和理发一样费时费力的大工程。

磊哥到我家时，虾酱肉的瓷碗刚刚放入热水中开蒸。

把报纸中间撕开一个孔，套在我肩膀上，磊哥便开始了工作。

"剪短一点就好。"我对他说。

磊哥下剪缓慢，好像边剪边思索着天文地理、艺术哲学。我旁边的师妹忍不住问道："磊哥，你到底给女生剪过头发没有啊？"

"在国内拍电影时女生的头发都是我剪，在这里你们是第一批。"

师妹瞪大眼睛，紧紧盯住磊哥的剪子，生怕他哪里出错。

"这个头发还要再短些，你的脸型，短一点儿好。"磊哥剪一段，停下来，对我慢吞吞地说。

炉灶上的虾酱肉这时已经开始散发出肉与虾籽混合的诱人香气。

"好香啊！"他忍不住叹道。

"磊哥，你得好好剪，待会儿有好吃的！"师妹既是威逼又是利诱。

磊哥把我齐胸的长发剪得齐肩了。

剪着剪着，虾酱肉的味道随着白色的蒸汽已然在我的小屋里弥散开来，进入每个人的鼻孔，挑逗着我们大脑神经中负责吃的部分。或许这个部分同样连接着人类的创造力，只见平时慢条斯理的磊哥突然激动起来："有了！"他叫道，"你这个脸型，其实最适合创意发型。左边头发齐耳，右边及肩。你看怎么样？"

一片肉香中，磊哥已然艺术家附体。

而肉香入脑的我，肚子饿了，大脑中负责判断力的部分也迟钝了，可胆气居然上升，竟跟着附和道："好！剪！"

一片蒸汽里，磊哥的剪刀飞快起来，不一会儿就完成了我和师妹的理发大业。镜中的我，果然从齐胸长发变成了左右不齐的短发，而师妹则抵制了肉香的洗脑，仅剪短了一寸。

当虾酱肉最终出锅，倒扣在瓷盘上，揭开瓷碗时，只见一座圆润饱满，散发着香气的焦黄色肉山，覆盖在如同雪后山峦那样略微起伏的面饼上，混着虾酱的肉汁在肉山边缘汩汩流出，磊哥不由得惊叫起来。他激动地抓起我的相机，好像拍电影一样变换角度。"这样拍更诱人。你看，肉上面一闪一闪的！"

我瞥了一眼，照片中的虾酱肉，果然像从美颜相机中走出，氤氲在一片神秘诱人的雾气里，好像一场大片的序幕。

那天的虾酱肉，我几乎一口都没吃。磊哥在虾酱肉前埋下头，一筷子连着一筷子，好像一只饥饿的老虎。

从此以后，磊哥开始对自制肉食有了兴趣。我最后一次和他通话，他正坐在前往南法的火车上，手里端着自己刚煮好的一块肉。他早上起来不久，就开始练习卤肉技艺，并预订一周后去南法旅游的火车票。可订完却发现，他错订了一个小时后就出发的火车票，且不能退票。于是磊哥毅然端起卤肉，匆匆忙忙赶到火车站——这块肉，是他当日乘火车的唯一行李。

十几天后，他离开法国，前往美国游学。没过多久，我便收到一张照片，上面一枚热气腾腾的东坡肘子，之下署文："此肉可与姐的扣肉相媲美！"肘子卖相好，也被拍了大片，一闪一闪亮晶晶，或许它也是某个留学生的私房菜？难道，磊哥又把自己的"理发换食品"的事业，延展到了美国？

从此，我再也没见过磊哥，也没听过关于磊哥吃肉做肉的一切故事。只是磊哥刚走后不久，我突然在路上遇见一个发型和曾经的我相似的中国女孩——左边长发齐耳，右边及肩，彼此都有些惊讶。

"你好！"我朝她叫一声，她也好奇地看着我。

"你这头发……你认识磊哥吧？"

"嗯嗯，是他剪的！"那边拼命地点起了头，竟有些莫名地激动，好像在他乡遇见了故知。

法国的笋和春天

星期六早上，老许像往常一样去超市，看那里有没有新鲜猪头出售。而我却心心念念地去看他。

老许，物理学博士。刚来法国，身上带着的唯一电器就是电饭煲。法国插座与中国插头不匹配，可老许一点儿也不急，拆开电饭煲，改装了电路，不一会儿，就把电饭煲换上了法国插头。没过多久，香喷喷的大米饭也煮好了，老许一边吃饭，一边笑道："这简单，初中物理！将来回国，再把它变回去。"

老许转换电饭煲的傲绩还没结束，他烹制猪头肉的令名可先传开了。

猪头肉，在这个吃货满盈，擅长食用猪脚和牛脸的国度里倒不陌生，但也并不大众。超市的肉柜角落常有，极其便宜，多用保鲜膜包在塑料泡沫箱子里，被劈成两半，猪头眼睛紧闭。对于我们这些小打小闹烹调的留学生来说，猪头肉绝对算得上是硬菜。首先，解剖就是一个大问题。至今我也不知道刚来法国的老许是如何在自己一米见方的灶台上，用菜刀将硕大的猪头劈成块，再放进自己的小锅里烹煮的，当我去看他时，同行的女留学生脸上一副惊恐的表情："啊，老许，一个大猪头，血淋淋的，你不怕吗？"

体形文弱，戴副眼镜的老许这时又眯眼笑道："这有什么怕的，我们老家，杀年猪你见过吗？好热闹的！猪头肉好吃啊！"

因我无限佩服老许的吃货精神，总在一起吃饭，我们也渐渐熟了。老许好客，见人来，总从柜子里拿出在酒展免费获得的高脚杯，再从纸盒里掏出自家种植的碧螺春沏上。老许家的茶，和带着商标的高脚杯竟莫名相配，饮着饮着人也不由醉了。老许便开始掏心掏肺地讲他家乡的故事，那是浙江临安山野里的神奇传说：故事里有大片的竹林，一山连着另一山。竹林里的冬笋憨实、春笋新茂，一不小心会碰到和竹叶一样青碧的毒蛇，或是密林里来回游荡的野猪。那里有咸肉、草鸡、山核桃。咸菜的叶子碧绿，炒肉可算作人间美味。我们就这样从野猪说到笋干，蘑菇说到火腿，一道菜说到另一道菜。虽然在异国他乡，这些是远远见不到的，但仅凭语言，精神上也得到了些许安慰。老许说到沉痛处，总是拍着桌子，口沫横飞："姐，将来你一定到我老家去！我老家的东西好吃啊！"

于是我常常憧憬回国之后，能去深山老林的老许家待些日子，做一个专业吃货，以纾解我对笋和咸肉的无限乡愁。

春天的一个傍晚，老许神神秘秘叫我去他家吃饭。

刚进楼道，就闻见一股异香从他家的方向飘来。

我冲进门，只见老许宿舍的炉灶上小锅浓汤沸然，锅里的几团瘦肉旁，竟围着和他手指一样粗细，筷子一样长短的黄色植物。

"春笋！"我几乎是惊叫出来，"哪来的春笋？！"

在这里，中国超市的笋都是密封制品——冬笋装在铁罐里，软了，糯了，呆呆的一团，春笋则是真空包装，打开有股特殊的臭味。炖汤，炒菜，这股臭味便会在不通风的屋内停留几天。然而老许这里，竟然有新鲜的春笋，我一时对他刮目相看——这位改装电饭煲，制作猪头肉的专业吃货，不知通过何种方式神奇地变出了春笋。

吃完晚饭，天色还亮，老许便同我出门散步。学校的围墙边是一米宽的土壤，里面种着月季和紫藤，沿围墙走下去，这土壤带也变成两米多宽，一直延续到学校后门。老许蹲下来，掏出手机照亮了竹林，我一眼就瞅见林子深处的枯叶中，赫然冒着一只又一只紫色的尖尖的春笋头。

"老许，这里有笋！"我再一次惊叫起来。

他不慌不忙地钻进林子，挖出一棵春笋，它有上臂那般长短，青紫色的笋衣紧紧包裹着自己，根部露出鲜嫩得渗出汁水的黄白色断茎。那断茎呈一个"O"字，好像一只惊讶的嘴巴，讶异于这片春天的秘密被人发现。

那天散步回去，我们手里的春笋已有五六根，老许坐在桌前，从笋头上熟练地一拧一转，顷刻间，笋衣便一层层剥落，露出黄白玉般的笋心。我也学着他的样子在笋头上一拧，笋衣尖利的边缘却差一点划伤手指。老许见我手笨，就不厌其烦地教我剥笋的窍门：

"我在家里都干这些啊——挖笋，剥笋。这简单！"老许又笑眯眯的。

这个春天，我因为有了竹笋吃，而感到相当幸福。

春雨一下，老许就站在学校宿舍阳台上，望着远处嘀咕着，明天笋又会长出来，但吃笋也就这么几天喽，过些日子笋就老了，变成竹竿喽。说这话的时候，好像眼前一座座现代建筑可以忽略不计，老许目光百丈穿楼，一眼就望到了学校那头的竹林——那是自家田里的事情。

这个春天的末尾，老许带着我，采了最后一次笋，他似乎已经比学校的园丁更熟悉这片竹林。有些地方，竹笋密布，易于进入，他却告诉我，这里绝对不能动，因为动的话会影响来年竹子的长势。有些地方，很难进入，他又像一个老农民一样，钻进去，好不容易采到一根，然后擦一把头上的汗水："这个地方竹林太密，必须挖笋，而且今后园丁必须砍掉一些竹子，否则来年竹子都要枯萎。"老家有竹林的他紧守着来自家乡的挖笋规矩，也教给了我这个吃货来自故国的乡土经验：不时不食，顺势而食，尊重自然，节制采摘。我一时有些恍惚，不知这片土壤上长出的竹林，究竟来自哪片国土。在法国，竹子是观赏植物，是东方禅意的象征。而老许自成的宇宙里，这里却是他无限乡愁的寄居之地。

笋的季节很快就过去，老许学校的竹林成了我们的禁地。时节过去，就要休养生息。他仍旧尊重家乡的习俗。

夏天来了，又是一个傍晚，老许神神秘秘地约我去家附近的公园。

走着走着，看见一丛又一丛茂密低矮的植物，叶子宽大碧绿。他又好像见到故人一样扑过去，双手摩挲着叶片："看，竹子！"

啊，这半人高的阔叶植物也是竹子吗？

"有竹笋吗？"我条件反射地问。那竹子太密，竹竿比筷子都细，如果有笋的话，想来也无法食用。

老许大叫："这是包粽子的竹子啊！"

那年的端午节，我第一次吃到竹叶包的新鲜粽子。老许把一片竹叶熟练地一折，装上糯米和酱肉，又为了照顾我的北方口味，有些塞入了红豆。粽子依旧在他的小汤锅里煮，二十八个，玲珑秀气，一口一个。

这一次，粽子的美味几乎支撑了我的整个夏天。我第一次在法国清晰分明地感受到中国山川植物季节变化的节奏，这感觉是来自山野的老许带来的。

夏末的一个傍晚，老许又神神秘秘叫我去他家。

我知道他又发现了好吃的。一进门，就见桌子上团着一只硕大的灰黄色刺球。

我惊叫道："老许，你要吃刺猬？！"他一定是在花园里捉到了它。这个山里的野孩子，还有什么是找不到，吃不到的？

老许狡黠地眨眨眼睛，故意作应允状。见我震惊得无话可说，他突然从手里神奇地变出一些黄白相间的金银花来。"刺猬是路过学校花园时抓到的，你没见过吧？给你看看，吓吓你，一会儿我就去原地放生。金银花好，晾干了可以泡茶！"

他把金银花塞给我，抱起了团成球状的刺猬，好像抱着一团白云。这个场景至今仍深深定格在我的记忆里，这一刻老许的宿舍已然消失，我们身后漫山遍野的竹林散发着清香，竹林里竹叶嗖嗖飞过，野猪哼哼飞跑，这里，是老许的家乡。

老许离开法国的时候，给我留下一口锅，三个盘子。他曾经用这口锅煮过猪头肉、竹笋炖肉和粽子。盘子则从法国朋友手里传给他，最终到了我跟前。我从老许手里郑重接过了盘子和锅，好像继承了他的衣钵。从此，那片法国公园和学校内隐秘竹林的故事，便完全交给了我。以后春夏季节交替中，我也会默默学着老许百丈穿楼的目光，在我家的窗口想念学校花园里正在嗖嗖成长的春笋、竹叶，想念那只没有被吃掉的小刺猬，或许它至今仍在盛放的紫藤树下，悄悄地觅食，默默地游荡。

香椿的浮沉身世

军哥和庆哥刚来法国求学时，临时住在同一间宿舍。

他们都是山东人，军哥学物理，庆哥学生物；军哥纤瘦，庆哥壮实；军哥拘谨，庆哥从容。生活中二人几乎形影不离：庆哥去超市，军哥就跟着；军哥去公园，庆哥也随着。我曾经一度想起庆哥，脑海中必然浮现军哥的影子，听见军哥的声音，也不忘问一句庆哥在哪儿。初来法国的二人，黏在一起的固定形象，譬如牛头和马面、白无常和黑无常，总是这样成双人对，不可分割。

一到法国学校商店关门、街上悄无行人的周日下午，庆哥和军哥就在屋里琢磨，究竟该吃点什么好，但商来讨去，二人也并未发明出什么特别的东西。后来他们各自有了单身宿舍，周日下午，又分别不约而同地关在屋子里，琢磨着吃食。而这异国他乡单身的寂寞，最容易产生无限的想象力和创造力。二人的"分居"，却也不经意间引出了许多美食的缘分。

周日下午的军哥，如果突然在群内不言不语，我们就能猜到，他或许在做好吃的了。他越行事隐秘，就越勾起我无端的好奇。摸准了点儿，傍晚时分，突然敲他宿舍的门，开门的军哥总是一副秘密被发现的慌张神情——他或许早已知道，以我为首的吃货团体言笑晏晏地无端降临，好比黄鼠狼给鸡拜年。看到我们，他一面极力保持自己的镇定，一面用瘦弱的身躯紧紧塞住门缝，以免我们看到他厨房内的东西。

可是，十几平方米的宿舍，还有什么不能一目了然的？家门正对的就是开放式厨房，食物的香气可没长眼睛，飘进主人的鼻孔，也飘进不速之客的胸腔。果然，我一进门就看到他的桌子上，堆了座馒头小山，一层摞着一层，这略微发黄的，手掌般大小的馒头啊！

在外留学的人，深知馒头这东西的技术含量。它是国内街头最常见的食物，但在国外，绝对是稀罕物。馒头的制作得花费大量的人工，和面、揉面、发面都需要技术，再加上蒸制的设备不全——想起新鲜的大馒头，留学生只能咽咽口水，或者用速冻的小馒头解馋，或者索性吃着面包，把它想象成馒头，以解乡愁。

猛然看见一堆大馒头，我和同学手也没顾上洗，一把抓起一个："军哥，给个馒头吧！"

军哥激动起来，侧着身体，紧紧护住了馒头小山："姐，姐，手下留情！一共七个馒头，从周一到周日一天一个，你吃一个，就少一个，少了一个，就少一天！"

看打劫不成，同学悻着，白他一眼，笑道："军哥，你也太小气了吧。"

人在国外，可吃的中国食物是极其有限的，正因为资源稀缺，留学生又都处在能吃的年龄，分享中国美食才变成了一个人异常珍贵的品质和许多友谊的起点，而任何私藏食物，拒绝分享的行为，都严重到足以破坏吃货间的情谊。

可是我们爱军哥，更爱逗护食的他玩儿，就连庆哥听到这样的事，也笑呵呵的，最后总不忘补一句刀："你看他老这样，所以我早就不跟他过了！"

军哥听到，抬高脖子，瞪大眼睛，朝着他的方向笑着喊："是我先不跟你过了！"

日子就在我们对军哥周日美食的侦察和反侦察中渐渐溜走了。暑假，军哥与庆哥又先后回了趟国。这一趟回来，他们都因饱食终日而容光焕发，又不约而同地带回了些"好东西"。

军哥带来的，是家里种地的亲戚包好的种子：香菜、小葱、菠菜……还有做厨师的亲戚配好的调料：卤肉、辣子鸡……

香菜、小葱在我们这个城市并不便宜，也很难找到新鲜水灵的，因此军哥决定自力更生——在花盆里种菜。

而庆哥也想到了一处，但他更高级——他带来了一棵香椿树。

说是树，其实只是一株小苗，颤颤巍巍的，根部裹着一点儿庆哥家乡的泥土。他把树苗用塑料布包裹得严严实实，装到箱子里托运，树苗坐了数十个小时的飞机，转了半个地球，居然还活着——为了那销魂一口，军哥和庆哥几乎都冒着被海关查禁的危险，做了一回"亡命之徒"。

来到法国后的香椿树，种在庆哥找来的陶土盆里，换上这里的泥土，倒也气息微弱地生长起来。看着香椿暗红色的几片叶子，我的眼前已然浮现出来年树苗的景象：香椿长高，再高，春天到了，它就发出许多嫩芽，摘下来切碎，就有了香椿拌豆腐、香椿炒鸡蛋，再过一年，它新的枝叶又生出来，长到花盆也装不下，就移植到邻近的山里，在风吹日晒的自然大化中，自由滋润地生长繁殖下去——从此，中国人在法国再也不愁吃不到香椿了，而香椿这道时令菜肴，最终也会进入法餐，会有香椿沙拉、香椿烤肉、香椿甜点……

庆哥总在这时极其严肃地喝止我的幻想：香椿树是不能随便种在外面的，自己吃就好了。法国没有这种植物，因为香椿繁殖快，寿命长，很容易引起生态入侵。

于是我又将希望寄托在军哥未来的香菜、小葱和菠菜上。

军哥的种子也在他的花盆里慢慢发芽了。

可是或许是营养不良，它们的体型过于纤弱，绣花针一样细的苗儿，一阵风吹来都能被压倒一片，军哥看着自己的菜，一天又一天地等待着，等香菜长长，就能拌上牛肉，小葱长大，就能拌上豆腐。那些嫩嫩的菠菜，也能做个汤。可是，这小小花盆的小小植物，究竟要等到什么时候才能吃呢？

军哥宿舍旁的不远处是一个自然公园。一条河流从旁边经过，那里土地肥沃、草木葱郁。园丁在公园中央的空地上开辟了一个又一个长方形的园子，种着玫瑰、郁金香、薰衣草。每到花季，群蜂往来、芳香扑鼻。公园角落处，寂寞地长着些绣球花、槐树、矮竹、日本樱，围墙边的野猕猴桃即使结了果子，也无人问津，因为这里林木深茂，离大路远，少有人来往。军哥晚上吃完饭，常常去公园散步，左看看，右看看，就看到了这块隐蔽的角落，于是他做了一个决定——为了他的种子，他要在这里垦荒种田。

经过几次踩点，反复观察后，军哥还真找到一块较为平整的草地，藏在灌木丛中间，又被树木遮挡。于是每天晚上他从实验室出来，吃完饭就拿上工具直奔空地。掀草皮，翻土，下种，浇水，一个人忙得不亦乐乎。

当然，军哥垦殖的故事，也是他后来才转述给我们的。行事隐秘的他，大概要等到香菜、小葱和菠菜做成菜肴，踏踏实实放进盘子的时候，才肯跟我们骄傲地炫耀他这些夜晚的行程。可是，种子发芽，长大，却在一夜之间，诡异地一半被埋，本来齐整的地也泥土四溅——有东西闯入了他的田地。

军哥那香菜拌牛肉、小葱拌豆腐和菠菜鸡蛋汤的美梦又远了。可是，小苗不还有一半吗？他又像一个顽固的老农民一样，轻轻刨去覆盖在小苗上的泥土，慢慢整理自己希望的田野。

那剩下一半的小苗虽遇浩劫，但在军哥细心的照顾、阳光的滋润下，又欢快地长起来了。

梦想中的菜肴近在眼前。

可是，一个暖风微抚的傍晚，当军哥再次站在田地前时，却发现自己的梦又碎了——田地再次被毁，小苗也折腰断茎，好像被什么动物用脚狠狠踏去，就连土壤也翻起来，散乱地堆着。

是公园里挖洞的老鼠吗？军哥终于着急起来，他急，于是便绕着弯子向我们询问是否在公园里见到特别的动物，也正因为他绕弯子的表情并不自然，他那公园垦殖的秘密终于暴露。

每天和小白鼠打交道的庆哥帮忙分析道："这不像是老鼠的行径啊！所有小苗没被吃，地上也没洞，老鼠没有毁田的动机啊！"

"兔子？"我突然想起自己曾在公园里见过一只飞跑的野兔。或许军哥的田地无意中侵占了一只"流氓兔"的领地，影响了它的出行，导致兔子阶段性情绪不稳，最后打击报复？

军哥不置可否，但他仍像一个坚定的老农民一样，每天去自己的田野里，想着清理土壤，再次下种。可当他再次于一个傍晚莅临田野，准备耕作时，却发现那里站着一个警察。

警察已经等他很久了。他严肃地问了军哥更多严肃的问题。军哥在紧张中慌乱答着，最后只听见警察说："这里是公共用地，你私自种植已经违法，特此提出警告。自行毁掉田地，下不为例。如有再犯……"

军哥没听懂如有再犯是罚巨款还是被抓起来。他终于明白为何自己垦殖的野地两次遭遇浩劫——他所信仰着的土地宽厚，不会让人失望。他所向往的耕读生活，也正在实现中。可他忘记了，脚下的土地，哪怕荒僻到连土地本身都厌恶了自己，也是有所有权的。

当警察高调地出现在他面前，屡败屡战的军哥那些新鲜香菜、小葱、菠菜的美食之梦彻底破灭。

兔死狐悲，唇亡齿寒，这边希望的田野覆灭，那边庆哥的香椿树也不见得多有生气。香椿出国已经好几个月，可还是只有两簇叶杆，也不落，也不长，半面生，半面死。

这种状况一直持续了好几年。我曾经问庆哥，是否他在春天吃到了香椿拌豆腐。庆哥总是特别悲凉地看着我，说："你看，一棵孤独的香椿和我住在一起。我去实验室，它就一个人，我回来，也没人说话，我看着它，它也看着我——叶子还不够我一盘菜。我越看就越伤心。"庆哥说这话的时候，军哥已经毕业回国。

庆哥最终还是没有在法国吃到不远万里带来的香椿，也不愿让它再在异国他乡饱受孤单的痛苦。于是据说庆哥回国那天，一把火烧了养了好几年的香椿树。

生物学博士的离别如此悲壮——树在人在，吃客走了，树又何依？倘若流落他人之手，随意栽植，最终给地球造成生态灾害，那就不好了。

不愿做生物殖民的始作俑者，这是一个学生吃货的基本修养。

而人在食在，人走食亡，也是我所见过的留学生吃货中最悲壮刚烈的故事。

开不出的年饭菜单

人在海外的永恒话题

小鱼的老同学军哥海归没几年，又要来法国访学了，临出发前问小鱼，"想吃点什么？给哥列个清单，哥给你带过来。"

问完还不死心，发来一碗杭州面馆的照片——面藏在四五种浇头下，几乎都看不分明了——浇头里，玉米粒大小的河虾仁裹着金沙蟹黄，油亮逼人；橘红色的小虾卧在浓白汤汁里，虾头尖尖，虾鳌细长，虾仁饱满，仿佛随时要从碗里蹦出来；六七个花蛤，淡黄色的壳张开着，蛤肉丰润，吸足了汁水；几杆嫩绿的青菜，闲散错落于浇头中间，宛若暖春之碧树。

小鱼咽了咽口水。

类似的"远程挑逗"，是小鱼和国内亲友最常见的对话模式。人在国外，大家生活没什么交集，美食便成了永恒的共同话题。

军哥神气地让小鱼猜这碗面的价格，可出国多年的她怎么都猜不准，嬉笑着败下阵来，叹了口气。

对于中国的美食记忆，已经是很多年前的事情了。那时，小鱼所在的法国城市里，中国超市由越南和柬埔寨人开着，缺东少西，就连短暂疏解乡愁的速食也不过只有一两种中国品牌的方便面、一些干货以及冷冻食品。零食不外乎是山楂片、瓜子和雪饼。

留学生要是馋了，只能发挥聪明才智，锻炼出无中生有的能力，才能勉强平息"中国胃"的抗议。

可近年，温州移民开的中国超市多了起来，里面聚齐了各路网红产品：速食螺蛳粉、凉面、凉粉、自热火锅、肉夹馍、馄饨，以及各类品牌零食：辣条、鱼片、珍珠奶茶……

聪明的中国商人甚至还不远万里，运来了法国本地不产的茭白、菱角、蒜薹、莲藕，虽然没那么新鲜，却足够时令，就连在德国河道里造成生态灾难的大闸蟹，也跨国引进，成了法国华人的美味。食材一多，加上小鱼又习惯了法餐，军哥让她列清单时，她一时还真说不上想吃些什么了。

不久后，小鱼参加聚会，一位杭州女生谈起自己怎样吃法国易得的食材，眉飞色舞的。看她如此会吃，小鱼赶紧问："过几天我同学从杭州来，你说我叫他带些什么好呢？"

杭州女生听罢，激动得两眼都放星星："哎呀！梅干菜笋啊！"

"就是那种笋条，拌着梅干菜？"

"对对对！梅干菜笋烧肉，不要太好吃。我现在说着口水都要掉下来啦！"杭州女生说着"扑哧"一笑，然后急迫地安顿道："笋干！叫他带笋干！"

"笋干要怎么吃？"

"笋干老鸭煲呀！"

小鱼还在想着去哪里能找只老鸭，女生又高声补充道："千张包！"

见小鱼两眼迷茫，女生忙解释："千张包呀，就是那种豆腐皮，里面包的都是肉，让他给你带真空包装的，你冻在冰箱里，一天吃一个，哎呀，不要太好吃……还有醉鱼、醉蟹、醉泥螺！"

"这些真空包装不是要冷藏吗？还有那些醉的生食，怎么带啊，飞机辗转都得十几个小时……"小鱼有些为难。

女孩眼里的星星黯下来了，脸上飞扬的肉仿佛都垂了下来："哎呀可惜啊，好吃的真都不好带啊……"

看着食单开得如此感情丰沛的杭州女孩，小鱼久已封存的记忆也被打开，曾经的她，也是如此热情澎湃地列着回家的食单。

带着糕点，回家过年

已经有十五年了吧，小鱼恍然地计算出这个时间，心头一惊。十五年前的冬天，她第一次带江南物产回家。那是她上大学后的第一个新年。

十八岁离家千里去上海求学，第一次回家过年，不论上海有多不适应，也还是要带些特产回去与家人分享的。想来年三十，一家人围在桌前吃年夜饭，凉菜鲜亮，热菜飘香，还有一个热气腾腾的暖锅，爷爷奶奶在上座，高兴地抿着小酒，如果桌上恰有她从远方带来的食物，就几可算作完美了。

那时，小鱼刚在学校订好回家的火车票——虽然是硬座，二十多个小时的车程，可她一点儿也不焦虑——她盼着回家，一天天数着日子。票刚到手，就兴致勃勃去采购了，不知带什么好，就问同宿舍的上海同学。

"上海回去的，总归带点杏花楼的点心好了呀。"上海女孩，说话轻轻软软的，话末"好了呀"三个字，让这件在小鱼心里重若千斤的事情轻松了许多。

"可杏花楼在哪儿呢？"

"你从学校后门坐车，坐到福州路总店好了呀。"

小鱼去的时候，满脑子都是那句"好了呀"，走路都要飞起来。到了杏花楼柜台，看见一条条糯米做的锦鲤，不禁有些出神。想抱条鱼回去，兜里的钱却不够，于是就在柜台旁边踟蹰着。

"小姐看看松糕吗？"一个中年女店员用上海话问她。

"嗯，我想买些过年回去能给全家人吃的东西。"小鱼用普通话回答。

店员马上转成普通话："那这个八宝松糕老划算了，里面是豆沙馅，回去蒸一蒸，年夜饭老人小孩吃蛮好的呀。"

那年的年夜饭，小鱼吃得幸福极了。

上海来的八宝松糕虽被爸爸蒸过了头，造型有些坍塌，却让家人觉得甚是新鲜。在小鱼的家乡，年夜饭上唯一的甜食就是八宝饭，可它糯米颗颗分明，米粒也不会被磨成粉再蒸，而上海松糕却更糯更甜一些，没牙的爷爷乐呵呵地咀嚼着，酒也多喝了几杯。

从此以后，每年过年回家，小鱼都会绞尽脑汁带点好吃的回去。直到大三寒假，奶奶去世了。

奶奶走后，小鱼每年回家就只带点心了。爷爷爱吃甜食，给他的，也一定是小鱼自己试过的——

沈大成的黑米糕，小鱼就喜欢它入嘴后从蓬松变软糯的过程，好像咬到一块带着黑米香气的又甜又湿的海绵，牙齿和舌头的快乐一并迸发。可要买，必须是当天坐车当天买，而且一定要买当日出厂的，时间略微一长，黑米糕就发干，会扎爷爷的喉咙。

绿豆饼，小鱼记不清什么牌子，学校超市里两块钱四五个，包在玻璃纸中。上下饼皮起酥，四周围着炸过的榛子碎，里面包着细腻的淡黄色绿豆粉馅儿，咬上一口，先是饼皮的油香，再是绿豆的鲜香，最后是榛子的浓香。

还有老城隍庙的橘红糕，指甲盖儿大小，质地紧实弹牙。奶白、绯红，仿佛是带着橘花香味的一粒粒小粽子，一口气就能吃下一袋。带着坐火车，定要买上三四袋，否则还没回家就吃完了。

不过，在小鱼带回去的所有甜食里，爷爷最喜欢的还是功德林的核桃酥。虽然吃每一样点心，爷爷都会点头称赞，可总有些不合口的会悄悄剩下来。爸爸说，只有核桃酥，爷爷每次在房间里踱步，都会趁人不注意，坐在茶几前，打开罐子，吃一粒龙眼大小的核桃酥。

听到爷爷如此喜欢核桃酥，小鱼每年就带好几罐回去，想自己一年在外再苦再累，看到爷爷开心的笑容，就都不算什么了。

那些年的海外年夜饭

若是军哥不说，小鱼还没有意识到，短短几年过去，曾经那个对美食如此敏感的自己，却一去不返了。似乎带什么都可以，也似乎什么都没必要带了。这个美食清单，还真成了一道难题。

很快，军哥要带美食来的消息惊动了小鱼的一众法国老友，他们纷纷叫嚷着过年相聚守岁。而众人中，唯小鱼善烹调。

刚留学时，其他人大多只会做鸡蛋系列，甚至不知炒菜干了倒油还是倒水，小鱼却早已做起了红烧肉和各式干锅，家常炒菜更是不在话下。

每次聚会，她总被盛情邀约，来的时候只带着好菜。遇上包饺子一类的大型饮食技术展示活动，她就是唯一的业务骨干。

小鱼也一点点从身边的中法两国人身上学到不少请客的派头和礼仪，虽然自己住的地方不到二十平方米，可请客前一周就会定好人数，询问每个来客的口味，冷热荤素，中西搭配，排好菜单，各处采购。像很多留学生一样，主业是学习，副业就苦练厨艺，遇上怎么都做不出来的中国菜，恨不得回国上个厨师学校。

可是，这些都是过去式了。

念着军哥要来，一众老友团聚，慵懒许久的小鱼反倒紧张起来——那开不出的美食清单上，或许可以加上年夜饭要用的食材，可这年夜饭，又该准备些什么呢？——努力回想之前自己在法国的除夕夜究竟是怎样度过的，却像是在寻找一场溺亡了的旧梦细节，打捞出的只是一些年份零散的片段、气味和声响。

上一年，她去高校工作的朋友家做客，带了瓶红酒，到了才觉得窘迫极了——其他被邀请的年轻人都带了自己的菜：一个来自北方的博士生直接把家里的电饭锅端来了，里面装着满满一锅大盘鸡，浅褐色的鸡肉，红绿辣椒颜色鲜明；一对刚刚来定居的年轻夫妇，带着自己做的红烧肉，土豆绵软，几乎要融化在汤汁里；主人则准备了凉拌海带、粉丝黄瓜，还包了些水饺，开饭时，又开了一瓶存了许久的好酒，几个男生一杯复一杯，喝得耳根子红彤彤的。

还有一年，也说不准是哪一年了，她和军哥的共同朋友老木，带着妻子和三岁的儿子来法国访学，大年夜就请了小鱼一人。

能干的木嫂足足做了十八个菜，小盘摆满了长桌。小鱼坐在桌角，感觉那些菜排着队，拉着手，仿佛一直要延伸下去。

在新疆长大的木嫂说，在她家乡过年，不管几个人，都是要准备这样一桌菜，而且还要有各式干果、水果，比这个排场大多了。她热情地招呼小鱼吃这个、尝那个，说是为了年夜饭，早上四点就起来了，卤了猪蹄，还蒸了包子。可那次小鱼自己什么都没带，至少，没有亲手做什么菜。

再往上寻，小鱼面前就好像横着一面又黑又冷的墙，每近一步，那墙散发出的凝重、寒冷的气息，就侵蚀她一层灵魂，最后连那些大年三十的片段，不论是气味还是声响都消失不见了。这些年的除夕自己究竟怎么过的，吃了些什么，再怎么努力都看不清了。

梦回儿时除夕

人的记忆真是奇怪，越切近的人事倒模糊不清，越长远的却细节分明。

闭上眼睛，小鱼能清楚看见小时候自己和爸爸一起准备年夜饭的场景。除夕早上，爸爸骑着自行车，载着她，往古城最西端的爷爷家去，他们慢悠悠穿过城里一年中最后的闹市：那些赶集的农民临近中午就耐不住性子，急着回家了，纷纷抛售手里的胡萝卜、土豆、白菜、菠菜，运气好的话，爸爸还可以抢到他们带来的野鸡和野兔。

而那些固定摊位的商家，则抓紧时间扯着嗓子卖着粉条、木耳、黄花、红枣等干货，而卖对联、花炮和祭祀品的摊点却能生意兴隆到最后一刻。人多处，爸爸就推着自行车走，小鱼一只手拉着钢架车座跟在后面，随着人潮在狭窄的街道上这里看看，那里转转。添置点儿年货，再看看吹糖人的、卖花灯的、写对联的，晃来晃去，到爷爷家已经是下午了。

午饭错过，小鱼的肚子好饿，爸爸怕爷爷知道他们没吃午饭着急，让小鱼瞒着爷爷，带她钻进厨房。他系上围裙，给小鱼戴个头套，就开始准备年夜饭了。小鱼拿着菜刀帮爸爸剁肉，嘴里时不时被塞进一些爷爷家早已备好的食物：馒头、炸油饼……

一锅胡麻油冒了泡，爸爸就开始炸肉了。一整块煮好的五花肉，皮上抹层蜂蜜，放进锅里，油花飞溅，爸爸擎住锅盖，小鱼躲在他身后，好像打一场仗。出锅时，肉皮起了泡泡，金黄酥脆的。

爷爷时不时推门进来，考察进度，顺便指导工作，奶奶常为此调侃道："别看你爷爷平时从不进厨房，但是做这些过年的肉啊大菜啊，还得你爷爷来。"

就这样，年三十的整个下午，小鱼都跟着爸爸一直炸丸子、炸里脊、炸带鱼，然后又端出那些又老又小的粗瓷碗，将肉片鸡块和鱼段整整齐齐码入碗里，蒸上两个小时，就是年夜饭上的腐乳肉、黄焖鸡、黄焖鱼和酸辣里脊。

所有菜里，爷爷最喜欢的是暖锅，围在蒸菜中间的银色锅子，里面炖着豆腐、白菜、肉丸、粉条，中间的孔洞里放一块煤加热。爷爷一边吃，一边叮嘱各位："等会儿窗户打开点儿，吃暖锅，小心别中毒了。"

小时候，小鱼年年都会出神地望着暖锅的蒸汽飘起来，在头顶成了云，爷爷客厅的玻璃上就覆盖了一层细细薄薄的水汽珠子。窗外的夜极黑，远处时不时传来鞭炮声。

那时候小鱼总想，天底下有多少这样的窗口啊，每一个窗口里，也许都有这样一家人，每一家人前面，或许都有这样一桌年夜饭，也许都有一个爷爷，没了牙，爱吃暖锅、肥肉和八宝饭，也都有一个小孩，看着玻璃上的水汽出神，正如她一样。

中国城，又遇核桃酥

凭着儿时的记忆，小鱼列出了一些年夜饭需要的食材，再根据朋友的建议多加了几个菜，一进腊月，她就时常去超市看看。

如果能在温州人的超市买到的，就跟军哥说，不必带来了。

这里的中国城其实就是横竖两条街，早早挂起了红灯笼，在头顶一排连着一排，好像天空中长出了一串串红珠子项链。她先进了一家自己刚来法国时常去的亚洲超市，越南老板正在柜台旁端着碗米粉吃，他比从前胖了一圈，见有客来，看了她一眼。

靠近收银台处，堆着一些过年礼盒，八角盒子分了几格，里面是椰丝、姜糖和各类干货，小鱼也说不清它们产自哪里，只觉得眼熟。很久不来了，这里仿佛是一个储存旧时光的罐头，依然放着张学友二十世纪九十年代的歌，小鱼一边走一边打量着货架上似乎完全没有变化的沙琪玛、越南酸肉、雪饼和香蕉干，过去的记忆一阵阵迎面扑来，她不禁有些恍惚。

看着走着，突然，她的目光落在最高处几个圆柱罐子上，熟悉的大红盖子，透明塑料罐体，里面一层层摞起来的烘焙小点心，圆滚滚、黄澄澄的，椰丝味、花生味，还有——核桃酥。

看见包装上这三个字，小鱼的心"噗通"跳了一下，愣了好几秒后，她踮起脚拼命去抓货架顶上那罐核桃酥。

"我的手臂怎么这么短？"小鱼恨恨的。她一碰罐子，核桃酥就往后退去一点儿，再摸，它就挤歪了旁边摞着的花生酥。瞬时，两三个罐子落下，砸在小鱼身上。

越南老板继续低头吃着米粉，小鱼觉得窘迫极了。跳了好几回，最终，小鱼自己整理好了货架，拿到了那罐核桃酥——并不是功德林的，但整个包装几乎完全相同，小鱼还想再找找，可发现这核桃酥是货架上最后一罐了。

抱着这罐熟悉又陌生的核桃酥，小鱼突然想起多年前那个腊月二十九的早上。那天，她房间里的灯光，也是这样的金黄颜色。

早上刚醒，打开手机，突然跳出来远在美国表弟的一条消息："爷爷走了"。四个字好像一记闷棍，打得小鱼愣了好几分钟。她随即双手颤抖着给爸爸打电话，先拨中国的区域号码，再拨爸爸的手机号，可不知怎么总会拨错：不是少了数字，就是输入错误。拨了好几次，终于通了，是妈妈接的，她叮嘱小鱼不要回来，现在从国外赶来，飞机、火车、汽车，光路上就要两三天，又赶上春运，票都买不到，回来也见不上爷爷，况且明天就是大年三十，爷爷就要下葬了。妈妈说她正在灵堂忙，没时间跟小鱼解释，两三分钟就挂了电话。

听完电话，小鱼脑中空空，浑身发僵。

大约一个小时后，是她人生中第一次主持法语讲座。那时，她在法国服务留学生的慈善机构做志愿者，组织着机构历史上第一个"中国文化周"，而她所做的开幕式讲座，内容正是关于中国人如何过年的。小鱼机械般地将前一晚准备好的红色礼服、鞋子默默收起，里外换上了黑色的衣裤。

一到场地，她就进了厨房，帮着协调包饺子的人手，又忙着布置酒会长桌，最后进了教室，调试音响设备。中国留学生带来了传统过年音乐，唢呐吹得喜气洋洋。小鱼做完讲座，全场人都出去吃饺子、喝饮料，她就一个人站在教室里收拾电脑。

"姐，赶紧过来，过来吃饺子，不然没了。"一个中国留学生跑进来通风报信。

"你们赶紧去吃吧，都忙了一个早上了，我有些累了，你帮我招呼一下吧。"小鱼对这个同学安顿道。

期间来了几个端着饺子的外国留学生，过来跟小鱼祝贺这次"中国文化周"的成功开幕。还有四五个法国人围着小鱼发表他们对中国年俗的评论和疑问，小鱼一个个礼貌回应着。隔壁屋里，来自各个国家的留学生正被中国美食吸引，觥筹交错着。

人群终于散去，小鱼又能一个人继续安静地收拾电脑线了。可短短一根线，却长得跟收拾不完似的。法语老师进来，发现了异样："小鱼，你怎么了？还好吗？"

小鱼见瞒不住，轻声说了句："我的爷爷……昨天去世了……"

"哦！我真的很抱歉！"法语老师满是怜爱的神情，抱了抱小鱼，"请你接受我所有的哀思。需要我做些什么？你尽管跟我说……"

小鱼礼貌地回答："谢谢，不用了。"

第二天就是大年三十，原先说好的，小鱼和同学们一起聚在老木家包饺子守岁。可这次，她却不能了。那层层黄土，在这一天吃了她的爷爷，吞没了小鱼此生与年夜饭的所有美好记忆，也消解了她将远方美食带给所爱之人的所有热情。

除夕之夜，那个坐在暖锅前出神地望着窗户水汽的孩子没有了，春运时分，那个火车上时不时查看点心是否压碎的少年没有了。爷爷走了，小鱼心里一团火灭了，一堵墙长了起来。

也就是那个除夕之夜，小鱼把自己关在屋里。军哥和一众朋友来看她，带着他们包的满满一盒，白花花、热腾腾的饺子。

尾声

又是一年过年了，中国城街上早已布置起了红灯笼。就像爷爷过年前，很早就把彩灯绕在自己种的橘子树上。每年，他总要笑呵呵地问小鱼："小鱼啊，你看爷爷今年的'圣诞树'好不好？"彩灯交织在树冠上，插了电，一闪一闪的，爷爷微笑着，阳光落在他的白发上。

爷爷不在，又一年了。

自他走后，小鱼从来没有在公众场合哭过，可这一次，抱着一罐核桃酥，她在亚洲超市的货架前，泪如雨下。

★本文中人名皆为化名。

囤起粮食，我终于理解了外婆

永远不够的囤粮

冰箱里存着一把带青叶的胡萝卜。在我妈的监督下,我再次检视一遍自己囤积的食物。

这个十余平方米的房间,是我在法国新冠肺炎疫情封城期间每日的居所。冰箱只有半人高,塞了又塞,挤了又挤,冰箱门一拉开,那些实诚耐久的白菜、卷心菜、萝卜恨不得手拉着手、兴高采烈地蹦出来;冷冻室就是个小抽屉,买来肉,去掉包装,分类切好,盒子都怕占地方,只用保鲜膜包住,一块接一块塞进去,把肉垒成了冰砖墙。

然后就是柜子了。不需要保鲜的食品和干货——面粉、大米、花生,平时根本不怎么吃的豆子,这时都存起来——万一到了实在没有新鲜蔬菜的那天,或许可以生豆芽呢。

柜子被塞满以后,还有地板。那些能放在地上的蔬菜:洋葱、生姜、蒜、芋头、土豆，各按其类堆放着。看着这些还带着泥土的根茎类食物，我有一种要去火星上生活的幻觉。如果一直这么囤下去，可能没过多久，整个房间都会变成我的冰箱那样——门一开，蔬菜水果手拉手和我一起滚出来。

即使这样，我妈仍觉得不够。

法国新冠肺炎疫情一开始，她就在国内远程监督我囤积食物。平时，不管我买多少新鲜蔬菜，她总会盯着我买不到的："我的娃可怜啊，香菜吃不上！"买来香菜，她又会叹一声："我的娃可怜啊，韭菜吃不上。"如果一周内我都在吃食堂，没买菜，她的哀叹就更加悲伤，几乎要落下泪来："我的娃可怜啊，饭都吃不上。"我妈说这话的时候，就好像法兰西共和国是一片荒漠，而我则一直在挨饿。

于是，每次视频，这样的话都会成为我妈的总结陈词，长此以往，我难免觉得烦躁扫兴，也实在难以理解她为何独独对食物忧思如此。

眼下，检视完预备封城的囤货，我妈终于发现我没有买绿色蔬菜，"我的娃可怜啊，连绿叶子菜也吃不上……"她又开始了。

"有啊，胡萝卜叶子是绿的啊。"我辩解道，"这叶子好吃，必要的时候还能救命呢。"

"胡萝卜叶子不是兔娃儿吃的吗？这咋吃啊？"

我的心下一动，看来，胡萝卜叶子怎么吃，妈妈是不记得了。

胡萝卜叶饭

胡萝卜叶子饭，原本是外婆的食谱。

我还记得一个早秋的午后，那时我六七岁，外婆坐在院子里，面前是一大堆胡萝卜叶子，堆得那么高，都快到我腰部了。外婆坐在木凳上弯着腰，不遗余力地将细叶择下来扔进一只巨大的铝制洗衣盆——这样的盆子，彼时常常是各家孩子的洗澡盆。盆里的叶子都是碧绿色的，上面覆着一层细小的白色茸毛，摸起来有点痒。

那时候，每天下午，外婆都会带着小板凳去巷口坐着，看看过往的行人，和几个老邻居聊天。只要农民拉着板车来巷内售卖东西，她也总愿意和他们话话农事，顺便买些新鲜的蔬菜。那天，农民拉来一车胡萝卜，出门走得急，萝卜从地里拔出后直接扔上车，叶子都没来得及摘。买家只好先选萝卜，拔了叶子再称重。外婆一边帮农民拔叶子，一边打问这些茂盛碧绿之物的去处，听说一会儿就要都倒掉，外婆急了："你别扔、别扔，都给我吧，我家养着兔娃儿呢！"

农民乐得轻松，将半板车胡萝卜叶全都倒进了外婆的院子——可外婆家哪儿有兔娃儿啊，能算得上"娃儿"的，也就只有我了。

我蹲在那堆胡萝卜叶前，看外婆手速飞快地处理着叶子，过了半晌，所有嫩叶都已入了铝盆。外婆就像浣洗衣服一样，一遍遍地淘洗："这萝卜是沙土里长的，叶子里面有细砂，要淘干净呢。"远处看去，她藏青色布衣的后背在银盆前起起伏伏，好像一只奋力喝水的野兽。

胡萝卜叶子怎么吃呢？我不知道。但等天色将晚，外婆递给我一只搪瓷碗，碗中高高冒起粉绿色的叶子饭，一股奇香迎面而来。那味道好像要把早秋刚降下的、暧昧的夜色撕破一个口子，是那种阳光照在芳香植物叶片上所散发出来的尖锐而清凉的气息，其间还混杂着熟了的麦粉焦香。

碗里细小的胡萝卜叶片上裹了面，被大火一蒸，变成淡黄绿色，叶片软软的，叶筋柔柔的。再把这胡萝卜叶饭和着小葱一起炒，饭中就更添了油香和葱香。我抱着搪瓷碗一口接一口地吃，外婆远远坐在廊下的板凳上，也端着一个搪瓷碗，边吃边问我："这个饭你还没吃过吧？我跟你说过胡萝卜叶子好吃吧？"她眯眼笑着，吃上几口，继续唠叨："哎呀，这么好的叶子为啥要扔了呢？"

外婆的酸菜

在外婆眼里，这个世界上有许许多多的东西都能吃，不能随便扔。

我上到小学高年级，外婆的院子被拆了，她搬到郊区一个小公寓里，从前每天都要去巷口遛弯儿的她更是坐不住了。中午一吃完饭，总会提着小板凳去小区花园旁坐着，有时去老邻居家看电视，有时不知所踪，回来时手里总提着一些市场上不常见的蔬菜。

不出意外，春天总是各色野菜：蔓菁、苦苣、苜蓿、蒲公英，这些春天的野菜，都是要煮熟后，放进一口褐黄色薄釉的大瓷缸里。

搬家时，外婆扔了很多东西，唯有这口大缸，千方百计运来，放在客厅最显眼的位置，一进门就能看到，高到可以把我装进去。缸里存着的，是她奉若珍宝的酸菜。

酸菜是我的家乡常年的吃食，旧时几乎是家家户户保存时令蔬菜的方法，而它的质量与温度和制作工序有关：一不小心，就会发酵失败，全部坏掉。重新做时，必须找来酸汤作引子，投入新菜，以待发酵。

外婆制酸菜素有令名，以格外酸爽、汤底清澈著称。以前住院子时，就常有邻人讨要引子，搬了新居后，也不时有人上门来要，老邻居带来新邻居，每次敲门，外婆脸上的笑容都会荡漾开来，像是做了一件普度众生的好事。而那口大酸菜缸就好像一口魔法缸，从来都没空过，也没有坏过，永远也舀不完似的。很多回，外婆将带来的野菜煮熟投入缸中后，我就趴在缸口，望着碧绿色的菜叶在缸里漂浮、下沉，"过三四天就好了"，她乐呵呵地大声说。我知道，当这些酸菜发酵好时，家里准会吃一顿酸菜面，又细又白的面条沉在清澈的酸菜汤中，野菜制成的酸菜变得黄澄澄的，各有不同的口感和香味，在锅中用蒜片和干辣椒一炝，只需几小勺，就将香味显尽，再买些韭菜，炒熟浇在面条上，这样的饭，家中隔几日就要吃一次，仿佛永远也吃不腻似的。

神奇的野菜

除了被投进酸菜缸，还有几种野菜会被外婆做成凉拌菜或者晒干。

一种是白蒿，是味中药，又名茵陈。每次她只拿回来一小袋，据说是在野地里挖的。一到春天，白蒿就冒了银针一样纤细的绿芽，细小的绒毛微微泛着白光，轻轻一掐，就会闻到叶茎散发出强烈的蒿草味。外婆将它在滚水中一烫，再将泡好的粉丝拌进去，只需一点油盐，就是一盘极为清爽的凉菜。外婆说，白蒿新芽细小，隐没在青草间，很容易认错，平时穿针引线都要我代劳的她，采的时候费功夫极了。也是因此，外婆专门仔细教我辨认过这种野菜的样子。

一年春天，学校组织同学去山上植树，休息期间，老师和同学们一起在田野边吃饭，我一低头，突然看见地上有好多白蒿，几乎是不自觉地动手挖了起来，将它们全部装进我装过午饭盒的塑料袋里。那天回去时，我已经筋疲力尽了。一进外婆家的门，就极其自豪地将袋子甩到桌上："外婆，看我上山植树带啥回来了？"

外婆笑盈盈地打开袋子，"哎呀！是白蒿！我的娃没摘错，一点儿杂草也没有！"她兴奋地提高了嗓门："我的娃长大了，知道挖菜了！"这是我生平第一次，得到外婆如许的表扬。带野菜回来，仿佛比得了一百分回来都要荣耀风光了不知多少倍。

春天快要过去，掐着春天的末尾，外婆便开始筹备晒野菜。接连几个下午，她又不知所踪，回来时手中总提着大塑料袋，里面装了被她称为"灰灰菜"的野菜。每次带来一袋，就将它们铺在阳台半臂宽的水泥护栏上，阳光照射下，整个阳台都充斥着介于肥皂水和新割青草之间的味道。只是这些灰灰菜，她从来不吃，晒干后就装进一个大袋子里。

一天，外婆终于说要带我去挖野菜。她提着袋子，飞快地在小区的楼间穿梭，我跟在她身后，几乎都追不上了。出了小区一角小门，跨过一些被扯断的钢丝网丛，钻进一个围墙上破洞的地方，眼前便是一大块围起来的河边农田，大概是要盖新楼，缺了资金，几座废弃的简易平房大门紧锁着，地上的野草长得都将我的腿淹没了。"你看，这长得最高的就是灰灰菜。"外婆捉来一茎灰菜，我仔细一瞧，灰色的经络在碧绿色的植物叶杆中向上延伸着，每片叶子背面都是灰色，就连植株顶部也泛着一层薄薄的浅灰。

越往田中央走，那里的草就越长，我整个人几乎都要陷进灰菜绿色的深流中，站都站不稳了，回头看看外婆，她弯着腰，一手提着袋子一手掐下叶尖最嫩的部分，粗糙而灰黄的指尖仿佛一台小型收割机，好像不加快速度那块土地就要消失了一样急迫。

"外婆，你掐这么多灰菜干啥呢？"

"灰菜好吃，冬天做凉菜，掐多一点，你二舅来的时候带回去。唉，我的老二可怜啊。"

外婆口中的二舅，一直在边远的小县城工作，家中清苦，负担重，是她最担心的孩子。

春末夏初，外婆就这样日复一日地在阳台上晒野菜，又日复一日地继续去采，装满干灰菜的塑料袋在阳台上垒了一个又一个，然而，她口中的二舅却一直都没有回来。

从天而降的吃食

上了初中，学校离外婆家近，中午我都在外婆家吃饭。

每天放学回来，我趴在桌前做作业，头顶或是突然砸下一只西红柿，稳稳落在本子前，或者不知从哪儿抛来一只苹果，保龄球一样滚到钢笔边，再或者，是一把五香花生瓜子的混合物，天女散花一样从我脸颊边洒落，激起一片盐雾。等我回过头，外婆已风似的穿过房间趴到了阳台上，佯装不看我，好像刚才的一切和她无关，只留给我一个深蓝色老式夹衫的背影。

有时天降吃食惊到了我，我大叫一声，还没飘到阳台上的她立马回过头来，见我皱眉瞪眼，她就"嘿嘿"笑了，好像做了件特别得意又有点不好意思的事情，乐此不疲。

年纪大了，外婆住惯了楼房，和小区外售卖食品的小贩也熟络起来。一熟，买起蔬菜，就渐渐不以个数和斤数计算，而以麻袋和板车来衡量。有好几次，她进门时，身后常常跟着小贩或从前老院里的邻居大叔，背上必扛着一两袋东西。人一走，外婆就"哗"的一下，把麻袋推倒在客厅里，萝卜土豆滚了一地，堆成一座小山。

有次她买了一箱西红柿，大如拳头，小似樱桃，红如旭日，绿如翡翠，趁我妈还没回来，就塞给我一把："赶紧吃，不吃就坏了。"

已经吃了五六个的我实在招架不住："外婆，我真的吃不下了。"

"得空了就吃。"外婆一边走远，一边继续把西红柿抛过来，"你妈问起来，就说给你买的。"

于是，我硬是把一箱西红柿全部吃完了，好几天都吃不下饭。

而那些连我也无法帮忙"解决"的蔬菜，外婆都会晒成干：茄子、豆角、萝卜……吃不完又舍不得扔，累积起来，再加上晒干存积的野菜，没多久竟快堆到了阳台房顶。

每次我妈喊着要扔干菜时，外婆就急了，双手护住身后的干菜麻袋，说话声音也高起来："扔啥呢？这是留给老二的！你们不吃老二吃！"

可二舅一直没有回来，只是偶尔收到他托人捎来的包裹，都是些深山老林的山货，有时是干木耳，有时是核桃，有时是野生猕猴桃。外婆舍不得吃，但会特意保存那些袋子，放到阳台上，晒了干菜，再一把一把默默塞进二舅的麻袋里。

面虫的一生

有一样东西，外婆买的时候从来不需要借口——每次前脚刚拿到舅舅们送来的赡养费，她后脚就会出门，回来时，身后必跟着一个扛着五十千克面粉的小贩。外婆开心地指挥他把面放到家里尚存的空位，门背后、书桌旁，两袋、四袋、六袋，很快就堆成了一座面山。天一热面粉就容易生虫，我写着作业，虫子们就在眼前的白墙上做爬行比赛，爬着爬着，就结成茧，再过一阵就化为蛾，绕着我翩翩飞舞。坐在"面山"旁边，时间好像变得很长很长，我仅做着作业，便把许多虫子的一生都看尽了。

家里囤的面越来越多，我妈下班回来，看到"面山"又大了一圈，必然情绪失控，大吵大闹。可这根本不管用，外婆照例"嘿嘿"一笑，转身又是一袋面粉。

怎么说都没用，我妈便怂恿我爸劝劝外婆。我爸说话，外婆素来都听，他对外婆说："现在生活好了，米面多得很，菜也多得很，吃多少买多少，别再买这么多了，要不然出虫，最后都浪费了。"

外婆就和颜悦色地点着头："好好好！"

被我爸这么一说，外婆准会消停一段时间，然后过一阵子，趁我爸不注意，又会暗中"偷渡"一袋面粉回来。

如今想起来，购买粮食对外婆来说，仿佛是在准备挪亚方舟。每次带着粮食踏进家门的时候，外婆饱经沧桑的脸都在发光，好像冒着刀光剑影，从几近沉沦的黑暗世界里，又救出一个喊叫着的、挣扎着的粮食的命。这时的她是安心的，似乎因着食物生命的囤积，我们全家的命也能得以延续一样。

放学回家的我每次碰到外婆又偷买面，就抱怨道："外婆，人家不让你买，你咋又偷买？"

外婆"嘿嘿"一笑，先安顿好面袋，然后趴在阳台护栏上等下班回家的爸妈，一边等一边絮絮叨叨："哎呀！你们都是小娃娃，晓不得好坏！"

饥饿的母亲

外婆口中的一九六〇年，她三十六岁。那年春天，她最小的孩子出生了，加上这个新生儿，她已经是六个孩子的母亲了。也是在这一年，家里没吃的了。

事情是怎么发生的呢？外婆也说不清。只是这之前的两年间突然说要大炼钢铁，造飞机大炮，赶英超美，巷子里所有人家的钢铁制品都被收走了。钢铁炼成了吗？外婆说她偷偷去看过，山脚下一个个高耸的土灶，炼出来的都是铁疙瘩，根本就用不了。可家里所有含铁的用具都没了——给孩子们做饭的铁锅，就连最小的炒菜铁铲都没留下。

自家做不了饭，巷子里却开了人民公社食堂，所有人都可以去吃，而且免费。外婆就端着碗，带着孩子去吃食堂。一开始，食堂里好吃的真多，白面面条、白面馍馍，人们敞开肚皮吃，能吃一碗的吃两碗，能吃两碗的吃四碗。可是吃着吃着，公社食堂的东西就越来越少，干饭变成稀饭，稀饭变成清汤。终于有一天，断粮了。

一九六〇年的春末，外婆刚生下孩子不久，家中一口粮食都没了。外地工作的外公音信全无，捎回家的接济也断了许久。外婆抱着刚出生的婴儿，坐在床头，床上还躺着除了新生儿以外最小的孩子，我的小舅舅。小舅那时只有两岁，因为没有吃的，干瘦、枯黄，已经有气无力，饿得在床上直翻白眼，而怀里嗷嗷待哺的孩子，也在哭着要吃奶。

可家里除了桌子、柜子、土炕、空空如也的碗碟、一根根木头筷子、衣服、被子这些不能吃的以外，还有什么是可以饱腹的呢？

这也许是外婆人生中第一次体会到缺粮的绝望。

外婆出生于"旧社会"一个衣食无忧的中产家庭。"旧社会"，是她口中常念叨的一个词语。

作为独生女，她备受宠爱，家中好东西都先供着她——吃饭用银勺，穿衣用锦缎。儿时，照相是新鲜事，但她却留下了不少相片。缠足是她幼时小城民间仍然崇尚的传统文化，可她嫌疼，缠了两天就嚷着不缠了，父母也依着她。后来外婆提起这一段还颇为自豪，因为她周围的同辈女子都没她这样走运。自小，外婆就是一个在生活上从没吃过苦的女孩子，就像今天受着父母宠爱的许多独生子女一样，对未来的生活充满期待。

年轻的外婆出落得标致，父母千挑万选，最终把她嫁给一身手艺的外公。外公虽在外地工作，但在城里置办了房产，婚后生活也十分殷实，就在自家的院子里，看孩子一个个出生。

后来，外婆在大街上目睹了解放军进城，"新社会"来了，外婆满心期待着。人们都说，新社会和旧社会不一样，女人能识字，能从家庭中解放出来，能工作，男女平等，大家都有饭吃。至少，她这个家庭妇女，因为不识字，在扫盲运动中被送去上夜校，学会了写自己的名字，还在巷口供销社里分配了点儿工作。"新社会"初年，虽然历次风波让一些人失去自由，也失去了旧日的财富，可外婆的生活依然足够平静，甚至新鲜了不少。直到一九六〇年。

如果历史没有翻天覆地，一个三十六岁、家境殷实、刚生了孩子的女人，会遭遇什么呢？她应有家人无微不至的照顾，满怀着新生命带来的疲惫和喜悦。可是，当灾难降临，摆在这个女人面前的唯有嗷嗷待哺的孩子，缺失的丈夫，匮乏的粮食，和在饥饿中生病死去的周围的人们。

在灾难面前，她也成了什么都不懂的小孩子。

妈妈的絮语

河流般的时间，冲毁并带走了一茬又一茬其间生长起来的人们，饥荒的创伤故事也渐渐被人删除、淡忘，绝口不提。外婆不在，也已经二十余年了。

如今消费社会中万花筒似的丰富物资，让我以为它就是昔在永在的人类盛景，正如年轻的外婆当年面对着"新社会"一样的笃定和期盼，直到疫情来了。

法国封城前两天，当我拖着箱子，背着背包，和黑压压的人群一起在超市抢购食品时，当我努力在自己的记忆模式中寻找那些易于储存的蔬菜，保存食品的办法时，外婆淘洗胡萝卜叶时那一起一伏的背影就好像一个启示，又一次出现在我眼前。

封城不到一周，法国超市货架上所有谷类粮食和酵母就全部脱销了。待在家里的人们，终于恢复了先前的手作传统，自己做面包、甜点，对面粉的大量需求一度导致供应中断。面粉的断货让很多人感到大事不妙，特别是华人社群。

华人的饮食习惯和法国人不同：法国人用面粉做面包，仅作为前菜、主菜和奶酪的伴侣。而华人以米面为主食，又有"民以食为天"之传统，主食买不到，即使其他供应仍然充足，也有种天塌了的感觉。人们纷纷开始囤米、囤豆子，以及各种各样能够饱腹的粮食，附加以鸡蛋、牛奶等。

封城后每次购物时，一早进入超市，就能看到货架上空空如也的粮食区。周围的人们，有的像疯子一样，加快速度将成堆的食品塞进自己的购物筐中，有的甚至可以扫掉半个货架的库存，让人不禁更紧张了。就连网购，面粉也是被瞬间秒光。他们正如外婆一样，准备着末日降临。

我妈得知我只买到两千克面粉时，几乎每次视频都要落下泪来："面买到了吗？这点咋够啊，我的娃可怜啊，要挨饿了。"

虽然我奋力解释我其他储备充足，不会挨饿，可我妈总像没听见一样，不断重复着那句话。

我总在想，六十年前，不但没有面粉，就是其他可吃的，也一点儿都没有。地上的野菜被人挖光，有的地方树皮也被扒光了。我的小舅舅躺在床上快死了，外婆也挨着饿，怎么办呢？她哭求着身边认识的所有人，终于有个老邻居千方百计弄到半个拳头大小的一点儿玉米粉，最终将小舅舅救活。

"我的娃可怜啊，没有饭吃。"这句话，何尝不是那时外婆对着襁褓中的新生儿，一遍又一遍念叨着的话；又何尝不是她每一次择野菜、囤粮食、晒干菜的时候，念着、想着那些挨饿的孩子时心中迸发的语言——不论时间过去多久，作为母亲的她在未来面前准备得好像永远不够，不论孩子多大，她好像永远也没把他们喂饱似的。

而今，那个襁褓中的婴儿——也就是我的妈妈——早已长大。面对灾祸，她也一遍又一遍、无意识地重复着外婆曾经说过无数次的话，只是时移世易，她或许都没有发现而已。

历史的深处

外婆在的时候，总喜欢趴在阳台护栏上吃水果，边吃边等妈妈下班。吃完，就将果核埋到花盆里，从不丢弃。每隔一天，就像给我丢吃的一样风风火火端一瓢水，"哗"的浇下去，整个花盆都下起了雨。

饶是如此，花盆中还是次第长出了梨、樱桃和苹果苗，从小

140

苗越长越大，又细又高，阳台容不下，只好移到小区花园里。直到如今，每逢夏天，小区孩子们总爱顺着树干爬上爬下，摘新果子吃。外婆吃过的水果，不知为何特别容易长成树苗，而那些面孔新鲜的孩子们，恐怕不知道自己手中的果实，其实来自一位曾经挨过饿的母亲。

封城后，当我开始认真观察邻居阳台上的生活，看着他们给一丛丛毛竹、一盆盆三色堇和玫瑰浇水，我才意识到自己的窗台上，竟只种了齐全的食物：小葱、欧芹、香菜和大蒜，如果需要，可以随时剪下来调味；家里的盆景是一只菠萝头，也只是每两天浇一次水，最近还发了新芽，或许将来可以长出菠萝；而我同时开始了水培生菜计划，为买不到绿叶菜积极准备着；至于胡萝卜叶子，更是小心搜集起来，做成胡萝卜叶饭，就连腌酸菜的玻璃瓶也准备好了。

纵使过了这么多年，纵使我走了这么远，我竟也不知不觉继承了外婆的习惯和创伤，一点点搜集食物，防患于未然。

我也才明白，故事可以被轻易忘记，然而食物短缺带给人的身体和情绪记忆，却永远不会消失，它会代代相传。而疫情封城缺粮就好似一个催化剂，触动了我基因深处与食物相关的记忆。我仿佛看见一个连接过去和未来的纽带被续上，沿着它，我重新认识了外婆的创伤，也终于理解了妈妈的哀叹。可同时我又感到无名的疼痛，这疼痛一身霜雪，脚步敞亮，来自三代人重叠错合的历史，来自历史遥远而沉默的深处。

月光下的飨宴

少时写故事，总觉得开场要写长长的景色，用那些精工细琢的词汇，写光影、花色、鸟鸣，和一切美好而婉转的东西。似乎把这些写完，故事才可以不害羞地讲下去。

《诗经》如此，山歌如此，私密的情感泄露之前，总要拿景物挡着。挡不住了，才"哗啦"一下，暴露在眼前。如同三十年前的月光，清澈、明白，不需要寒暄，瀑布一样洒落在脸庞，肩头，树枝，以及祖宅房顶的青瓦间。可写完景色，再写什么呢？纸上空落落的格子，似一间间空房等待被文字填满，我的故事又该从何说起呢？

起了的开头晾在一夜夜月光中，直到少年的我最终认了输。故事跳动着、号叫着，将我的手捆束起来，在每一个想要提笔的瞬间折磨着我，直到青春几乎耗尽的今天。如今，故事老了，不再挣扎，我也长大，我终于能与儿时惶惶不可终日的羞愧共存。可不知为何，每当提笔时，我的眼前仍掠过长长的风景——

寒夜孤灯，桑间余影，北房花园淡紫色的鸢尾花，中院头顶结满红果的樱桃枝，一张张笑脸，一点点烛火，以及那枚永生永在的月亮。

三十年前，那是怎样的月光啊。

小年夜月

1

　　这事也是后来听妈妈说的。那一年我很小，腊月二十三，天上月色明朗，适逢祭灶日，妈妈一个人在祖宅的厨房里忙活。焚香具果，擦拭灶台，正待祭祀，可不料竟失手打翻燃烧的蜡烛，引燃了木头锅盖。慌乱间，她赶紧用抹布扑火，控制了火势，可锅盖上还是留了道焦黑的印记，好像一记长长的伤疤。

　　这个木头锅盖，家里不知传了几代，煎炸煮烧，似乎从清代祖宅在时，它就在那儿了。锅盖上长了层厚厚的包浆，油亮亮，明闪闪。妈妈烧了锅盖，总觉得不祥，于是再也不敢祭灶了。然而有时，她又改口，说家里不祭灶是因为不讲"迷信"。

总之，自我记事起，每年腊月二十三，邻居家都在祭灶时，我家的厨房总黑着、冷着，灶头一如往日，一团炉火用煤封着。

虽然我家不祭灶，但我还是一心一意盼着腊月二十三，因为一到这天，小城的人们就彻彻底底沉下心准备过年了。这天以后出门办事的，总找不到人。"人呢？"他们着急地问。留守的老头这时总会轻蔑地看办事人一眼，好像又撞见了个不懂事的憨货；有的则从打盹儿中被叫醒，打着哈欠应着："人都盼年去了，你早干啥去了，年后再来吧。"家乡语汇中，"盼年"就是采办年货，算是年末顶要紧的事了。

一近小年，农民便挑着担子，拉着板车，带着自家特制的年货来城里赶集。爸爸也会带我出去，沿着卖对联、花炮、年历的摊点，看看画糖画的、吹糖人的、打卦的，最后总会回到一个农民的扁担前。他戴着棉帽，穿着棉袄，两手缩进袖管，在寒风中跺着脚。扁担两头各有两只大筐，筐上压着浅浅的木盒。一只盒子里装着炒熟的面粉，微微泛黄，里面浅浅地埋着一条条姜黄色的芝麻灶糖，白黑芝麻裹得绵绵密密；另一侧的盒子里便装着糖瓜了，圆滚滚整齐地排着，好似一只只小白鼓。

"灶糖是哪里的？"爸爸总会这么问。

"二十里铺的，自家做的，也就卖这两天。今早五点我就往市里赶了。天冷得很，现在便宜卖了回家呢。"

"来上二三两。"

那人就将糖瓜放进一个微型的、明闪闪的铜称里，秤砣小得好似一粒鹌鹑蛋。称好后，将麻纸卷成牛角状，把糖瓜塞进去，包起来。糖瓜重，三两也没几个，爸爸一付钱，我就迫不及待地拆开纸，塞一个入口。糖瓜带着炒面的香味，刚开始凉凉的、脆脆的，好像在咬一块冰，慢慢嚼它就融化了，再咬就黏住了嘴，牙齿奋力挣脱着，口水也快流出来。爸爸笑着说："灶糖黏牙，祭灶的时候专门给灶王爷吃。他吃了，嘴就被黏住了，今晚到玉皇大帝跟前汇报家里的事，就啥话也说不出来了。"

我"咿咿呀呀"地问："灶王爷要汇报啥啊？"

"汇报家里人这一年做没做坏事啊。"

我觉得奇怪，灶王爷不就住在厨房，管管吃饭的事，怎么还能上天汇报家里的好坏呢？如果没人做坏事，让他汇报也无妨，为啥硬要黏住他的嘴呢？难道我身边熟悉的人，都有些我看不见的，他们也不说的坏事？那我家的坏事是啥呢？我嚼着糖瓜，想着心事，总觉得自己是清白的。

2

待夜色降下，糖瓜带来的兴奋感几乎就耗尽了。我依在火炉边，听见有人远远放了第一声鞭炮，炮声次第响起，很快便迫近了。

"前院开始祭灶了。"爸爸闻声说。

祖宅三进，前院曾是菜园和磨坊，后来盖了厕所和房舍。后

147

来，祖宅被分给了其他住户，前院搬来了常家和任家，还有一个五六平方米的小间，安顿着亮亮一家，正对着一棵高耸入云的桑树。中院只是一间小小的过道，七八平方米，进入院门看到的就是照壁，墙根长着一株成人胳膊粗的樱桃树，是曾祖母在世吃樱桃时把核儿吐到地上，自己长出来的。空间小，树就倾斜着，枝叶覆盖了中院大半个天空。而我家占据着后院最深处的西房和北房，东房住着张家，南房的一半是厨房，另一半则是罗婆婆的居所。

腊月二十三，前院的鞭炮总是最先响起。

不出意外，祭祀总从常家开始。常家共三间屋子，一间厨房，住着常婆婆和她的长子常爹爹一家。一到小年，常婆婆的五个儿子带着媳妇、孩子就全回来了，哄哄闹闹从下午就忙活起来。

常家一点鞭炮，对面任家便不示弱了，虽然没厨房，做饭也在廊檐延展出来的一小段窝棚里，简陋是简陋了些，礼数却不少。任家住着眼花耳背的任爷爷、裹着小脚走路颤颤巍巍的任奶奶，他们和儿子、儿媳、五个孙子住在两间房中。虽不及常家人口众多，但鞭炮要比他们放得更响。常家放一千响，任家就放两千响。等腊月二十四一早，两家对门的过道处，总会积着厚厚一层红屑，运气好还能捡到几只未燃的炮仗呢。

我白天常借着去前院上厕所的机会，窥探他们两家祭灶的准备——任家的窝棚掩着，常家却人声鼎沸，厨房门帘掀起，远远就见厨房灶台上，两只红烛各自插在半个土豆上，灶头前的木桌上已经放了一大盘灶糖，摞起来像个宝塔，各式水果干果，颜色极其明艳：红彤彤的苹果，黄澄澄的冬果梨，又圆又大顶着一点红印子的馒头，还有大盘瓜子和花生。常爹爹忙进忙出，张罗着祭祀事务，全院里就属他最热心神鬼之事，这样的年节正是一展雄才的时候。

前院的鞭炮一响，祭祀便开始，我吃着被火烘烤而变软的糖瓜，竖起耳朵听后院的动静。

后院的轰轰烈烈，无非是从西房张婆婆家开始的。她家有四个女儿。腊月二十三下午，老大秀姑和丈夫，带着儿子镜镜最早来帮忙。老二英姑来得晚些，儿子兴兴总跑在最前面，还没进院，就听见他高叫着："婆婆，我来了！我来了！"英姑挽着的丈夫，手里总提着贵重的礼物。老三刚结婚，女婿在中学教书，笑眯眯的，不怎么说话，眼睛看着老三时，好像温柔的风拂过水面。老四待字闺中，等祭灶鞭炮放尽，全家人围在一起吃饭的时候，笑得最大声的也总是她。

我趴在窗台上，看着对面的张家散发出暖黄色的灯光，温煦、热烈，饭菜冒出的水汽笼罩在玻璃窗上，笑语欢声隔着院子隐隐入耳。接着，远处的鞭炮声也稀稀落落起来，爸爸说，放完鞭炮，灶王爷就要带着贡品升天了，那时候各家各户才正式开饭呢。所以，凭着爆竹的声音，就能推测每家开饭的时间。

爆竹声或长或短，或大或小，在这个小城腊月的寒夜中不断升起、回荡。每一扇窗户，不论明亮还是黑暗，或许都有一个灶王穿过升上天去，他们有的嘴里黏着糖瓜，有的两手空空，御风而行，他们华丽万方或穷酸朴素的衣裙，在高空中翩翩起舞。

3

灶王爷升天时，除嘴里含了灶糖外，据说还要带走一只公鸡。

腊月二十三下午，张家女婿就会带来一只大红公鸡，单从祭祀规模上讲，就远远超过了前院的任家和常家。公鸡装在麻袋中，拎回来就扔到院里。张家的长外孙镜镜这时总会躲在我家窗下"咕咕！咕咕！"地喊我。不见我回应，他便会放大嗓门，转换成另一种动物的声音："勾……勾……勾勾"！这时如果爸爸不拦我，我准会出门了。

镜镜比我大三岁，眼睛圆圆，脸也圆圆，笑的时候脸蛋上两只酒窝深深，好像被剜了两刀。他妈秀姑在车间做工人，也有一样的酒窝，爸爸则在城北一个店铺修车，总不言不语地蹲在角落抽烟。镜镜放学后常待在张婆婆家里，寒暑假更是长住。

镜镜叫我出去的时候，我已急不可耐要去看鸡了。他避着家人，悄悄解开装鸡的袋子，一个顶着大红冠子的鸡头就先冒了出来。它的眼睛好大啊，仿佛一颗衬衣纽扣，眼睑从下到上一闭一合，用审视的目光看着我们。见我们没反应，它就从袋子中站起来，抖抖颈上的毛羽，那毛几乎是金黄色的。它的体量让拎着袋子边缘的镜镜吓得赶紧缩回了手。公鸡完全从袋子中出来了，翅膀呈枣红色，而尾巴高高翘起，带着深绿绸缎的反光。

出来后，它并不走动，只用大眼警觉地观察周围的一切。镜镜见状便又潜回家中，顺来大白馒头，将它们掰成一粒粒，丢给它。看见吃的，它终于动起来了。

镜镜爸爸看到喂鸡，有时会过来抓住鸡翅，捏一捏它的胃："啊呀，这卖鸡的人为了重一点儿，喂了多少玉米！光玉米掏出来都能磨一碗面了。"公鸡在他手里挣扎着，尖叫着。

天色暗下来，夜风冷冽，院中充满了煤烟味。公鸡冷了，蜷缩在麻袋旁，丧失了威风。我冻得脚冷，而镜镜依然不遗余力地掰着馒头，看鸡不吃，就风风火火跑回家，再拿一把瓜子喂它，再不吃，就又急匆匆跑回厨房，拿出水果和点心，一趟接着一趟，乐此不疲。

"镜镜！"张婆婆喊道，"赶紧回来，要祭灶了！"

他这才依依不舍地告别公鸡，对我说一句："各回各家！"然后便钻入了对面那个欢声笑语的温暖房屋。

而我也悻悻然地再看一眼公鸡，百无聊赖地回到家里。家中的白炽灯怎么那么亮呢？那白光倒映得家里冷清清的。妈妈坐着织毛衣，爸爸在火炉上的铝锅里煮着白菜、豆腐、粉条和肉丸。院子黑下来，很快就看不分明了，我拿着碗筷围在炉边，锅里的汤水"咕嘟嘟"的，蒸汽上升，带着蔬菜的香味，而我却侧耳留意院里的动静。

不久，那里就传来镜镜爸爸的说话声，之后是公鸡的翅膀在土地上用力扑腾，仿佛一连串惊叹号落地，接着，张家的鞭炮也起了，公鸡的声音再也听不见了。

我吃着白菜，想着刚才那只漂亮而巨大的鸡。它从麻袋里出来时，那么威风凛凛，夜色降下，要像往常一样等待睡去，丝毫不知生命即将终结。再见时，它已成了灶台上的贡品，还被摆成昂首挺胸的样子——那是镜镜刚刚喂过的鸡，几个小时前还鲜活的生命。

可灶王爷上天，为啥要带走一只漂亮的公鸡呢？这些鸡与我相关吗？——我们也不过短短几个小时的交情。可想到它们，为何我心里最柔软的角落像被"命运"的手指轻戳了下，隐隐酸痛呢？童年的我怎么也想不分明，只好躲在自己屋檐下，学着忽略另一个屋檐下的死亡，学着心硬和一点点忘记这不适的悲伤。

4

祭灶这天，祖宅一半是喧闹的，另一半则是寂寞的。

热闹的人家备花献果、洗手焚香、杀鸡放炮、点蜡磕头、举杯欢宴、围炉夜话——是夜，总能尝到新年将至的喜悦。然而有的人家，一年年过去，什么也没留下，到了年底，在别人的欢闹中，反倒显得更寂寞了。

后院南房，住着罗婆婆——这常常被人忽略的。张家的人声和鸡叫，我在院里的疯跑，时刻都提醒着后院中两个家庭的鲜活存在。然而罗婆婆家，只有寂静。她从来都是一个人住，只在很稀落的时候，才有客上门。来的一个是她的养女，嫁给了个小干部，常穿卡其色女式中山装，熨得平展，头发烫着大卷。她大半年来一次，总笑眯眯的，好像电视里那些慰问孤寡老人的领导，然而不多待，一会儿就出来了。她一走，罗婆婆家就又恢复了往日的安静。

另一个客人是罗婆婆心心念念的远方侄儿。他来时，手里总提着麻纸包裹的一包水晶饼，这点心大概晃荡了许久，纸被油酥浸得透明。每次他来，都因为城里有公事，需要在罗婆婆家借宿，这下，她家才终于有了声响：一会儿糊顶棚，一会儿钉纱窗，一会儿又清烟囱。

可腊月二十三这样的重大年节，他们是绝不会来的。

下午五点多，天色一暗，为了省电费，罗婆婆就关上门，合上两扇木窗，也不开灯，家里完全是一片黑暗了。

"罗婆婆睡下了。"爸爸看一眼南房说。

她不祭灶吗？我心想。小年夜此起彼伏的爆竹声中，谁又能真正睡着呢？睡下的罗婆婆家好像只是后院一间空房，那样悄无声息，一切热闹都与她毫无关系。

这些年节之夜，她都躺在黑暗里，不知在想什么。或许梦里还有她最后一次祭灶的好时候。那是民国初年，她还年轻，腊月二十三晚上，她端着糖瓜、凉菜、供果，一双小脚进进出出忙活着，身边的男子是她新婚的丈夫，穿着黑色长衫，如同她家木桌上供着的画像那样。可后来，丈夫死了，她孤寡辗转，二十世纪六十年代被政府分配进我家祖宅，搬来时，就抱着一幅画像。这么多年过去，人们早已习惯她小脚老寡妇的样子，好像她生来就是这样的。

没有鞭炮，也没灯光，罗婆婆的小年夜饭也不知吃了没有。而她家的灶王爷呢？大概也是一副饥肠辘辘、老迈颓唐的样子吧？每年上天，既没糖吃，也不知说些什么事。她家的好事儿反正是一丁点儿也没有，而坏事儿呢？这样毫无盼望地一天天老去，算不算得上是坏事儿呢？

5

小年夜，寂寞的人家，都是沉寂的。罗婆婆家是死寂，而前院的亮亮家却是活寂。他家是亮着的，可只是一灯如豆。他家也有响声，可只是喁喁细语，溶解进别人家的笑语欢声中，好像一点墨水坠入夜晚的冷湖里，连涟漪都看不分明。

这个晚上，他们活着的响声，还不如外面桑间的风声引人注意。

一到腊月二十三下午，阖家团圆的时候，前院桑树下的亮亮家仍不见人影。就连这一点，也是次日闲聊的时候，邻居们提起的。

从来没人知道小年夜他们何时回家，又是如何吃饭，是否祭了灶——单凭这寂静无声，大概也是没有的。只等次日清晨，看亮亮妈妈带着孩子又出了门，邻居才关切地问几句，如果寻得了有意思的答案，则又关切似的听下去，然后将所得传遍前后院，当作年前最有内容的笑话。这笑话生了腿，开了花，不日，就传遍全巷了。

"那个瓜亮亮一家……"这个院子里，虽然亮亮也姓张，可从没有人叫他们"张家"。所有人背后都叫他们"瓜亮亮家"，而当面，却热情万分地喊着并刺探着："呦，亮亮妈又出门啊！""诶，亮亮爸今天也出来啊？"

人们叫这家十五岁的孩子"瓜亮亮"，因为他天生智力发育不全。八岁时，妈妈领他去附近小学报名，老师问："亮亮，一加一等于几？"他答不出，上了半年，完全跟不上，只好退了学。老师推荐他去特殊教育学校，可学费贵，又上了半年，便再也没去。

"亮亮，一加一等于几？"巷里人见了他，也总是爱问这个问题。

亮亮每次都会歪着头想上半天，有时急得头上都要冒汗了，然后吃力地蹦出来三个字："等于……八！"

人们笑一遍，乐此不疲，似乎考一考亮亮这个问题，自己的生活也会好过一些。

腊月二十三，亮亮家就忙着出门做生意了。究竟是什么生意，也没人愿意深究，左不过打打零工，挣一口活命饭罢了。只是亮亮妈有时会在人前感叹，从前她的家境并非至此。

从前？闻到他们因为很少洗衣，身上散发出的腥臭味，看见亮亮膝盖、屁股上一圈又一圈的补丁纹，还有大白天门缝里瞥见的、亮亮爸爸躺在五六平方米家中的床铺上，一管又一管抽着水烟，死活都不起来的样子，谁又敢相信她家真的阔过？

只是有时，我去前院找亮亮玩，进了他家狭窄的空间，总会看见挂在墙上镜框里的照片。

照片中亮亮五六岁，穿着白底蓝纹海魂衫，淡蓝色短裤，和父母站在天安门前合影。

"阿姨，亮亮去过北京啊？"

"是啊，亮亮小时候，他爸爸带我们去过北京。"

镜框里的亮亮爸爸，是二十世纪八十年代最时髦的样子，阔腿裤、太阳镜，亮亮妈妈也鲜有地穿着连衣裙。镜框里还有别的照片，亮亮妈妈告诉我："这是上海，这是江苏……"那是祖宅人们听过但从未到过的远方。

亮亮妈妈每讲解一张照片，眼睛就亮一下，好像夜空中划过一颗流星。可那些好日子，不知去了哪儿。眼下他们的生活已万分艰难，平日就靠亮亮妈妈打零工，维持基本吃穿，可一近年关，小城万事歇业，连零活儿也少了。

于是每天早上，亮亮妈妈都会带着亮亮，到大马路上去，一路走着看看，一路找活儿干。

那些白花花的糖瓜、红彤彤的干枣、黑黝黝的瓜子、金灿灿的新疆葡萄干，亮亮和妈妈走过去，只能眼巴巴儿地瞅瞅。猪肉摊这时总挤满了人，就连平日不怎么吃得上肉的，也得买点便宜的猪板油回去，哪怕炼一小盆猪油，包一顿油渣青萝卜饺子，也算是一年的盼望。

那些干货的摊位前也是热闹的。倘若炸了丸子，与胡萝卜、粉条、木耳、黄花烩一锅，配上长长的打卤扯面，大年初一中午吃，又是一年福寿绵长的盼望了。但这些颜色、味道和盼望都不是亮亮家的。他们成日在街上转悠，却两手空空，盼不到一丁点儿年味。

终于有一天，他们看到有人支了桌子，在年集上写毛笔字。一张大红纸，裁成方块，只需写一个福字，就能卖一块五；再裁成两条，只需一支毛笔，一点墨汁，就可以写副对联，一副要挣两块钱呢。亮亮妈妈终于看到了希望，她家里可有个读书人呢。

亮亮爸爸就是这个"读书人"——至少，亮亮妈妈是这样说的。前院常爹爹的媳妇桂大妈总跟她说："亮亮妈妈，家里的事情你叫娃他爸也做，一个大男人，成天躺床上！你出去挣钱，回来还要伺候他，叫他打扫卫生，做饭！"

亮亮妈妈这时总笑盈盈地说："我们亮亮爸爸是大学生，读书人咋能做这样的事？"

亮亮妈来自农村，不识字，却对读书人有近乎偏执的崇拜。二十世纪八十年代的大学生，凤毛麟角，一条巷子都不一定能出一个。考上了大学，国家包分配，进了好单位，从此衣食无忧。可大学生怎么可以沦落到亮亮爸爸这般田地，让家里的光景都奔到全巷垫底了？这点，人们是难以接受的。

于是便有传言，说亮亮爸爸并非大学生，只读过几年书，毛笔字写得好；也有的说，亮亮爸爸不过是个中专生，亮亮妈妈是粗人，不懂得中专生和大学生的区别；还有的说，当初结婚时，亮亮妈妈就是吃了媒妁之言的亏，媒人夸大其词，结果被骗一辈子。

亮亮爸爸的字写得如何，我并没见过。只听镜镜说，从前居委会组织大家上街欢迎老山战役回来的解放军，各个院子都要准备些彩旗，而旗上的毛笔字就是亮亮爸爸一个人写的。

镜镜说："亮亮爸爸写的是草书吧，反正我看不懂咧。"

不过，在我九岁这年的腊月，亮亮家终于在年集上找到了新的谋生方式——亮亮妈备了红纸，翻出了从前写彩旗时留下的毛笔和墨汁。亮亮爸爸终于从床上爬起来，趁着冬日下午天光尚明，把家里仅有的桌子也搬出来，趴在上面书写着。写完的对联晾在家门口桑树下，后院住户进出，都会停留一阵，一张张瞧着，犹如观赏一场露天书法展。这凑热闹的人里，自然也有我，可我怎么也看不懂。

"亮亮爸爸的毛笔字究竟写得好不好？"我问爸爸。

爸爸不言语。

"他写的能卖出去吗？"

爸爸还是不言语。

我的心里为亮亮家忐忑着，却也抱着希望，或许亮亮爸爸这个大学生写的"毛笔字"，会是年集上抢手的商品，说不定可以打败那几个卖对联的长胡子老头。也许今年这个腊月二十三会不一样，亮亮可以早点回来，嘴里也嚼着糖瓜，和我一起去看张婆婆家的大红公鸡。

6

我九岁那年的腊月，还有那么多衷心盼望的事情。

快入冬时，妈妈买了只半大的芦花鸡，羽毛好似黑夜中点点星光，头顶冠子深橘红色，低矮嶙峋。爸爸在东房廊上用竹筐给它搭了窝棚，说是到腊月，芦花鸡就下蛋了。此后，我每天就像盼着朋友来访一样，盼着它的蛋。

而这年的腊月二十三，也比往年添了惊喜——大概受到邻居祭灶热情的长年浸润，妈妈突然决定要重启她的祭灶事业。可这次祭灶却足够隐秘，等别人的鞭炮放完，晚饭也吃完，天空中半个月亮高高挂起的时候，她突然说："今年还是祭灶吧。"

"饭都吃完了，还祭吗？"

"祭！"妈妈一边说着，一边把当堂供着的曾祖母遗像前的香炉拿起来往厨房走。我也跟着她一路小跑。到了厨房，她开灯，拿出个小盆子，在面柜里舀了一大碗面。

"妈妈，你不是要祭灶吗？舀面干什么？"我忙问。

"舀面烙灶饼。这灶饼要烙十二个，灶王爷带上天呢。"

灶王爷可真能吃啊！不但嘴里要嚼着灶糖，而且要带只公鸡，现在居然还要带灶饼，我对灶王爷的不良印象又增加一分："为啥要十二个呢？"

"十二个灶饼，保佑咱们家明年每个月都平平安安的。"

妈妈一边说一边和面。灶饼长什么样？我从没见过，只是看着她的手在面絮中旋转。她又拿出两枚鸡蛋，打入盆中，那面就呈现出淡黄色。

揉好面，她把吹风机打开，早先埋下的火，就重新生长、跳跃、欢叫起来。妈妈在灶上放好平底锅，再放进花生，然后拿着木铲搅拌，渐渐的，花生的香气就泛了上来。花生炒熟后，轻轻一搓，一揉，红衣就掉落，露出泛着微黄的花生仁来。炒好花生，她又将芝麻放进锅里，我的口水已然在嘴里泛滥。

"妈妈，这个灶饼吃起来是啥味儿的？"我忙问她。

"灶饼可香了，你看这里面要放炒熟的花生、芝麻呢！"妈妈见我目不转睛地盯着她制作灶饼，说："和的面多了，给灶王爷献上十二个后，再给你多烙几个吃。"

我太高兴了，恨不得把这个消息分享给全院所有的孩子。

妈妈将花生和芝麻擀碎，又与切碎的绿葡萄干、白糖拌匀，然后把这馅儿包进圆圆的面皮中，再一压，擀成和柿饼一样大的圆饼。转眼间，十二个灶饼已一锅烙成，她就把它们装进白瓷盘中，一个压着另一个，摞得高高的，然后放到灶头上。看见给我的灶饼入了锅，我忙奔出去，先跑到对面张婆婆家，在门口高喊："镜镜！"

张婆婆家吃完饭正坐着聊天，镜镜听到声音就掀开毛毡门帘，露出个头来。

"我家祭灶了！我妈烙了灶饼，出来吃吧！"

镜镜溜了出来。

"走，到前院叫亮亮去。"我对他说。

趁着月色，我们打开二道门，进入前院，没想到今年的小年夜，亮亮家居然回来了，亮亮妈坐在门前烧火，"阿姨，我们叫亮亮到后院耍呢，我妈烙了灶饼呢！"

亮亮妈叫了声"亮亮"，嘱咐一句"早点回来"，我们三人就又飞奔回后院了。

满院都是灶饼的香味。我跑进家里，搬出矮脚方炕桌，放到花园旁边，再搬出三个凳子，围在桌子周围。然后便欢欣雀跃地跑进厨房了。妈妈的灶饼已经烙好，灶台上也点上红烛，香炉里三炷香燃烧着。我端着属于我的那盘灶饼，乐呵呵地来到院子，把它摆到炕桌上。

"你们等一下，我再去拿点吃的！"镜镜看见灶饼，便飞跑了回去。回来时，他两手抓着瓜子，兜里塞着糖果，腋下还夹着橘子，后面跟着七岁的兴兴。"开会了，开会了！"兴兴兴奋地喊着，"我也要开会！"

镜镜拿来的吃食颇多，就连兴兴手中也攥着苹果，一米见方的炕桌几乎被铺满了。兴兴蹲在地上，我们坐着，院子里的孩子从没这样聚过。腊月里夜深露重，我们身上冷着，头顶是叶子落尽的梨树，枝丫清寒。

东西房都亮着灯，光芒透进院子中央，而花园和南房的罗婆婆家却一道黑着。桌上白花花的灶饼，此时好像一只只小月亮落入盘中，在天上半片月亮的照耀下空前地亮，带动了整个桌子都在发光，把我的心也照得暖暖的。

我真想叫来这天所有不能祭灶的人，一同参加我们后院孩子的灶饼盛宴：那些孤身一人，没有兴致祭灶的；那些谋生疲劳，回家就栽倒在床上的；还有那些连灯也舍不得开，只静静听着别人祭灶声响的。

"大家吃灶饼！"我对着他们说。兴兴早已迫不及待地拿起一个塞入口中，镜镜也捡起一个，小口咬开，好像在检验着什么似的好奇地品尝着里面的馅儿。只有亮亮坐在月色下，一动不动，腰杆挺得笔直。

"亮亮，吃灶饼。"

"你吃吧，我不饿。"他像从前一样礼貌地慢吞吞地说。

镜镜停止了咀嚼，新取了灶饼塞到亮亮手里。

"你们吃吧，我妈不叫我吃别人的东西。"亮亮继续推脱着，脸上的神色并不自如。

镜镜放下自己的灶饼，瞪了他一眼："今天大家都祭灶呢，你妈说你干啥？你别扭扭捏捏，吃！"说着就把亮亮手里的灶饼塞到他嘴里。

兴兴抓了一把瓜子，也趁机塞到亮亮手里："亮亮，吃！"

亮亮嗫嚅着，一小口一小口地尝着灶饼，好像这饼不属于他，也好像吃着一件极为珍贵的东西，不舍得咽下去。

"亮亮，好好吃，这儿还多着呢。"我见状又塞给他一个，自己也拿起一只。那饼皮酥酥的，一咬开，芝麻花生在嘴里碎开，与糖浆融合在一起，甜甜的，好像最美的一场梦。咬一口圆圆的灶饼，好像天上的半片月亮握在手中。我们说着话，也不是什么特别的话题，只是学着大人的样子围在桌边，吃着东西，就觉得很快乐。

灶饼还没吃完，兴兴的妈妈英姑从对面出来，她穿着一身藏蓝呢绒大衣，脖子上扣着一圈白狐皮围巾："兴兴，走，我们该回家了。"

"我不走，我要开会！"兴兴喊着。

"今天太晚了，你要是现在跟我们回家，下回给你买好吃的，你拿去开会。"兴兴爸爸也出来了，他比英姑低一个头，长得几乎是大号的兴兴，大眼睛饱满得几乎要迸出来，头也又圆又大。听张婆婆说，兴兴的爷爷奶奶都是我们这个小城的"大官儿"，张家出嫁的三姐妹里，唯有老二嫁的条件最好了。

即使他爸这样说，兴兴还是不为所动，英姑就走过来，一把把地上蹲着的兴兴抱起："走了，走了，你们下次再开会！"

兴兴又圆又重，在英姑身上挣扎着，眼见抱不住了。

镜镜连忙说："赶紧回去吧，我们下次还开呢。"

他这才放心地从妈妈身上滑下来，依依不舍地走了。离开没多久，后院的门又被推开了，一个头探进来："亮亮！"他的妈妈轻声唤着他。

看亮亮坐在桌前，桌上都是瓜子壳和糖果纸，他妈妈忙问："亮亮有没有害人？"

"我们好着呢，我们开会呢！"镜镜喊道。

亮亮一声不吭，起身向门口走去，身影消失于黑暗之中。

看亮亮走了，我和镜镜坐了一会儿，都觉得无趣——不知为何，总觉得亮亮在的时候，这小小的宴会才显得热闹而圆满。下霜了，镜镜嘴里嘟囔着"各回各家"，也起身往张婆婆家走去。

半片月亮下，只有我一个了。一个人时，月亮就越坐越亮。从前周围黑暗的一切，似乎都更分明些：那花园里矮小而碎叶落尽的石榴树，枝丫向上尽力地伸展着，好像要伸手去捉月亮；房顶上的青瓦串成鳞片一样的屋顶，鱼背一样的屋脊，反着光，亮晶晶的，好像刚从水里打捞出来。南房的罗婆婆已经打鼾了，镜镜也嚷着要睡，爸爸妈妈的房间，电视的光芒明明暗暗，好像是黑夜中宝藏的光芒。这个世界尽力安静，万物却悄悄萌动着，流动着，跳动着。那个看不见，又吃了我家灶饼的灶王，或许也一边飞升一边盘算着今年汇报的内容。今年他故事里的我，会是一个好孩子吗？

7

腊月二十三，灶王爷上天后，小城所有人家就都要准备过年了。不管是穷人、富人、一家子、一个人，这个新年，热闹或寂寞，总要过下去。可这过去的一年，谁是好人，谁又是坏人，谁做下了好事，谁又害了人，也许没有人能真正完全地知晓吧。不过等灶王爷一上天，至少祖宅这个评判的任务就交给了前院的桂大妈。

你看，腊月二十四一大早，她就迫不及待来后院串门了，说是散心，却总要聊些夜里祭灶时的新闻旧事。一会儿，她洪亮的笑声就升起来了："哎呀张妈，你知道吗？今年亮亮妈到年集卖对联去了，摆摊摆了这么多天，昨天终于卖出去一副，挣了两块钱呢！"

"那是好事啊！"张婆婆高兴地说："亮亮爸爸不是大学生吗？字写得又好，看来还是有人相中，肯掏钱了。"

"啥大学生？！每天就晓得在床上躺尸，跟电打了一样！"桂大妈照例骂一句亮亮爸爸，可马上话题一转，眉飞色舞，好像一直等待别人提问，等不来，只好迫不及待地自问了："你们猜亮亮家昨天一共挣了多少钱？"

"多少？"

"卖出去一副对联两块钱，摊位费呀却被收了两块五！"桂大妈乐得直拍大腿。大伙儿全都哈哈大笑起来，好像听了旧年最精彩的一个笑话。

清粥朗月

1

年复一年，祖宅的日子就在这样的"好事""坏事"间流转着，灶王爷上天汇报得多些少些又会怎样呢？人们依旧过着各自艰难或平淡的日子，可自从我家重新祭灶以后，院里的一切似乎都有了变化。

先是年后，前院任家突然搭起一个大帐篷，占据了大半个走廊，棚子帘幕垂下，只开了个小门，里面灯火通明。四面八方的陌生人急匆匆地进出着。我透过帘幕缝隙窥去，但见任家堂上停着个铺满麦草的床板，其上躺着任爷爷，遍身绫罗，一动不动。

任爷爷眼花耳背，常挂着拐杖在前院慢吞吞地走路，我着急出门的时候，他总在前面蜗牛一样缓缓挪着，根本听不见后面的声响。看他颤颤巍巍的样子，我都不敢激烈地向前跑，以免将本已摇摇晃晃的他撞倒，于是就只能跟在后面，也慢吞吞地挪步，心里焦躁极了。

前后院共享一个厕所，进入时仅通过咳嗽示意。可遇到耳背如他，即使你咳成肺痨，也根本不顶用，最好的方法，就是赶紧提起裤子匆忙跑出去，从他身边经过，他也完全觉察不到。

翻过了年，我也就十岁了，在任爷爷之前，从没见过人死。他的离世，叫我先松了口气。从此在前院想疯跑就疯跑，想上多久厕所就上多久了。

可跑久了，有时心里会突然空落落地震一下，好像想起一件尚未完成的重要的事，那事就在任家的方向，黑黝黝的一大块注视着我，即使我站在阳光下，也觉得有些寒意了。

任爷爷离世没多久，前院的棚子又搭起来了，这次是任婆婆。

老而谢世，独雁不活，这几乎是他们口中的理想死亡了。任家一下没了两口人，宽敞起来，任爷爷的儿子老任就成了一家之主，或许觉得家里还不够大，就在堂屋口盖了间厨房，占据了前院通道的一半。从前和老婆翠莲住的另一间也被推倒，盖成了钢筋混凝土的新房。高堂双双一走，任家竟旧貌换了新颜。

这边任家大兴完土木，对面的常婆婆突然一病不起，没几天也归西了。他家倒没搭棚子，只在廊台摆了些椅凳，请来些道士念经。其间有个女道士相貌清癯，颇为虔诚，总坐在门口，闭着眼睛，人来人往，不睁眼，也不致意。人们说那是常婆婆的大女儿，在山上修道呢。

我不知道修道是什么，但见她的样子别致极了：靛蓝长袍，长发高束，青白玉棍在头顶缩成一个篡儿。长长的白袜子一直要裹住小腿，脚上却是一双草鞋。

"道人是做什么的呢？"我悄悄问常爹爹。

"道人要修神仙呢！"他答着。

"神仙就咋样啊？"

"神仙啊，长生不老，万年不死。"

"不老"与"不死"，对十岁的我来说，还陌生得很。院里的老人仿佛生来就是老的，而死却完完全全是一个惊讶——此前，我以为人会一直老下去，老到像任爷爷那样眼花耳背，像常婆婆那样手脚酸痛，可这之后呢？原来还有一个"死"等着人呐！死是什么呢，我说不清，也许就是当想到死去的人时，心里会一脚踏空。世间的道路突然多了些空洞，比罗婆婆家的夜还要冷。

然而这年，罗婆婆也病了。"我梦见常婆婆叫我呢。"这次，她对张婆婆说。

她不再每天搬上小板凳坐到前院门口看人来人往，这次，她连自家的门也不出了。不久，后院也搭起了棚子，来了许多人，都是平日从未见过的，闹哄哄的，入夜还不肯离去，罗婆婆家门口新点上一个明亮的大电灯泡，照得半个院子如同白昼。

这一年的夏日再也不似从前了。过去一到六月，前院桑树底下，任婆婆就穿着月白色的斜襟布衫，罗婆婆和常婆婆穿的是深蓝色，三人提了板凳坐在一处纳凉聊天。罗、任都是小脚，也更老些，都扶着拐杖坐着，而常婆婆总是笑盈盈的，有时候站起来，回到厨房，给两位老人端碗水或者拿上半片馍。桑叶吸足了阳光，投下斑斑驳驳的影子，落在她们的肩头和布鞋上。我们几个孩子跑着玩儿，一会儿围着她们捉迷藏，一会儿在她们面前跳方格。亮亮总爱学蛙跳，边跳边模仿着青蛙"呱呱"叫，众人一笑，他就更带劲了，丝毫没有注意到裤子早已裂开一道大口子。三个婆婆起初微笑着看，后来见我们笑得有些过分，终于注意到那个破口，也禁不住笑得白发乱颤，脸上的皱纹都挤到了一块儿，任婆婆边笑边咳嗽，罗婆婆则一句一句地喊："亮娃啊，别跳了，别跳了，屁股亮出来喽！"

没几个月，这样兴高采烈地叫着、笑着的她们，都走了。

罗婆婆死后，张婆婆神神秘秘地跟桂大妈说着话："罗婆婆这一走，恐怕以后要到阴间受罪呢。"

"为啥？"

"回魂夜第二天早上，我去罗婆厨房看了，灶底下的炉灰有铁链的印子呢！"

"哎呀！"桂大妈大惊失色，"可苦了罗婆了！"

什么铁链印子？我想不明白，忙缠着问桂大妈："有铁链就怎么了？"

"有铁链就证明罗婆婆走的时候，是牛头马面用铁链子拴走的。"

"牛头马面是啥？"

"他们都是阎王爷跟前的小鬼，一个长着牛头，一个长着马面。人死以后，还不知道自己死了，头七回魂夜会回家来，这时候牛头马面就要把人的魂引到阴间去，如果是做了好事的人，他们就用麻绳拴起来牵走，如果做了坏事，那就用铁链子拷走。"

罗婆婆做啥坏事了？我禁不住想。为什么牛头马面会用铁链子拷她呢？她一个人不声不响住着，既没说过别人的坏话，也没害过人。难道……是灶王爷干的？她不祭灶，灶王爷一年到头就没什么好吃的，就说了坏话……再或者，是牛头马面认错了人？

"张婆婆，你从哪里看见是铁链子的？"我忙又跟张婆婆求证。

"回魂夜的那一晚上，罗婆婆的侄儿在灶边铺了一层薄薄的炉灰，牛头马面带人的时候，就落下印子来，第二天就能看到。"张婆婆对我解释道。

准是他，准是灶王爷干的，他一定给牛头马面说坏话了，所以才有这些灶前的印记。一听这个，我心里又坚定了我的推测。

"我妈去世的时候我也看了，灶前是草绳子印。"桂大妈信誓旦旦地说，"任婆和任爷也是草绳子。"

"罗婆咋会是铁链子呢？"桂大妈也想不通，"后院有花园呢，会不会是猫儿或者老鼠爪子？"桂大妈再问一遍。

"我看不像，这事情真的有些说不来呢。"张婆婆压低声音神神秘秘地说。

我看着罗婆婆厨房的方向，那里好像有个秘密一直被掩藏在积年的灶灰里，直到今天才显现出来："张婆婆，那印子现在还在吗？"我想立马跑过去查看。

"早都收拾掉了。"

错过这么一件大事，我遗憾得很，叹道："牛头马面啥时候还来啊？上一次我都没看见！"

"啊呀，你个小娃娃，可千万别这么说啊！"桂大妈慌忙地制止了我，我从没见过天不怕地不怕的她眼睛里散发出如此惊恐的神色，"牛头马面来，你要是看见了，那就是要你命的时候！"

我吓得赶紧捂住嘴。

"他们都是大晚上来，看不见的。"张婆婆见我惊恐，缓缓地说。然后她转移了话题，"听说这间房子罗婆婆的侄子进城的时候会住，也可能是她女儿那边的人会搬进来呢。"

我已经顾不上新邻居的事了。原来在上天言好事的灶王爷外，还有两位专管勾魂的。他们这几个月在我沉睡时频繁造访，隔着一院的夜色，我又一次次毫不知情地经历了不远处的死亡。可这牛头马面会不会被买通，会不会也欺负人呢？想到束缚在罗婆婆小脚上冰冷而坚硬的镣铐，想到她歪歪斜斜地走，疼得倒吸气的样子，我就特别生气。

可不论神对神错，我年老的邻居们，是再也回不来了。

罗婆婆死后不久，常爹爹告诉爸爸，北山顶上的泰山庙新修了偏殿，两侧塑了十殿阎君，还有牛头马面，我忙央求爸爸带我去看。

进了泰山庙，但见每侧偏殿都有五个神像高高坐着，爸爸说那就是阴间里的十殿阎君。牛头和马面一边一个，两米多高，一个提着铁链子，另一个提着麻绳——这就是他们的作案工具。

再凝神看各殿阎君脚下跪着的塑像，我才吓了一跳：有人张大着嘴，舌头被绿发小鬼拔了出来；有人眼珠子生生被剜出，肚皮也剖开，肠子流了一地；还有的，正被两个小鬼拖进石磨，半身已经磨成了血浆。看着这些受酷刑的人像，我的心狂跳不已，这就是桂大妈口中的阴间，人死后的地狱吗？

爸爸念着介绍牌上的文字，显然，拔舌的是挑拨过是非的，剜眼睛的是窥探过人隐私的，至于剖腹、钩肠、磨碾，我已经不敢再多看一眼了。

那做过好事的人呢？

爸爸指着第十殿阎君旁的望乡台说：你看，那上面的就是常做善事的好人，他们不用经历阎罗殿刑法，可以直接上望乡台，在那里就能看见自己的家乡了。

我抬头看着望乡台上身着古装的男男女女，好像一束光照进心里——原来还是有人能走过地狱却毫发无伤。可祖宅中消失的四个老人，谁又能上望乡台呢？上去了的，望见故乡时，又能不能看见我呢？看到那些好人张望的样子，我又感到一丝庆幸，知道槐树下的开怀大笑，祭灶日的热闹和悲凉，还有桂大妈前后院散播的消息，不再只是当时当刻过了就消失的片段和声响，说不定有些遥远的眼睛和耳朵，正跨越幽冥边界千山万水默默追踪着我们。

想到这点，祖宅里那些时不时感受到的空洞似乎也并不那么可怕了。死去的人，还有另一种方式存在于我身边，这让我陡然升起了希望。可是，那些能上望乡台的，得是多好的人呢？我又算不算得上是好人呢？

我还没来得及细想后院罗婆婆的事，却发现，她家的空洞要被人迫不及待地填上了。

2

有一天我从巷里玩回来，突然看见祖宅门口停着一辆板车，上面架着些箱柜。匆匆跑到后院，但见罗婆婆家的门大张着，一个不认识的男人正往房内搬家具。张婆婆和小女儿也站在门口向南房张望着。

"有人要搬进来了？"我忙向张婆婆喊。

她点点头："罗婆婆外孙女一家。"

"罗婆婆还有外孙女？！"我惊讶得很，这后院中从没见过她的影子。

"罗婆婆不但有个外孙女，还有个外孙呢。搬来的这个是里美，是她养女的女儿，前面进去给他抬家具的那个瘦子，就是罗婆婆的外孙，里美的弟弟，叫里仁。"

隔天便见南房前所未有的热闹。一个三十岁上下的女人端着铝盆从房内走出，在花园边洗着青菜。清水爬上她纤细的手臂，水面反射的太阳光影悄悄落在她两肩垂下的卷发上。她低头把淘菜水倒进花园时，后脑勺别着的一只好看的黄色塑料发夹也在阳光下熠熠生辉。

看见镜镜、兴兴和我，女人放下手里的菜盆，脸上荡漾着笑意。她眼睛弯弯的，一笑，脸上就涌出两团光洁的苹果肌。她的裙子是橘红色，上面分布着大块的黄色花朵，还扎着一条黑色带钻的松紧腰带，显出她纤细的腰部。我不禁看呆了。女人问了我们几个的名字，转头就对屋里喊一声："培培！"

"哎！"一个比兴兴略小，看起来六七岁的小男孩跑出来。他的头型甚是奇怪，扁着，好似一枚卧倒的鸡蛋。

"这是我们家培培，你们以后带他一起好好玩哦！"那男孩看着我们，我们也看着他，不知对方是何来路。

到了晚饭时，他们全家就坐了出来，把饭菜放在花园红砖护栏上方的水泥台上，一人拿了一只小板凳，低头坐成一排。

"里美，吃饭啊？"张婆婆出来倒泔水，远远和那女人打着招呼。

"哎"，她起身也打了个招呼，然后指着身边穿白色背心的大块头男人说："这是我们家老吴，那是培培。"

这个叫老吴的男人礼貌地站起来，跟张婆婆点头。我从没在祖宅见过这么高大的男人，他伸展手臂，一跳都可以够到头顶梨树结的小圆果。而爸爸每次摘梨，都要把梯子架到树干上，才能够得着呢。他穿着军绿色短裤，两条腿又粗又毛，好像两根巨大的仙人柱，每条腿差不多都和镜镜一样高了。

"哎呀，培培爸爸个子真高啊！"张婆婆赞叹着。

"他在酒泉的部队工作呢，也快转业了。"里美笑眯眯地说。

酒泉，那是一个地上满是酒的地方吗？来自酒泉的培培爸爸咧嘴笑着，两颊红红的，自然带着喝醉的样子。他的嘴真大啊，都可以咧到耳朵边了。

3

祖宅的孩子又多了，后院来了培培，而前院自从常婆婆去世后，常家也新装修了一间房子。常爹爹的大儿子新路一家就搬进了新房。新路的儿子江江，是常爹爹膝下唯一的孙子，六岁，最喜欢找镜镜玩。镜镜捉蚱蜢，他就帮忙提蚱蜢笼，镜镜要种各色喇叭花，他就做线人，以找爷爷的名义，潜入小巷各户人家，偷偷侦查他们的花园里是否有稀奇的喇叭花种。那些紫色、淡蓝、玫红和浅粉的喇叭花籽都被我们寻见，江江又跑到巷子里更远的人家，带来了白色的花籽。

他每天在巷子里挨家挨户"找爷爷"，巷人每次遇到常爹爹，都要提醒一句："他常爸，赶紧回家，你孙子来我家找过你呢。"常爹爹也就赶紧回去。

一回去，便照例是桂大妈的一顿臭骂："叫你出去打瓶醋，你看你走了一圈两手空空又回来了！你干啥呢？"

"娃来寻我回家呢。"

"叫你干活，就往娃身上赖，娃寻你干啥呢？寻你干啥呢？"

常爹爹一看桂大妈就要爆发，转身拔腿就往后院跑。

桂大妈追出来站在前院中央，两手叉着腰，声色俱厉地朝后院骂道："每天我一说，你就躲去后院莳弄你的几盆烂花，莳弄来莳弄去，花的叶子还没你头上的毛多。你咋不把花当你爷供起来呢？"

逃到了后院，常爹爹就变成了另一个人，喜笑颜开地和大家打招呼，然后便去给自己花园边的盆栽浇水、除草、施肥、捉虫。等一入秋，那些被他悉心照料的菊花就开了，有的纯白，花瓣纤细，好像垂下来的一窝瀑布，有的深红，花瓣尖尖的，仿佛长长的手指甲。

他常来，江江也成了后院的常客，自然就遇见了新来的比自己大一岁的培培。

江江黑，培培白，江江瘦得像麻秆，而培培圆乎乎的，脚背手背好像鼓起的小馒头。江江的眼睛大极了，睫毛又黑又长，眨一下，仿佛眼睛上停了黑色的蝴蝶扇动着翅膀。培培的两只眼睛嵌入胖胖的脸上，形成了两条肉缝，因为每条缝都细且长，他看别人的时候，好像总带着蔑视而赌气的神情。

"你叫啥名字？"江江靠着花园护栏问道。

"我叫培培。"

"啥？肥肥？"江江没听清楚，重复了一句。镜镜听到了，哈哈大笑起来，跟着起哄道："哈哈，肥肥！肥肥！"

"不是肥肥，是培培！"那边瞪起了眼睛。

"你长得这么肥，我们以后就叫你肥肥吧！"江江打趣道。

培培左右看了一眼，往自家门口退了一步，然后突然仰起头，咧开嘴，大哭起来，边哭边喊着："我不是肥肥，是培培！"

我们几个小孩，从没见过有人能迅速表演出这样的场景，不禁面面相觑。培培喊着，眼泪也顺着脸上的肉沟流下来。江江见状，赶紧闪到了低头莳弄花草的爷爷旁边，只有镜镜拽着培培的衣服，摇着他的胳膊："哎，你，别哭了，我们没把你咋样吧？"

培培一听这话，收了泪，几乎是干号起来。

"咋了？"里美和张婆婆闻声从各家赶了出来。一见妈妈，培培立马扑进她怀中，干号又变成了涕泪横流，好像天塌下来一样。

张婆婆见镜镜站在旁边，忙问："是不是你欺负培培了？"

"我没有！"镜镜瞪大着眼睛，怒气冲冲地盯着张婆婆。

培培哭得说不出话。他妈妈轻抚着他的后背："没事，没事，人家没把你咋样，你哭啥呢？别哭了，你是个大孩子啊。"

培培这样惊艳的亮相，孩子们都有些招架不住，散了的时候，镜镜仍然憋着气，一步一回头地瞪着南房。哭，对于自诩成熟的孩子来说，是很严重的事。祖宅的孩子凑在一起，平日玩儿总是笑啊疯啊闹啊，即使跑来跑去摔一跤，爬起来拍两下土，依旧笑嘻嘻地疯闹。可培培仿佛带来了新风尚。下学回来，他拿着一只桃子，从家门往出走，被门槛一绊，摔了一跤，便自顾自张大嘴巴仰天大哭起来，而且他哭的时候，总是要对着自家的房门方向，直到他妈妈系着围裙，擦着双手，一路小跑出来关切地问："怎么了？怎么了？"

就连在家的张婆婆听到声响，也赶紧出来，以为自己的某个外孙又惹了培培。

这个时候，镜镜总是远远地瞪着培培："爱哭鬼。"

可哭过后，培培就又跟没事人一样，隔几日看见我们在院里跳方格，他也嚷着要参加。跳方格要用沙包，可我们院子这么多小孩，却连一个沙包也没有。

当培培说要参加时，镜镜特意问："你有沙包吗？"

"没有。"他眼巴巴地看着我们。

玩是小孩子结成友谊的最简单方式，江江看着培培，突然间就软下来："那你可以和我们玩，但你不许哭。"

培培看着大家，然后怯怯地"嗯"了一声。

"输了，摔了跤，都不许哭。"江江补充道，"你要是哭，就不跟你玩！"

"我不哭不哭！"他提高了声音，满脸委屈的样子。

培培受了警告，加入了全院的小孩队伍，果然乖了许多。跳格子的时候，他摔了一跤，屁股重重磕在地上，他大叫一声，刚要仰头干号，兴兴跑了过去，一把按住他的肩膀，指着他的鼻子："你哭！"

培培眼睛已经红红的了，见状立即闭了嘴巴。

镜镜也跑过来："哭，你哭啊？"

培培硬生生地把眼泪又憋了回去，"我不哭了，我才不哭呢。"

这样，他终于成了我们中的一员。

4

盛夏的小巷，太阳一落山，老人就纷纷带着蒲扇出来乘凉。巷子长，中间有块空地，分开了前后巷。空地三面都是白色院墙，围起来就成了小广场。滚铁环的孩子从广场一路往下冲到巷口，再呼啸着一路往上滚回来。

一到晚上七点，路灯就亮起来。白闪闪的灯光，照得小巷青石地面泛着寒光，令上返的暑热也不那么难挨了。北山凉风一下来，总是老人最先发现，总有人的大襟衣角被风吹着飘起来，她就直起身子，伸长脖子，鬓边的丝丝银发也飞动欢呼着："哎呀，风来了，风来了！"孩子们听到，瞬间弃了铁环，举着双臂，寻找着风。有人找到风口，就忽闪着双臂，学着雀儿飞翔，大呼小叫着："哎呀，好凉快！好凉快！"其他孩子听了，也一并涌上来，纷纷作鸟飞状。人一多，风就像捉迷藏似的，变了方向，一会儿吹得大门忽扇忽扇，一会儿又钻进灯下下棋老头儿的短袖里。

孩子们寻不到风下一步的去处，只得在广场上一边跑一边找，最后总是听见头顶的大槐树叶子沙沙作响。"风上去了！"他们叹着气，"要是能睡在树上，那得多凉快啊！"

他们寻思着爬树，可那树最低的枝丫都比房顶高，看这情势，也只好散了，有的继续拾起铁环，有的就依偎在正在乘凉的祖母身边，还有的呢，总是不甘心，也不想回家，就在广场上踱来走去，看着每一个乘凉的人，寻找下一阵凉风的去处。

这拨无所事事捕风的孩子，正好就遇到了满巷奔跑煞有介事的我们。我们院孩子夏夜外出做什么呢？这还得重新从培培说起。

自他一来，祖宅前后院常驻的孩子就有六个了，而四面八方的害虫不知从哪里得了消息，也来凑热闹。

先是，常爹爹料理后院花盆时发现了异样。菊花茎上竟爬满了密密麻麻的小虫，这样，他进后院就更勤了——当然，桂大妈叉着腰在前院也骂得更大声。每次他来，都端着一个盛满肥皂水的酒盅，江江则拿着毛笔，帮他把肥皂水刷在花茎上。刷了两天，江江突然指着花园里的葫芦叶说："爷爷，你看，葫芦也被咬了！"常爹爹循声望去，但见藤上好几片叶子都出现规则不一的孔洞。常爹爹叹道："啊呀，还有别的害虫！"

我看了许久，并没发现什么。只是培培坐在花园边吃蛋炒饭的早上，突然又"哇哇"大叫起来。他妈闻声赶出来，厉声斥道："咋啦？大早上又哭啥呢？"

他指着蛋炒饭"嘤嘤"地哭："饭里来了一只蚂蚱，一只蚂蚱！"

"蚂蚱呢？"

"飞了，飞了！"

此后，人们每每赏花时，眼前常有蚂蚱跳来蹦去。那些翠绿尖头的，长着两只长长的触角，一扑就跳得一两米远，还有褐色的小蚂蚱，落到土间根本辨认不出来。镜镜看见了，也伸手去捉，边捉边喊着："花园里要有螳螂就好了，螳螂可以吃蚂蚱呢！"

可是螳螂，我们几个孩子都没见过，去哪儿找呢？大家纷纷去打听，当然，好消息又是从桂大妈处得来的："晚上巷子路灯下会有螳螂哩！"

这样，太阳一落山，路灯刚燃起来，我们全院六个小孩就出动了。走在前面的照例是镜镜，个子最高的亮亮跟着他，手里拿着网兜，江江身手敏捷，一出门就跑去探路，兴兴和培培断后，一队人走得雄赳赳气昂昂，好像整个巷子都是我们的。

从巷子里走了几个来回，众人都有些泄气了，眼看踱回祖宅，又要各回各家，突然，江江喊道："看那儿！那是什么呀？"

众人望去，但见祖宅门口路灯下的白墙上，停着一只又长又瘦的褐色昆虫，大概有江江的小臂那么长，三角形的头转来转去，前肢收起，好像提了两把锯子，随时要进攻的样子。

"螳螂！"镜镜大叫了一声。他的大眼睛明闪闪的，都要从眼眶里迸出来了，嘴唇因为激动轻颤着，"退后！退后！"他压低声音。

所有人都退到祖宅对面的墙下。

镜镜一把从亮亮手中抢过网兜，踮着脚贴着祖宅的外墙一步步向螳螂挪去。然后突然向上扑去，可他个子太低，毕竟还没有够到，螳螂呢，似乎根本不在乎它下方的小人儿，连飞都不飞一下，只是又向上轻盈地挪了些步子。

折腾许久，虽然没捉到螳螂，众人的热情却丝毫不见消散："镜镜，这就是螳螂啊！""螳螂这么大吗？""螳螂会不会咬人？""后院的鸡和这么大的螳螂打架，谁能赢啊？"所有问题都抛向镜镜，他抿着嘴巴呆了许久，然后狠狠地说："这么大的螳螂我都没见过，这个颜色的也很稀有，咱明晚继续！"

也许是这褐色大螳螂的吸引力一直持续到翌日，太阳还未落山，孩子们就集合了：培培刚吃完饭，手里还握着半只桃子，汁水从他的指缝渗下来；江江操心着螳螂的事，根本就激动得没吃，任桂大妈在他身后端着碗追，为躲桂大妈，所有人先拼命跑，一直躲到巷子广场的槐树背后，见桂大妈骂骂咧咧地打道回府，众人这才开始拉网式找螳螂的旅程。

"镜镜！镜镜！"这次又是江江，他在广场拐角的墙壁上发现了一只绿色的螳螂。"亮亮！网兜！兴兴，搬砖头过来垫脚。"镜镜喊着所有孩子帮忙。

终于要到捉螳螂的关键时刻了，大家都屏住呼吸，一点点围拢到它停留的路灯下。

正紧急处，突然"砰"的一声，亮亮的手肘狠狠磕在墙壁上。

螳螂受了惊吓，"唰"的一下飞了。

"干什么！"镜镜转头大声斥道。只见我们身后，不知何时聚拢来三个少年，最小的也和镜镜一样高。其中一个，不正是先前广场上滚铁环的孩子吗？

"谁推的我？"亮亮捂着碰疼的手肘，皱着眉头愤愤地对他们仨说。

"哎哟，这不是前面住的瓜亮亮吗？"最大的少年嬉皮笑脸地说。

"瓜亮亮咋了？你推人干啥呢？"镜镜看到亮亮贴着墙，懦懦地不言语，连忙站在亮亮前面。

"瓜亮亮还不能推了？你哪里来的，还领着这帮瓜怂捉螳螂，哈哈。"滚铁环的孩子冲着镜镜笑道。

"亮亮是我们院里的，你就是不能推！"个子最小的江江像个斗鸡，大声叫着，"你们才是瓜怂！"冲到了个子最大的少年眼前。

他见江江冲上来，忙推了一把，江江一个趔趄栽倒，屁股磕到地上。

"啊呀，打人啦！打人啦！"培培带着哭腔喊起来，铆足了劲儿撒腿就跑，一溜烟就没了。兴兴呆住不动，脸蛋憋得通红。

"你凭什么打江江！"亮亮从疼痛中缓过来，驳斥道，而镜镜扶起江江，怒目相向。

"凭什么？这哪有你这个瓜怂说话的地方。"最大的少年照着亮亮后颈又是一巴掌，"你们站的地方，是我家的院墙外面，你们别想在我家的地盘上捉螳螂，从哪儿来的到哪去！"

镜镜抬起头，他的大眼睛已经气得通红，胸脯一起一伏。江江握着拳头，站在镜镜旁边，亮亮也斜着眼睛瞪着他们。兴兴紧紧抓着镜镜的胳膊。一阵寂静，全院的孩子没人说话。他们仨看见我们都沉默，得意地笑着，转身就走。

走了还没半米远，我们终于听到——几乎是盼望落地似的听到镜镜低沉的声音："打！"

几乎同时，我们一并向三个少年冲去。镜镜跑得最快，他的拳头落在最大少年的背上，亮亮不主动攻击人，只是用手肘来回甩开对方攻击的拳头，江江则冲向前去，他个子小，抓住一个少年的裤子就往下扒。兴兴挥舞着小拳头，锤着滚铁环孩子的腰。我气急败坏，早想出手，见大家厮打在一起，就看准那仨人的小腿狠狠地踹。

打得正欢，突然听见一声厉吼："干啥呢？打啥架？还不往回走？！"眼见有人拉开江江和大孩子，定睛一看，桂大妈、张婆婆、秀姑，就连亮亮妈妈都出现在眼前。

怎么全院的邻居几乎都来了？还没明白过来，秀姑就拉着镜镜的衣襟往回拽："说是出来抓螳螂，原来在这带着兴兴学打架来了，你真是长进了！走，回！"张婆婆也拉住兴兴，上下打量着："哎呀，娃哪里打疼了没？以后再也不敢打人呢！"

桂大妈一边往前推着江江，一边骂道："叫你吃饭你不吃，急着投胎一样往出跑，跑到这里吃拳头啊？"

亮亮妈妈呢，脸色沉郁，声音依旧是柔柔的："亮亮你还学会打人了。"

"我没有打人。"亮亮辩护道。

"亮亮没打人，是他们先打亮亮的。"镜镜回过头来远远对亮亮妈喊着。

"是他们先打我们的！"江江也喊道。

"走，往回走，以后晚上别出来了。"亮亮妈妈对儿子说。

我看到大家都要撤，也准备回去了，临走时，瞪了滚铁环的孩子一眼。从他身边经过时，他突然单腿一抬，踹了我小腿一脚。

"啊！"腿上像被烙了铁，我站不住，捂住腿赶紧蹲下了。

"以后见一回我踹一回。"他在我头顶，对我狠狠啐了一口。

5

捉不到螳螂的日子，后院的虫灾越来越严重，亮亮被禁了足，我们去找他，他正低头一声不吭蹲在门口劈柴，正在烧火的亮亮妈听见声响，抬起头来："你们去玩吧，亮亮这个娃不知轻重，我就叫他在家里干活，免得以后出去把人打了。"可所有孩子都知道，亮亮从不打人，只有被人打的份儿。

兴兴奶奶听见孙子在张婆婆处挨了打，忙把他接了回去。那个没有捉到螳螂的夏夜过去后，也就只有江江，还执拗地跟着爷爷来后院。

那天过后，我像往常一样去喂芦花鸡，可发现自己蹲不下去——我的小腿出现一块淤青，就在膝盖正下方，青紫色的，中心还泛着黑，稍稍一碰，皮肤就连带身上其他部位一并刺痛起来。肩、背、手臂、脚，到处都有痛在呼应它，它们联络着，交流着，仅仅一夜，我的皮肤下好像生出一个黑暗的异物，以疼痛宣告它的存在。

它嘲笑我，在我每一次害怕出门时羞辱我；它又刺激我，令我一遍遍回忆起大孩子凶恶的表情，以及那场并不痛快的殴斗；它还蛊惑我，让我急切盼望着出门就遇到那个踹我的少年，倘若见到他，就使出浑身力气去踹他，用拳头砸他的背，捅他肚子，最后揪他的耳朵。如果他逃走，它又激励我站在巷子中央，叉着腰，向他的方向吐口水。

这个异物出现在我身体，以淤青为标记，可即使它慢慢消散了，也是溶解于我身体中，被我消化，吸收，成为十岁的我。我感觉自己和从前不一样了，我不仅是一个打过架的小孩，而且，我开始不怕打架了。

这个夏夜过后，镜镜早上起来，总在花园捉蚂蚱，江江也来帮忙。培培站在自家门前，不像往常一样凑过来和我们玩，我们叫他捉虫，他也扭扭捏捏，连门槛都不敢迈出半步，好像那一夜过后，我们这些孩子都不一样了，每个人身上都散发着与他不同的气味、颜色。

培培妈看见培培怎么也不出来，就对我们语重心长地说："你们在院里捉蜻蜓、蚂蚱都成，以后可不敢学坏孩子打架了！"

坏孩子？我们做了坏事吗？我们既没欺负人，又帮亮亮去打欺负他的人，这算是坏事吗？我如鲠在喉，生平第一次，有人说我们在学坏。怎么一个人这么不知不觉地就变成坏人？我看着南房，想着那里曾住的罗婆婆，也许她也是这样被冤枉的。

扫院子的张婆婆听到了，忙赔着笑："啊呀，要不是培培来给我们说，你们跟人打成啥样了我们都不知道。"

原来是他！我盯着培培，那个体内的异物瞬时苏醒了，是他告的密陷害我们！

"我们不是坏孩子！是他们先欺负亮亮的！"江江听到这话，对张婆婆喊道。

张婆婆怜爱地看着江江："这个娃娃，你别看人小，打起人跳着打。你也别看亮亮，个子大也是个不中用的，打人都不会挥拳头。"

"培培这个奸臣！"我听见身边的镜镜低沉着声音，咬牙切齿地说。

好不容易过了一个月，兴兴终于被他爸爸送回来了。他在奶奶处待不惯，总吵着和我们玩，闹了一场又一场。这一个月，院里的孩子总没有聚齐。培培总用警惕的目光瞪着我们，我们在院里玩，他就站在门口，想加入又有点怕的样子，好像我们都沾染了一种叫"坏孩子"的病毒。

兴兴的到来似乎让培培放松了不少。大概走了一个月，他身上沾染的"坏孩子"气息就稀释了一样。培培就只跟他玩。兴兴看电视里的摔跤比赛上了瘾，就跟培培提议摔跤。两个胖胖的小人儿在院里扭作一团。

　　"观众朋友们，下面是本院的摔跤比赛，由俄罗斯选手兴鲁格鲁斯基对培培！"镜镜看到二人摔跤，忙拿着手里的黄瓜做现场播报。

　　"兴鲁格鲁斯基？"兴兴停下来问道。

　　"俄罗斯的摔跤运动员可厉害了。你又不是不知道。"镜镜说。

　　"那我也要当俄罗斯运动员，我也要个俄罗斯名字！"培培一听，连"坏孩子"的念想也抛弃了，求镜镜给他起名。

　　"那你就叫培万诺夫。"镜镜拗不过，随口给他起了个名字。

　　可俄国人的名字实在太长，叫一个人都要拐好几个弯呢。为了方便，兴鲁格鲁斯基就成了"司机"，培万诺夫就变成了"诺夫"。诺夫哪有司机好记，我们叫着叫着，就变成了"萝卜"。

　　"兴司机！"

　　"哎！"兴兴边应边笑。

　　"培萝卜！"

　　"哎！"

　　培培也兴高采烈地回答。换了名字的他，变得和萝卜一样，味道并不怎么好，但人也都能勉强接受。没想到隔日，正在巷子里玩的我们又被培培妈叫住了。

"镜镜，你们几个来一下，我跟你们说个话。"她看着我们，和培培一样，眼里满是嫌弃："你们在一起玩，不要给培培起外号，培培就叫培培，不是什么萝卜，也不是什么豆子。"

培培妈站在巷子里教训我们时，我们突然发现，先前打架的一个少年竟迎面走来。看我们被教训，他立马来了劲儿，做着扭秧歌的慢动作跃然而来。更气人的是，他的手臂上，停着一只巨大的褐色螳螂，就是我们见过却捉不住的那只。他经过时，一边吐舌头，一边抬高那条停着螳螂的手臂，扭着腰臀向我们炫耀。

因为正对着培培妈妈，我们不敢说话，更不敢跑去跟他计较。一定是培培说的，他又把我们之间的事悉数告诉了他妈。当初也是因为他的陷害，我们才没有继续和那几个少年打下去。如果打下去，我们五个对三个，一定能赢，那只巨大的褐色螳螂，本应停在我们的手臂上。

接下来的几天，我们盘算的只有一件事——打培培。打他，这两个字变成一个召唤，一种使命，身体里的异物也游到我耳边轻轻吹风——打他，没什么比这个更迫切、更要紧，它胜过所有从前的游戏，厮磨的时光，以及好孩子坏孩子的说辞。

就算做坏人，也要一心做下去，是深渊，也要一味跳下去，我已不在乎什么牛头马面灶王爷。总归会有小年夜的糖瓜粘住灶王的嘴，会有牛头马面黑夜里欺负好人，我们打一个"告密者"又有什么大不了的？实在不行，就照常爹爹那样去泰山庙磕头罢了——此刻打培培成了我们不惜一切代价要履行的任务，它占据了我们几个小孩生命的核心。

6

谋划打人时，孩子的智商情商都会飞涨，正如兵法里，总藏着最变换多端高深莫测的人类智慧。

首先，不能在祖宅里。一打，他就猪叫起来，桂大妈又无时无刻不在，她耳朵灵敏，一听见风吹草动，准从门槛里跳出来。还有任家的四个大孩子，个个都是狠角色，要发现我们打培培，说不定也会帮手，一人一拳，把他打死就不好了。想来想去，把培培骗到巷角就成了我们的唯一选择。

"我们需要一个诱饵。"镜镜说。

"我去叫他，他现在就跟我玩得好。"兴兴自告奋勇。可领了任务，他又犹豫起来："要说啥培培才会跟我到巷角呢？"

"你要跟他说，我们都不在，广场的少年也不在，你在巷子里发现了螳螂，叫培培拿只罐子来捉。"镜镜说。

"说螳螂，他可不愿意出来。"兴兴迟疑着。

"那说什么？"江江问。

"说他的爸爸！"我灵机一动，为自己的好主意洋洋自得。他爸爸——那个高高的，双腿仙人柱般的大汉，那每月只回来一次，一回来就双臂环住培培，把他高高举起的男人。每次被他抱起，培培都在他怀里佯装着"哇哇"大叫，可他一点儿也不肯放孩子下来："我看看我的好儿子又重了没有！"培培爸爸每次来都会带些沙漠特产，他妈妈就分给邻居：有时是拐枣，像一只微型拐棍，丑而甜，有时是酸枣，红皮黄瓤，沙沙的酸，最常带来的是沙柳，树叶银白，散发出一股馥郁而奇怪的香气。

培培妈妈每次都笑眯眯地将沙柳插进大罐头瓶里，放在堂桌上。沙柳香气幽隐，细细渗入院中。培培爸爸不在家，他妈就常对着沙柳发呆，又有什么比它更代表培培爸爸呢？

"培培的爸爸不是老带沙柳回来吗？你就说你在巷子里发现了一棵沙柳，叫他去看，说叶子和他爸爸从酒泉带来的一模一样，上面还闪着银光！"人生第一次，十岁的我发现了构陷他人的秘诀——人越爱什么，就越陷落在什么上面。培培爱爸爸，爸爸的沙柳就是他的陷阱。我的开窍突如其来，没经任何人点化，仿佛一点火苗从天而降，点燃我心中早已长好的麦田，也辉映着别的孩子脸上尽是附和的闪亮火光。

培培果然来了。我们分散地藏在电线杆、大树和临巷人家的大门背后，看着他一步步走向他的陷阱，每一步都踏在我们原初的计划上。我的心就落着音符，和着火光欢唱起来。

"兴兴，我记得以前巷子里没沙柳啊，你看错了吧！"培培有点心虚，一边走着，一边对前面的兴兴叫道。

"就在那边，新长的！你不注意，根本发现不了。"兴兴边走边为培培的陷阱添砖加瓦。

终于把他带到后巷拐角大槐树下，刚站定，等候多时的镜镜就"唰"的一下从树背后蹿出，江江也从电线杆旁冲了出来，藏在大院门背后的我赶紧断后，堵住了培培所有的出路。

"你们怎么都在这儿？"培培看见我们有些吃惊，但兴奋似乎更多，"你们看见沙柳树了吗？"

"沙柳个头！"镜镜一把就把他推到墙角，我们几个围得更紧了。

"你们干啥？"他瞪大眼睛，警惕地看着我们。看我们恶狠狠地盯着他，他终于明白了，忙抱紧双臂，紧靠着墙，要自我保护。也许发现我们没有后续动作，他突然发力，使出了浑身的劲儿直往外冲。

江江被他冲了一个趔趄。还是镜镜反应快，一把就抓住培培后脖领子，把他重新拎回墙角。

"你们到底想干啥！"培培大声喊着，脸紧张得通红。

"干啥？"镜镜反问了一句，"打你！"

"你们凭啥打我？"

"凭啥？就凭你一肚子坏水！"

培培的嘴角抽动着，一场泪水正在酝酿。他用眼睛斜睨着镜镜，一副不服气的样子。

"你瞪！"镜镜掀了下培培的头，"不服是吗？好，那我今天就给你说说为啥要打你。"

镜镜两手叉着腰，连珠炮一样道来："亮亮被人欺负，我们给他报仇，第一个跑的是你不？"说完，他就推了下培培的肩膀，培培往后倒了一下，背磕在墙角。似乎被我们说中，培培低下头，一下子不言语了。

　　"跑了还去告密，说我们和人家打架，弄得亮亮再也不能出来玩了，兴兴还被他奶奶关了一个月，告密的人是你不？"镜镜说着又捣了下培培的胸口，培培赶忙双手护住了肩膀。

　　"告了密还不跟我们玩，好像你是好人，我们是坏人。看你这个好人做的都是啥事？"江江补了一句，照着镜镜的样子，也推了培培一把，培培重重地摔在墙上。

　　"我要俄罗斯名字，你也要。'萝卜'不好吗？如果不好，你答应那么欢干啥？答得欢，回头又给你妈汇报，叫她来骂我们，这算啥？"兴兴听着也来气了，把刚抬起身子的培培又推了一把。几次三番下来，培培就像个皮球，一会儿撞到墙上，一会儿又反弹起来。可他反弹回来时，仍然撇着嘴，斜着眼瞪我们。

　　所有人都出了手，就差我一个。他瞪我，和那个曾经啐过我的大孩子一样凶恶。我好了的伤疤隐隐作痛，心里一个声音挑逗着、蛊惑着我：如果不是培培，我大概会和小伙伴经历一场荣耀战斗，即使被打得鼻青脸肿，满地找牙，也是骄傲的。可我们应有的荣耀却因他的背叛而夭折了。战斗开始我们就被迫退场，在巷子其他孩子面前再也抬不起头，再也捉不了螳螂，又在院里背负了"坏孩子"的恶名。是培培，正是他让我们两面不是人。

那耀武扬威的少年和他手臂上同样威武的螳螂在我眼前闪过。我便对准培培的大腿，像要踹大孩子一样，狠狠地踹了他一脚，这一脚是我未完成战斗的后续，是积聚了数日愤怒的总爆发。

培培完全没料到不言不语的我竟然踹他，"啊！"一声，他疼得抱住腿蹲下了。

其他孩子也没料到我出手比他们还重，纷纷惊愕地看着我。

培培开始号啕大哭起来，眼泪"噼里啪啦"落在地上。看他哭，我就更来气了，不禁骂道："你这个娃一肚子坏水，就知道哭！我看你现在给谁装可怜！"

培培听见我骂他，边哭边叫着："你们才坏，我妈说了，你们是坏人，坏人才打人！"他哭得撕心裂肺，更大声了。

"我叫你哭，叫你哭！"我继续用拳头砸着他的背，"你才是坏人，坏人才害人！"每砸一下，他的哭声就高一度。

"培培，你别哭了，你是要把所有人引来吗？"兴兴环顾四周，然后盯住远方广场上的人说。

"引来也好，看看你这个吃里爬外东西的嘴脸！"我骂道。

镜镜见状，一把把培培提起来："你给我站好！"

培培张大嘴，仰面大哭，眼泪飞溅，鼻涕都流到了嘴里。

"哭！你再哭！"镜镜卡住了培培的脖子。

培培吓得一下子不喊了。镜镜刚松了手，"哇"一声又哭喊起来。

"你哭！哭！"镜镜竖起食指冷冷指着培培的鼻子。

培培瞬间又被吓住，停止了哭喊，只是因为之前哭得凶，不住地倒吸气。镜镜的手指在培培面前停留了数十秒，他终于不哭了，看到我们似乎没有再打他的意思，他就试探性地慢慢抬起自己的手，用手背轻抹着眼泪和鼻涕，两只眼睛红红的。

"今天回去你又要给你妈告状吧？"江江嘲笑道。

培培还没回答，镜镜就又竖起了食指，指着培培的鼻子："这次你要再敢跟你妈告状……"话还没说完，培培忙叫着："我不给我妈告状了，不告状了！"他的声音颤抖着。

"你要敢和你妈说，以后就永远也别和我们玩！"兴兴补充道，"你把我们害得够惨了，亮亮都出不来了，现在我们不和你玩，看谁还愿意跟你玩！有本事跟那几个大少年玩去，看他们谁要你！"

培培一听兴兴说绝交，立即软了下来，比起被打，他似乎更怕被抛弃："我不跟我妈说了，不说了！"他急切地哀求着。

见培培乖下来，我忙蹲下身来卷起他的裤腿，查看他身上有没有淤青，我掩饰着惊慌失措，生怕自己那一脚，也在培培身体里种下一枚与我同样的异物，说不定什么时候，也会开花结果。

"疼不疼？"我更是学会了虚伪的关心。培培摇着头，眼里却含着泪。

镜镜让兴兴跟培培说会儿话，然后示意我们几个聚拢："这次打了培培，他肯定不甘心，回去没准就给他妈汇报，要不然就会给我婆婆说，一定又会把我们害惨的。"

"那咋办？"江江紧张起来。

镜镜想了想，低声道："培培是那种哭得快也好得快的人，从现在开始，我们要用尽一切办法，把他哄高兴，他越高兴，就越把打他的事忘到九霄云外。只要彻底忘了，他就不会告状了。"

大家想了想，觉得有道理，都同意了镜镜的提议，可各人的情绪又低落下去。原来打人的快感，只存在于挥拳迈腿的瞬间，好像夏夜里突然捕到了凉风，飒爽释放几秒。可倏忽一下，它就消散了，留给我们的仍是暑热般的焦躁和汗流浃背的不安。

7

哄人高兴这件事，孩子们从小就知道的。

你看，院里这么多人，都在哄人高兴里混混沌沌生活着：前院的老任就最爱哄人高兴。他哄谁呢？还不是老王。他让四个总爱闹事的儿子拜老王为干爹，老王就高兴了。老王的来路，坊间传闻不断。有人说是老任的八拜之交，也有人说是老任媳妇的相好，警察出身，白黑两道总有些关系。老王高兴，就常带礼物来。走的时候，有时碰到门口干活的亮亮，就把耳朵上夹着的纸烟取下来，扔给他："亮亮，抽烟！"他乐呵呵地说。

老王一走，亮亮赶紧就把烟递给床上躺着的爸爸。他爸因为得了支纸烟，脸上终于见了笑容。你看，老任的决定，哄得自己高兴，连半个前院的人都高兴起来了。

哄人高兴这事，再学不会，也还有小年夜哄灶王爷高兴做样本呢：毕恭毕敬，杀鸡备果，哄得灶王爷也像老王一样，从家里出去时，面带红潮，嘴含蜜糖。只要他高兴了，旧日的坏事，不就掩了？剩下的，就是高高兴兴过年了。

耳濡目染着，孩子自然就懂得了讨好人是怎么一回事。讨好下去，也就忘了，到底什么是对，什么是错，好像一切，都能够通过讨好解决掉。从此又像什么都没发生过一样，大家继续和和气气，开开心心过。

当我们决定哄培培高兴时，每个人都不约而同换了副高兴的面孔，即使有几副笑脸仍然生硬。

"培培，你过来，我跟你说个话。"镜镜皮笑肉不笑地召唤培培。培培吓得往墙角一缩，警惕地望着镜镜。

"过来吧，他不打你了。"兴兴一把拉起培培的手，朝镜镜走去。起初，培培有些抗拒，但见镜镜满脸堆笑，还算可亲，其他人也赔着笑，培培就顺势向前走。

"培培，来，你也笑一个。"镜镜拉住培培的手说，"既然大家都说开了，你就别生气了，这样吧，我请你吃糖。"说着镜镜就从兜里掏出三毛钱，叫江江去广场上的小卖铺买糖去。

江江带糖回来，镜镜剥了糖纸，塞进培培口里，培培含着奶糖，只顾向前走，也不言语。

"培培，你还想干啥，今天我们陪你玩！"兴兴试探着说。

"我想回家。"培培突然说。

"咱们好不容易出来一次，回家做什么？"镜镜警惕起来，"这样，我们玩抬花轿好吧？这次咱们抬——培培！"镜镜用眼神示意兴兴和江江跟上。他俩忙蹲下，四只手相握："来，培培，我们抬你！"还没等培培回答，镜镜就一把抱起培培，将他两腿岔开，塞进"花轿"。二人迅速起身，江江单薄，一时站不稳，差点跌了一跤。"啊！"培培大叫着抓紧镜镜，把他衬衣上的扣子都扯掉了，"哈哈！"培培终于笑出声来。

看培培笑，镜镜松了口气，加紧喊着："走，抬培培上山喽！"

一帮孩子叫着笑着拥着培培穿过后巷，一直往山上跑。

培培在花轿上颠簸着，笑得眉眼都挤在一起："我要抓螳螂！"

"好！"镜镜应着。

"我还要抓蚂蚱！"

"好！"兴兴喊着。

"我还要去看泉水，你们要一直抬着我！"

"好！"大伙儿一起喊，唯有江江大叫起来："啊呀，饶了我吧，我抬不动啦！"

大伙儿笑得更欢了。

"要是亮亮在就好了，他有力气，能背动培培。"江江提了一句。其他人都沉默了。

"是啊，上次打完架，我就没见亮亮出来了。"兴兴停在半路，往山下望着。草木葱郁，半个城市的尖顶影影绰绰的。亮亮这会儿在干什么呢？也许被妈妈使唤着劈柴，也许帮爸爸点水烟，也许只是坐在外面，一个人无聊地发呆。

见大家神情肃然，培培这时挣扎着从"花轿"上自己溜下来："算了，你们别抬我了。"他有些羞愧了。

大家没说什么，只继续往山上走。培培要看的那眼泉，藏在山间的芦苇丛里，泉眼只有两张八仙桌那么大，却是山人吃水倚赖的圣地。说来奇怪，那泉水冬天会泛白雾，怎么冷也不结冰，而夏天呢，不管天多热，一靠近芦苇丛，都能感到一股冷气沁来。

培培一直听我们提起这眼泉，却从没来过。这是祖宅小孩的秘密领地，没什么可玩的时候，大家总会从后巷一直爬到泉水处。培培刚来，又是个爱哭告状鬼，所以没人主动提出领他来这里。

山泉"滴答滴答"，泉眼上方垂下的藤蔓上结着指甲盖大小的浆果，有的已经熟了，红艳艳的。培培看看山果，又蹲下，用手轻触着碧莹莹的泉水，咂巴着嘴："这水能喝吗？"

"能喝啊！我婆婆说，这个泉水做的粥可好喝了，和自来水煮出来的不一样！"兴兴叫着。

"你喝过吗？"我问他。

兴兴摇摇头。

"只是听人说呢，我也从没喝过。"镜镜也附和道。

"我想喝这个水煮出来的稀饭。"培培突然说。

"我也想喝。"兴兴也说。

大家沉默了一会儿。镜镜把培培拉住，让他正对着我们："培培，你想喝这个水煮出来的稀饭是吧？"

"嗯！"

"那你今天要在泉水跟前发誓，如果喝到了，就不再跟你妈告状！今天的事一个字也不许提！"

培培瞪大眼睛，还没来得及回答，江江就指着泉水旁几株燃尽的香蜡说："培培，我爷爷说这个泉水有神，很灵验的，你看，不下雨的时候，山上的人都在这里求雨。你在这里发过誓后，如果再去告状的话，嘴上就长脓疮！"

培培看看我，再看看江江，最后发现自己又被围起来，无路可走了，只好点着头："好，我不说，我不跟我妈说！"

"拉钩！"镜镜伸出小指。

培培于是伸出小指，勾到了镜镜的指头："拉钩上吊，一百年不许变！"

"还有我们！"江江也伸出指头。

培培就这样跟我们各自拉了勾。我们漫长的哄培培计划终于完成。这一次幸亏泉神出手，帮我们达成了一连串战争、背叛、复仇与哄骗后的停战协定。

8

不过很快，我们就又开始发愁了，怎么把水带下去煮粥呢？

"回家拿桶和盆子。"镜镜吩咐我们。

"可是拿桶的话，谁来抬呢？"江江一边问，一边活动着手腕："刚才为抬培培，我胳膊都快断了。"

"叫亮亮来。"我提议道，"亮亮力气最大，最有劲儿！"

十五岁的亮亮嘴上长了层薄薄的胡须，是全院最能干活的孩子。在家里，不是劈柴，就是倒泔水，院里的人也常常使唤他。"亮亮！给我帮忙搬花！"老任常在自家天台遥遥叫着亮亮。"亮亮，你任爸叫你帮忙呢，快去！"只要有人来使唤亮亮，亮亮妈总是笑脸相迎，立即就送了亮亮出去。

听了我的提议，镜镜拍了一下双手："对啊，亮亮最能干活了！"

"可是亮亮妈不让他出来怎么办？"兴兴问道。

"回去以后，兴兴，你就缠着婆婆，我和大家去厨房把抬水的铁桶和木棍偷出来。然后你们都听我的，保准能让亮亮出来。"看着镜镜笃定的样子，众人点头同意，张着臂膀排成一行飞奔下山了。

"等等我！我也要去找亮亮！"培培"哼哧哼哧"，像只大胖鹅，也扇动着手臂跟在后面。

回去经过前院，看见亮亮一个人玩火柴，"亮亮！"我们叫着，"出来，我们去玩。"

他看一眼我们，想和我们说话，但转头用唇语示意我们家里有妈妈。

"你等着啊，我们救你！"镜镜说着，就和兴兴奔到后院去，一会儿，只见他提着只大铁桶，手里拎着一截木棍出来了。

"阿姨！"镜镜在亮亮家门前喊道，"我婆婆叫我去山上打泉水，叫我请亮亮帮忙呢！"

亮亮妈一听，赶紧擦着手从门里出来，看到镜镜手里的桶，忙对亮亮说："快把镜镜手里的桶接住，张婆婆叫你帮忙，你就好好抬水，多出点力！"

亮亮有点不相信，呆呆站着，已经一个月没和我们玩，他都不敢迈出家门了。"还愣着干吗，快去啊！"亮亮妈妈催道。

亮亮回过神来，一声不吭，接过铁桶，第一个跑出了院子。"亮亮！亮亮！你慢点！"我们跟在后面边跑边喊。

一日之内，我们这几个小孩竟成功密谋了两次，既打了培培，又救出了亮亮。打培培那次，我们哄的不过是小孩，这回，我们竟然连亮亮妈妈这个大人也哄了。品尝了哄人味道的我们，欢叫着，跳跃着，往山上跑去，好像自己变得又强大了些。

打了泉水，亮亮和镜镜二人抬着桶，颤颤悠悠下山。江江、兴兴则蹦蹦跳跳跟着。至于培培呢？他早已忘了这半日恩怨，不断询问着山泉水煮成的粥是什么味道。

张婆婆在家好久不见孙子，又发现厨房水桶莫名消失，前后一打听，才知是我们干的。我们好不容易把水抬到巷子，见路平了些，便迫不及待跑一截，走一截，一桶水被颠得浪花飞溅，到了祖宅门口，见到迎我们的张婆婆时，只剩下了多半桶水了。

"啊呀！这几个娃厉害啊！"她赶忙来接。

兴兴立马扑上去撒娇："婆婆，你不是说泉水和自来水不一样吗，我想喝它熬的稀饭，你给我们做吧！"

张婆婆搂住满头大汗的兴兴，心都快化了："好呀，你们把水抬进去，今天晚上就喝。"转头看见亮亮头上冒着大粒汗珠，忙说："亮亮也来，我给你妈说一声，今天真是累坏你了！"

夜色刚至，雾色天空上，挂着半轮浅白色的月亮。祖宅的青瓦暗下来，变成了深灰色。镜镜养的蚂蚱，时不时叫一阵，好像在倾诉着这漫长一天所有的故事。我忍着不吃晚饭，只等张婆婆在院子里高喊："娃娃们，赶紧出来喝粥啦！"

听见这个声音，我就箭一样蹿出去，镜镜已经端了一大碗，坐在他家廊前的凳子上："赶紧，这个粥不一样！"

"怎么不一样？"我刚停下来看镜镜手里的粥，张婆婆就端了两大碗乐呵呵地走出家门。

她塞了一碗在我手上，并叫着培培和他妈妈的名字。

培培妈妈出来了，她满面春风，双手接住了粥，"快谢谢张婆婆！"她对身边的培培说。

培培攀住妈妈拿碗的胳膊："这是我打的泉水！"

"你上山去了？"培培妈妈问道。

"嗯。"

"谁带你去的？"

"我们所有人一起去的。"

"哎呀，你们这几个娃娃怎么把水弄下来的？"

"亮亮也上去了，都是他和镜镜在抬。"

"你们不是在巷子里玩吗？咋就想起打山上的泉水了？"培培妈似乎很好奇，不断地追问兴兴，却问到了我们最在意的地方。

所有的孩子瞬间停下了喝粥的动作，盯着培培。培培看看妈妈，又看看我们。

说时迟那时快，我的身体里突然有一股坚定的力量督促着我，蛊惑着我。正对着培培，我皱起眉头，撇着嘴巴，用食指点着嘴唇周围，好像那里长起又大又鼓的脓包，然后我把手放在眼睛上，做哭泣状。

培培看着我，知道我在提醒他曾在泉神前发的毒誓，脸色一下就沉了，他的眼神那么惊恐。然后他低下头去，一声不吭了。

好在培培妈妈并没有注意到培培的异样，手里的粥烫着，她回屋找来小碗，分给培培。培培拿了粥，像平时一样坐在花园边，还是那个初来时圆嘟嘟的背影，还是一起一伏的椭圆形脑袋，可我突然觉得，培培和他从前完全判若两人了，而我呢？似乎又不一样了。

四周静下来，孩子们的目光都落在粥上，好像今日的一切从没发生过。亮亮也被张婆婆特意从前院找来，站在院子角落，默默地喝粥。

我低头看看那粥，它居然和山泉一样，泛着绿莹莹的光。这绿光让白瓷碗也明亮起来。绿光中央，一片亮白的珠光闪耀着，好像那并不是一碗粥，而是一枚白色瞳仁嵌在巨大的绿眼里，它正盯着我，正如祖宅四个老人去世后，盯着我的空洞一样。

　　可这次，它把我看透了。它不但看见了我刚才恐吓培培的微表情，看出了我体内新长成的、骚动着的、巡游着的异物，还看到了我又一次的变化。我忙擦擦眼睛，清粥晃动一下，那枚"瞳仁"也起了皱。我抬头，才见一片亮白的月儿挂在天上，衬着天空更加清淡而沉默地暗下去。这个头顶的天，它一直在那儿，这片月亮一直悄悄注视着每个人，就像望乡台上那些大善人一样，只是有时人们会忘记罢了。

　　我打了个哆嗦，忙喝一口粥。它果然和别的粥不一样，泉水释放了大米的香气，让我仿佛置身于一片丰收的稻田中央，而旁边却是大片大片的黑暗，那时不时出现在祖宅里的、摄人心魄的、熟悉的、空洞的黑暗。

　　正发呆间，突然院中传来一声惊叫。

　　只见亮亮端着碗，愣在那里："蜘蛛！有蜘蛛！"

　　孩子们都围了过去，我也小心翼翼去看，但见亮亮的碗底，一枚瞳仁大小的圆蜘蛛卧着，它死了，被煮熟了，只是亮亮喝的时候没有发现罢了。

　　"啊呀，这是泉里的蜘蛛，煮的时候没发现啊！"张婆婆惊呼着。

大家先是一愣，看见亮亮看蜘蛛时呆愣的傻样，全都哈哈大笑起来。只有培培，先是目不转睛地盯着亮亮的碗，然后在众人的爆笑中，突然"哇"的一声，号啕大哭。是啊，这蜘蛛到了谁碗里都比不过到他碗里最妙。倘若到了别人碗里，必然是一场问责和慰问，而到了亮亮处，就全然变成了一个笑话。

中秋圆月

1

到了秋天，家里的芦花鸡长大了，亮亮妈妈据说找到一份新工作——帮隔壁巷子一户卖肉人家看孩子。每天早上，亮亮妈妈就把这个两岁小孩接回家，傍晚再由孩子的姐姐木兰接回去。木兰比亮亮大一岁，深深的眼窝，琥珀色的瞳仁，短发，肌肤若雪，常穿一件雪青色的外衣，衬得她更白了，走路也像下雪一样，轻飘飘的。她来的时候，亮亮总是突然就不说话了，大家见他沉默，也就不说话了，每个人都好奇地盯着木兰：她好漂亮啊，比培培妈妈还要美，走过去的时候，还有一股淡淡的茉莉香风飘过。

院里比从前更热闹了。大家都寻思着如何与木兰搭话。可每次，她都来去匆匆，有时候迎面撞见我们，淡淡一笑，眼睛弯弯的。而亮亮呢？这会儿倒因为妈妈无暇顾及，多了些自由，我们叫他出来，他总是有求必应，和我们一道在巷子里乱逛，爬半架山。

秋风一凉，大家就盘算着，今年的中秋一定要聚起来，带上自家的瓜果，把大人们都抛一边去。我提议带来年前吃灶饼时用的小炕桌，镜镜则要带上爸爸新做的小木凳。

"我可以带蜡烛！"江江热情地提议着。"我可以带酸枣！沙枣！哈密瓜！我爸爸快过节的时候就回来了！"培培也争着喊。夏天那一碗粥下去，他好像被灌了孟婆汤，和我们的前尘恩怨一笔勾销——或许被迫遗忘，时间久了，也就真忘了。听说要聚会，连好不容易回来一次的爸爸也不顾了。

"亮亮，你去跟木兰说吧，请她来参加我们的中秋聚会。"我们逗着亮亮。

他的脸一下红了，支支吾吾不言语。

"叫你去，你就去，木兰会来你家啊，你不说谁说？"镜镜捶着亮亮后背说。

亮亮的脸更红了。

看他实在无所作为，我们就想捉弄一下他。"我们给木兰写信吧？"我心里那个邪恶的小人儿又蠢蠢欲动了，"就说亮亮请她约会。"

"我去找纸和笔！"镜镜说着就飞跑回去。

我们在亮亮面前合演了一出戏，叫他相信，我们真的写了些炽热的话——"亲爱的木兰，我是亮亮——"镜镜假装高声念着那封信。兴兴笑得蹲在地上揉肚子。亮亮不认得字，可他听得清楚，听完后，他急了，赶紧去镜镜手里抢，抢来就拼命撕扯着，把那张纸全都撕破了，碎纸片散落一地。

"亮亮！亮亮！你不要不好意思嘛！"培培笑着去拉亮亮。

"我们走喽，去跟木兰说去喽！"江江径直往前院跑，亮亮一把扯住他的衣服，阻止他去，只听"刺啦"一声，衣服被撕开一道口子。

"啊！亮亮杀人啦，亮亮杀人啦！"江江边笑边跑回了前院。

我们都挂念着请木兰的事，为的是继续捉弄亮亮，仿佛所有聚会，唯有亮亮成为焦点了，才有意思。我们开始像大人一样，用自己学过的知识考察亮亮，写几个会的汉字，谎称是以他的名义书写的信件，然后享受他急眼、脸红、气恼，以至于追打的一个个瞬间，一遍遍乐此不疲。也许从那时起，我们终于学会了捉弄人以获得快乐。它和捉螳螂、蚂蚱的快乐不一样，更持久和丰富，让我们以为自己拥有无限力量。

一天，我们几个小孩又汇集起来，跑到亮亮家门前，突然看到木兰站在那儿，众人一下子呆住了。培培拉着兴兴的衣服，兴兴扯住镜镜的，镜镜丢给我一个眼色，我便奋勇上前："你是木兰吗？"

木兰从上到下打量着我，看我似乎没有恶意，就点了点头。

"你来找亮亮吗？"我又问道，后面的孩子全都笑起来。

木兰不解为何大家发笑，抚了下脑门上吹散的头发："我来接我弟弟。"她的头上别着一只淡蓝色发卡，是我从没见过的，配着她月白色的上衣，显得更清新可人。

"你中秋节会来接你弟弟吗？"我继续追问。

"会啊。"

"我们中秋节晚上要聚会呢，吃完饭就开始，你来不来？"

木兰又上下打量着我，然后看看我身后的各个小孩："你们是这个院里的？你们的聚会几个人啊？"

"是啊，我们院子所有小孩，很多呢！大家都会拿吃的！"

"西瓜、苹果，还会有我爸从酒泉带来的哈密瓜。"培培补充道。

"还有很多蜡烛！"江江叫道。

"还有亮亮呢！"镜镜也大声说，众人又笑。

"你来吧？我们请你！"我再一次恳求道。

"好吧，我想想，回头跟你们说。"她淡淡地一笑。

"回头"，真是一个神奇的词语，对我们来说，这约等于是答应了。木兰带着弟弟走了，可我们仍然站在亮亮家门前的桑树下，回味着和她的首次对话。

"你们说木兰会来吗？"

"会吧？"

"那可不一定，以后我们得问亮亮了！"

众人又笑一遍。这次和木兰的对话，又为亮亮和木兰的故事添光加彩、添油加醋。大家就站在亮亮家门前，一定要等他回来，对他说一句："亮亮，木兰会给你回信的！"仿佛只有这样说了，才会将捉弄亮亮的等级再提高一度，形成一个反复讲述故事的最新章节，让中秋的聚会更加精彩和刺激。

"木兰会来吗？"这句话在此后很多天，都是我们见亮亮必然要问的一句话。

2

和木兰的会面，让我们兴奋了好几天，兴兴和培培更是起劲儿，每到下学，总会跑到前院去故意偶遇木兰，然后给大家通风报信。

"今天木兰来了，跟亮亮说了几句话呢。"兴兴先抢着说。

"说什么了？"我问。

"问她的弟弟。"

"亮亮呢？"我又问。

"还是吓得不咋吭声！"

"哈哈!"

兴兴讲述的时候,培培总在旁边不停补充,好像唯有这两人一唱一和,才能给一天的辛苦上学画上一个完满的句号。

可还没过两天,培培就不见了。不见他下学,不见他出门,甚至不见他端着瓷碗在花园旁吃饭。

"培培!"镜镜在南房门口叫道。

南房门虚掩着,门帘下远远看见培培妈细长的脚踝。

"培培!"镜镜又叫一声。

门帘掀开,培培妈探出头来:"哦,是镜镜啊,你们自己去玩吧,这几天培培不在家,去他姥姥家了。"

镜镜回过身来叹道:"奇怪,培培没跟我们说要出门啊……"

我们捉弄亮亮的事,因为培培缺席,而变得寡淡下来。兴兴见培培不来,也不敢一个人去前院,害怕独自应付,连个帮忙的人都没有。"培培不在,真没意思。"兴兴叹着气,望着南房出神。

每天中午一下学,兴兴就跑到南房前的花园边,说是看葫芦长成什么样,其实想默默听听培培回来没有。南房的门总是虚掩着,门帘流苏低垂,好像挂着深深的树藤。兴兴突然听到培培家中有人和培培妈妈说话。

"培培爸爸回来了!"他跑到我跟前,"他爸爸回来,为什么不接培培来呢?"

"是啊,培培爸爸那么喜欢他,培培也那么想他爸爸。"

"会不会是培培妈妈把他藏起来了?"镜镜突然说。

"藏起来干吗？"我忙问。

"还记得吗？他妈妈刚开始不叫培培和我们玩，还说我们是坏孩子。"

"啊！"江江捂住嘴，瞪大眼睛："培培又把我们卖了？他一定是把我们打他的事说出去了！"

"啊——"大伙儿都吃了一惊。

"不会吧，他在泉神前发过誓，说出去会长疮的。"兴兴选择相信培培。

"他吃两口好吃的，就把我们卖了。"江江继续说。

镜镜长叹一口气："啊呀，这样想来也就是了，完了完了，估计这两天我妈又要打我了。"

"我们这两天还是表现好点儿吧，大家少见面，以免又说我们在一起不干好事。我看这挨打是迟早的了。"江江耷拉着头，叹着气。

然而接下来的两天，风平浪静。镜镜妈妈还是时不时念叨他两句，但并没有上升到战斗等级；张婆婆依旧笑眯眯地给两个孙子准备馒头夹臊子，待他们放学饿了吃；江江也并未被苛待，每次桂大妈端着面条坐在廊上，他的那一份从没少过；而我爸妈也毫无异常反应，我还是每天下学后去照顾家里的芦花鸡。可是培培仍然不见踪影，好像从人间蒸发了一般。我们见不到培培爸爸，就连他妈，也很少出门了，只有那低垂的门帘，像在吸引我们去探索，又好像在拒绝着我们。

培培就这样失踪了，而我们不敢多问一句。

每到中午下学，我就站在北房，悄悄往南房看，却什么也看不见。午睡时分，那里只有窸窸窣窣的声响。我一个人就在院里踢毽子，故意往南房踢，趁着捡毽子的时机，低头往门帘方向偷窥。

又一个中午，我突然发现，门帘流苏下的黑暗里显出两只浑圆的、雪白的屁股蛋，培培妈妈蹲在门内，打了盆水，正在洗屁股。我一惊，赶紧悄悄拾起毽子，溜回家去，也不敢说什么，只当自己什么也没看见。

到了周末，镜镜觉得越来越不对，他眼神惊恐地来找我："培培已经失踪一个礼拜了，现在放假也不见人，他妈总在家里，也不现身，他爸那么大个子，也只听见小小的声音，还不是每天都有。他们屋很小的，怎么待得住啊！"

我朝南房望去，下午的房门隐没在阴影中。那里曾是罗婆婆的寓所，自我出生以来，南房就沉默着，沉默太久，就化作了无聊，连探索的兴趣也被磨平了。南房中开始有窸窸窣窣的声音，也是在罗婆婆病笃时分，不外乎来自送饭的桂大妈和张婆婆。可自打培培家搬来后，那里就活了过来，常听见培培尖刻的哭声，接着是他妈妈的骂声："哭啥啊！你咋这么爱哭啊！"可过一阵，就又转成母子二人的笑声了。少了培培，南房又恢复了从前的沉默，这沉默却是神秘的，让人禁不住想去探究。

镜镜决定去探险。

午后，等大人吃完饭，歇下来。镜镜来找我，他要我在后院放风，自己打算爬上南房窗前松散的柴火堆，到窗子上看看究竟出了什么事。

"要么培培被他们藏起来了，要么就是培培出事了。"

"那不一定吧，说不定培培妈妈说的是实话，再过两天他就从姥姥家回来了。"

"不对，培培要是有什么出行计划，一定会提前嚷嚷的。每次他爸爸回来之前，他都能说一个月。可这次，居然没有任何预兆，我总感觉不对。"镜镜看着南房的方向，皱紧了眉头。

"怎么不对？"我连忙追问，想起自己也见到的异样场景，觉得他说中了心事，我的声音也颤抖起来。

"你知道南房的罗婆婆是怎么死的吗？"

镜镜突然提起这件事，我的心里"轰隆"一声，他的提问，显然要推翻一个早前的定论："不是病死的吗？"我连忙问他。

"好像不是……"镜镜突然压低声音："具体的我也不知道，有一次听我婆婆对我妈说，罗婆婆不是病死的。"

"难道是谁杀了她？"我的头皮一紧。

牛头马面的故事在我眼前闪过，那条张婆婆咬定的拷走罗婆婆的锁链印子，那所有人听闻后长久的惊讶与感叹，还有我这大半年来的打抱不平，突然在这一刻串联起来。那捉人的地狱之神认定罗婆婆是坏人，可她究竟又经历过什么？

我朝南房窗户望去，玻璃窗上远远反射出镜镜和我的影子，窗内粉红色的布帘子拉起来，整个窗子好像是黑溜溜的眼眶，粉红色的瞳仁，直盯着我们。这沉默的南房，究竟还掩藏着多少秘密？

"南房里的事情不简单……"镜镜望着窗户，慢吞吞地说，"所以，我今天要去看一看，到底出了什么事。"

我吓得捂住嘴巴："难道……难道他们杀了培培？"

"不知道啊！这也有可能，我待会爬上去，你给我望风，如果大人来了，你就学一下鸟叫，我就从柴火堆上下来。"

我赶紧点头。这后院里现在就我们两个孩子，却要揭开一个秘密，我的心跳加速，生怕他看见什么东西，又怕他什么也看不见。

镜镜猫着腰靠近柴火堆。柴火堆是张婆婆家的，上面架着培培家的旧物，木头搁在椅子上，椅子上扔着玩具、婴儿车，全都用塑料布盖着，地形复杂。而要去看南房的窗户，必然要巧妙地爬上这堆闲置品，既不发出声响，又不引起坍塌，这对十三岁、个子已经一米五的镜镜来说，无异于螳螂爬上蚂蚁堆。

他找来凳子，先用脚试探着，等找到有利地形，便用手抓住窗户边缘，一脚先踏上柴火堆，然后慢慢地，螳螂捕蝉一般，向前探着身体，使劲儿朝窗帘中间留出的微弱缝隙里偷窥。镜镜趴着看，好像被什么吸引住，又好像被震慑住，完全不动了。

"镜镜，镜镜，你看见什么了？"我着急地悄声问他。

镜镜脚底的柴火一滑，哗啦一下，他半个人溜下来，柴火堆上的玩具、木头滚了一地。只听房内培培妈妈大声喊道："谁！"

镜镜吓得大叫一声，扭头就往出跑，我看见他紧张的样子，也跟着跑，我俩一口气跑到前院。

"镜镜，你看见什么了？"我赶紧问他。

他笑得喘得更厉害了："培培妈……她……她在和一个男人……睡觉！"

"不是培培爸爸吗？"

"不是培培爸爸，不是他！"

3

镜镜和我再次回到后院时，彼此突然不好意思了。南房的窗帘比从前闭得更紧。我和镜镜想继续探究下去，却不敢再往窗子处看，好像那里的粉红色会漫溢出来，将我们包围，啃噬，甚至把我们吞没。培培还在不在呢？这究竟又是怎么一回事呢？我们不敢说什么，只在院里佯装玩耍，等着培培家里的陌生男人出门。

"我还不信了，这个人不见人影，他不出来拉屎撒尿啊？"镜镜悄悄跟我说。

可我们周末的等待没有任何作用。周一，又要上学了，镜镜走前，依依不舍地对张婆婆说："婆婆，今天下午我能不能不去上学？"

"不去上学干吗？"

"我想在这里守着，看南房谁出来！"

"啥南房？"张婆婆低下声来，"你又想惹啥事呢？"

"哎呀，没有！"镜镜驳斥道，"这回是正事！"

"你有啥正事？"

"婆婆，我给你说，培培妈和一个男人……"镜镜还没说完，张婆婆一把捂住镜镜的嘴巴，"你不许乱说！"

"婆婆，镜镜没乱说，他看见了！"我连忙救镜镜。

镜镜挣脱了张婆婆的手，"我看见他妈和一个男人睡觉！"镜镜大声说。

张婆婆一听，又一把捂住了他的嘴："这是大人的事，你不准乱说！赶紧背上你的书包上学去！"

张婆婆惊慌失措，让我俩发觉我们发现的可能是件惊天大事。

"你俩在外不要瞎说！"她郑重地叮嘱我们，"培培妈没有，她不会的……"张婆婆脸色沉郁，"那个来的是里仁，培培舅舅，他一直找不到工作，就住几天。"张婆婆的话，好像给我们的探索发现下了定论，然而却让我们更加疑惑了。

隔日中午，镜镜下学一路狂奔，恨不得早点回家，跑到巷子里，就见一个不认识的男人进了祖宅，还熟门熟路往后院走。他赶紧悄悄跟在后面。一进后院，男人就低下头，快步往南房走，揭开门帘，径直进了培培家。镜镜见状，忙冲进自己家，对张婆婆喊道："婆婆，那个男的！那个男的又来了！他不是里仁！不是！"

张婆婆走出门来，对南房张望了一会儿，叹了口气。

我下学一进门，在院里玩的镜镜就奔上来："那个男人在里面，我今天碰到他了！"

"他长啥样？"

"一个大背头，比培培爸爸矮很多，年龄也大。"镜镜说着，盯着南房的窗户，"不知道培培这会儿咋样了。"

想到不辞而别的培培，我突然感到一阵心慌："不知道培培还会回来吗。"

"会回来的，会的。"镜镜继续盯着，喃喃地说。

自从发现了南房的秘密，镜镜连饭也不好好吃了。午饭时，他提着小板凳，端着一碗面故意坐在院子中央，正对着南房的门，边吃边观察着那里的动静，一听见声响，就马上放下筷子，竖起脖子，瞪大眼睛，捕捉那虚掩的门内的一切消息，镜镜碗里的面就变得很长很长，总也吃不完似的。

大概是镜镜的诚心感天动地，那个男人终于从房内出来了，他揭开门帘，一眼就看到正对面坐着的镜镜。

"叔叔好！"镜镜抱着碗突然站起来。

那男人被镜镜吓了一跳，脸都变白了。他随即镇定一下，打量着镜镜，见只是个小孩，就装腔作势地清清嗓子："你吃饭着呢？"

"嗯！叔叔吃不吃？"

"我不吃，你好好吃。"

镜镜见那男人拔腿就走，连忙抱着碗跟在后面："叔叔明天还来吗？"

那男人低着头，又不吭声了，径直加快了脚步，镜镜继续屁颠屁颠跟着，佯装也往前院走："叔叔去哪儿啊？叔叔走好啊！"

培培妈听到外面的声音，掀起门帘，正撞上开着北房门看热闹的我。她脸色沉了一下，随即又放下了门帘。

过了一阵，培培妈从门内出来了，她神色羞赧，见张婆婆在扫地，镜镜和我都在院里，忙招呼我们："张妈，还有你们两个娃娃，来我这里一下，我有话要说。"

张婆婆赶紧放下扫帚，跟着培培妈进了南房。镜镜给我使了个眼色，我们俩也跟着进去了。

这是罗婆婆死后，我第一次进南房。从前，南房不是这样的。罗婆婆在时，正对门挂着她丈夫的遗像，下面是一张黑色的老式箱柜，里面存着她仅有的碗碟。一只铁炉长年放在屋内，靠着窗的是一张大炕，那里就是罗婆婆死去的地方。

现在的南房是里美的家，正对门墙壁挂着她的结婚照，照片上，她一袭白色婚纱，头发烫成波浪，依偎在笑颜明朗的培培爸爸身边。而培培爸爸呢？那时还没有肚子，一身笔挺的绿色军装，神气极了。

见我们三个都进来，里美赶紧关上木门。

"里美，你这是……"张婆婆眉头微皱了一下。

"张妈，你……都看到了吧。"培培妈低着头，看着她红色的拖鞋，她的脚趾不安地在鞋中蠕动着。

张婆婆重重地点了下头，眉头皱成了一团，"里美……你怎么这么糊涂啊！"

说时迟那时快，培培妈妈突然"扑通"一下跪倒在张婆婆面前："张妈，是我不好，你打我，骂我吧，我不是人，你千万别跟培培爸爸说啊！"

我和镜镜看到这个场景，顿时吓呆了。这是培培妈妈吗？那个并不怎么和院里人聊天，又常常严厉地教训我们的培培妈妈？她正跪着，好像一只受伤的走投无路的小猫，神色凄惨，哀求着张婆婆。

"哎呀，里美，你这是干什么！你给我起来！娃娃们在这儿呢！"张婆婆又尴尬又气恼，赶紧拉着培培妈妈的胳膊，把她往起拽。

"培培爸爸不知道，他要知道会跟我离婚的！"培培妈妈身体像一摊烂泥，直往下坠，她说了这一句，眼泪就涌出来。

第一次看见大人不是因为死人哭，我和镜镜慌得很，手脚都不知道往哪里放。只想赶紧打开门，逃到十万八千里外去。

"里美，你咋这么糊涂啊！"张婆婆终于费大功夫把里美拽起来，扶她坐到沙发上，"培培爸爸多好的一个人，就是不常在。那个男人就那么好吗，他能有培培爸爸对你那么实心？"

"张妈，我也实在没办法啊！"培培妈妈抹着眼泪，抽泣着，她哭了半天，才抛下话："我还不是为了里仁……"

"里仁咋了？"张婆婆拉着培培妈妈的手，关切地问。

"里仁部队转业后，一直都没正式工作，住在我妈家。每天抽烟、喝酒，我爸妈根本管不住，天天催我叫我把他介绍到我们单位，说是我们单位稳定。你知道，我爸也退休了，我也不是领导，根本说不上话……我也是没办法！"

"那个男的是你们领导啊？"张婆婆问道。

培培妈妈咬着嘴唇，含着泪沉重地点了点头。张婆婆长长地叹了口气，不说话了。

培培妈哭了一阵后，好像突然发现我和镜镜一直站在门口。她连忙站起来，一把拉住镜镜的手："阿姨求你们两个，这个事情千万不要给培培说，也千万不要告诉培培爸爸！"

我应了一声。镜镜还是呆呆的。培培妈妈看镜镜不表态，忙抓住镜镜的胳膊："镜镜，你是个好孩子，阿姨知道，培培来这个院里，就是你一直带培培玩，阿姨有几次错怪你了。你能不能不要跟培培说？我怕培培……"提起培培，里美又哽咽了。

一个嫌人爱哭的大人就这样变成了爱哭鬼，而我们呢，又莫名其妙从坏孩子变成了好孩子。镜镜被培培妈妈一求，也赶紧点了头，顺便问了句："阿姨，培培到底在哪儿啊？"

"他就在他姥姥家，他会回来的，明天，明天我就把他接回来，继续跟你们玩！我明天就去接他！"培培妈妈擦了擦眼睛，不哭了，强装着笑颜。

听到培培终究没出什么事，我和镜镜都松了口气。

第二天，后院又响起熟悉的声音："镜镜，你们在哪儿？我回来了！"

我和镜镜几乎同时冲出来，只见培培一个人站在院里，书包扔在花园边，见了我们就问："哎呀，快说，那个木兰回信了没有？"

他两眼放光，迫不及待问他不在的时候院里发生的新鲜事，还兴致勃勃告诉我们姥姥家的奇遇。我和镜镜赔着笑，感觉培培的笑声、说话声好像祖宅里的一抹不和谐的亮色，悬浮着，扩散着填充着这个下午院里的静谧。

然而，那南房仍然在默默渗出一股道不明的暧昧味道：低垂的粉红窗帘，掩藏了同一张床上罗婆婆苍白灰暗的死亡神色；墙上新挂的结婚照片，覆盖了罗婆婆丈夫遗像的挂痕。厨房内的烟火气，遮住了那个晚上牛头马面经过时的留痕。

我又感到，那里的一片空洞，纵使有了颜色、烟火、欢叫、笑闹，可它从没有改变，也并没有消失。

4

中秋节不远了，全院都预备着过节，祖宅又欢闹起来。木兰的父母过节时更忙，木兰也没法来接弟弟，亮亮妈妈天一黑，就要把邻巷的小孩送回家，留亮亮一个在门外烧火，做饭。

我们盼着中秋聚会，江江早已磨着桂大妈，从早市批发了苹果和梨。兴兴来张婆婆家时每次都背个小书包，里面装满了他奶

222

奶买给他的零食。"我不想回去，我要住到外婆家，等院里开会呢！"他的言辞，据说伤透了奶奶的心。而培培呢，一天天一遍遍地问妈妈，爸爸什么时候带哈密瓜回来——他对哈密瓜的关心似乎比对爸爸的都要多。

自打培培回来后，那个陌生男人就再没出现，他不来，故事就好像从没发生，培培也仿佛从未离开，时间如同破裂又被重新缝合的衣服，补好了穿着出门，外人看不出任何异样，可只有张婆婆、镜镜和我才能辨认出缝合过的错落针脚来。

终于等到八月十五，一大早，后院的门被推开，一个脸晒得黑黝黝的大汉大步流星跨进门来，后面跟着一个穿军装的瘦弱小兵，背着一只麻袋。

"爸爸！"吃早饭的培培一见，扔掉勺子，兴奋地扑上去。"哎哟，乖儿子！"培培爸爸一把把他抱起来，在院子里转了个圈。

培培妈妈掀开门帘，立在门口，脸上带着笑意，正如从前一样。

小兵勤勤谨谨地把麻袋移进厨房，培培转头对着我，摇头晃脑的："哈密瓜！那个麻袋里放的就是哈密瓜！"

看到他的得意神色，我退回到北房，那里储藏着我爸爸夏天特意为中秋囤下的西瓜。"哈密瓜，哪有西瓜好吃！"我嘟囔着，学着爸爸的样子抱起一只瓜敲敲。聚会前，我要请他把西瓜削成莲花状。正寻思着西瓜的事，突然，院里的芦花鸡大叫起来。

准是妈妈掀开鸡笼拾蛋呢。我没在意，继续摸瓜。可那鸡怎么叫个不停，声音还越来越大呢？我赶紧冲出去，但见妈妈立在廊上，手提一把菜刀，刀口还滴着血，旁边的地上是我一直喂养的芦花鸡，它眼睛半闭，鸡脖子处有个巨大的伤口，羽毛还微微颤动着。

"啊！'杀人'啦！'杀人'啦！"我狂叫着，飞奔过去，叫声惊得邻居们都出来了。"你为什么要杀我的鸡？"我向妈妈大吼。

"过中秋节啊！"

"过中秋为啥要杀鸡？"我的眼泪夺眶而出。这只鸡，每天早晨、下学，我都要去喂。有时是蔬菜面团，有时是玉米粒，看它长大、下蛋，每天捡蛋，是我最开心的事。而现在，一句轻飘飘的"过中秋"，它居然死在我眼前。

从前邻居杀鸡，我可以远远躲起来，装作看不见，也可以使劲儿把它想象成灶王爷带走的神鸡。可这次，没什么死亡的神话故事了。一条活生生的命没了，什么借口都不顶用。

"养鸡就是用来吃的，有本事你今晚吃肉的时候别说香！"妈妈见我不停地哭，在旁边笑道。她的笑，那么陌生而恐怖，原来我的鸡，是为了阖家团聚的幸福晚餐而被杀掉的——为什么人的欢乐，要建立在杀戮之上呢？我愤愤作答："我今晚不吃这肉，一口都不吃！"

妈妈听见我的回答，一边笑，一边擦着刀："我就看你嘴硬。"

后院空气里弥漫着血腥之气，让我待不下去，妈妈拎着芦花鸡的鸡脚把它扔进铁盆，用烧好的滚水烫着它的身体，鸡毛的腥味就混入了满院的血腥之中，我的肚子里一阵翻江倒海。

"你是'杀人犯'！'杀人犯'！"我捂着肚子对妈妈喊道，可她在廊上对我笑得更欢了。

"不敢这么说你妈妈，这个瓜娃娃！"张婆婆不知何时出来，一把从后面搂住我。

"她是'杀人犯'，张婆婆，她是'杀人犯'！"在张婆婆怀里，我大哭起来。

"我是'杀人犯'你是啥？你也是'杀人犯'的娃！"妈妈向我骂道。

听到这句话，我浑身发抖，好像它揭穿了一个令人不寒而栗的真相。我也是"杀人犯"的娃，那我将来也会杀人，害人吗？

"乖娃那是没见过杀鸡，吓住了！"张婆婆见我发抖，赶紧轻抚着我后背，"镜镜啊每年腊月二十三都看杀鸡，所以习惯了，也就不害怕了。"

镜镜站在张婆婆旁边，望着我妈妈，呆呆地不说话。过了半晌，才嘟囔了一句："以后我们再也不能喂鸡了。"我一听，哭得泪如雨下。

这个十岁的中秋，原应是灿烂的好时候，却在当日下午来了个惨烈开局。我没一点心情，也不想回屋，就在院里抱着肩膀呆坐，镜镜也陪我坐着，应付着其他孩子对夜间聚会的询问。一会儿江江提着板凳进来："镜镜，你看我带这个凳子咋样？"一会儿培培手里捏着半截蜡烛来了，说让镜镜先收好了晚上用。再过一会儿，兴兴出来，说是准备好了每人的糖果，要他检查一下。他们讨论正欢时，后院的门又被推开了，大家以为亮亮来了，刚要欢叫，可定睛一看，却是个二十岁左右的年轻男人，瘦得像个柴火棍，脸色灰黄，长发垂肩，一副睡不醒的样子。培培见到他，忙跳着奔过去："舅舅！"这个男人笑眯眯答应着把手中半网兜苹果递给培培，"你妈在吗？"他问道。

"妈妈！舅舅来了！"培培对着家门方向大喊。

培培妈闻声掀起门帘，迎了出来："里仁来了！"培培爸也在门帘那头笑着，把来人迎进屋。

原来这就是里仁，这就是培培妈奋勇求着我们，要袒护的里仁！我第一次看清他的样子。张婆婆闻声也出来，远远瞅了一眼，然后叹着气摇着头回了屋。

"他是里仁？"镜镜狠狠地盯着他，问着培培，恨不得把他的样子刻在心里。

"嗯！"

"他是干啥的？"

"他原先当兵，和我爸爸在酒泉，后来复员了，就一直住在姥姥家呢。"

"你舅舅今天晚上和你们一起过中秋啊？"

"嗯，我妈妈叫他来的，说是一起过节，顺便庆祝他找到新工作。"

"你舅舅找到什么工作了？"镜镜深深地看了我一眼，忙问。

"我妈说，我舅舅过两天就要到她单位上班了！"

"哦"，镜镜低下头去，沉默了。我肚子里翻江倒海更加严重，那里除了芦花鸡被杀的块垒哀伤外，还有培培妈妈的秘密搅动着我，撕扯着我，坠着我的身体加重，更重，我的脚下仿佛裂开一道深渊，那里有双大手，抓住我的脚踝，把它们使劲儿往下拖，拖它下沉，再沉，最终要陷入那个远离地表的幽暗之所，我感到自己必须移动，逃开，奔跑，以免最终被那股力量拉走、占据、吞噬，于是我疯了一样跑到泔水桶边，剧烈地呕吐起来。

5

月亮升起来了，中秋的各家夜宴上，孩子们都心猿意马地吃着。我看到桌上的炖鸡，全然没有胃口，每隔一阵都要站起来，趴到窗户上看看院里的动静。"这个娃心野了！"爸爸骂道。是啊，自从我的鸡被杀了，这个家让我喘不过气，只要有人在院里振臂一呼，我就能立马扔下筷子，逃出门去。

夜色渐浓，我从窗户向外看时，突然发现院子中央站着一个黑黑的人影，矮矮的，不动，它那么黑，好像一个黑洞，能把所有的光线都吸进去。

我吓了一跳，定睛再看，那东西却再也看不见了。

还没弄清楚究竟怎么回事，就听见院里传来怪异的鸟叫声："咕咕，咕咕。"这是镜镜吃完饭的暗号，于是我赶紧提着小板凳出了门。

"刚才谁在院子里？"我问他。

"没人啊！"镜镜回答。他旁边的兴兴正奋力抱着自家的凳子。

"我看见了一个黑影。"我压低声音对他说。

"那是培培爸爸在尿尿吧？"

"不像，培培爸爸高，那个影子矮。"

"要不就是里仁？反正我们家没人出来。"

"也不像，你看培培家现在还关着门呢。"此刻，南房的门缝里有光渗出，里面时不时传来培培爸爸的笑声。

"会不会是罗婆婆？"镜镜突然说，我感到头皮有一阵凉风吹过，好像有人故意撩了下我的头发，吓得我一哆嗦。

"你们不要吓我！"兴兴丢下了板凳，"我今晚还要开会呢！"

开会的地方选到了小小的中院，樱桃树叶罩满了大半个天空，我搬来自家的炕桌，张婆婆也把她家的小方桌借给了我们，每人都从家里扛来一两个凳子。江江带着他的水果，我呢，早就抱来了一个西瓜，央求张婆婆切开，装进搪瓷盆里，空气里便飘散着丝丝清凉的西瓜味。等到桌上摆上蜡烛和各样吃食，镜镜突然抬起头："亮亮呢？咋还没来？"

"在家看火呢，她妈这会儿送木兰弟弟回去了。"江江经过前院，对亮亮家的情势早已探查一番。

"木兰今天没来？"我问。

江江摇摇头。

"对啊，还有木兰！她会来吗？"兴兴开始兴奋起来。他惦念着木兰，都差点忘记他们木兰二人组的培培还没到场。

正说着，中院的门被推开，有人出来了。看见我们完全挡住了通往前院的通道，他眉头一皱，鼻子里面"哼"的一声："你们这些小孩还真会玩。"他挤过我们身旁，一个个打量着我们，见镜镜年龄最大，就走到镜镜身边，从兜里掏出来一根烟："烟抽吧？"镜镜嫌恶地摇摇头，他"扑哧"一笑，眯着眼睛把烟点燃了，眯着眼睛把烟点燃了，深深地吸了一口，然后一只手夹着烟，另一只手从桌上抓起一只红枣，丢入口中，边嚼边笑着挤到前院去了。

"我呸！"等他走出中院，镜镜对着他的方向啐道。

"这是谁呀？"江江赶紧问。

"里仁！培培的舅舅。"我盯着他远去的方向，恶狠狠地说道。一股怒气从脚底一直冲向头顶——这些天来，我和镜镜辛辛苦苦守护的秘密居然是为了成全这个坏人，想到他拿着工资，披头散发，抽一口又吐一口烟，得意扬扬的样子，我就恨不得抡起一只板凳砸向他后背。一激动起来，我的小腿曾经被踢过的地方就隐隐作痛。

是的，好了的伤疤并没有忘记疼，那个激发我狠踹培培，那个让我血脉偾张的异物又醒过来了，它闻过下午妈妈滴血的菜刀，亲吻过那失了血，又失去了羽毛的芦花鸡发青的尸体，注视过里仁灰黄的脸庞，触摸过那只点燃的香烟。带着火星的烟灰一片片，静静地，慢慢地落进我心里，每落一下，我的心就抽搐一下，被刺痛，被烫伤，被唤醒。

"培培！培培在哪儿？"我站起来，朝后院的方向喊着培培的名字。我要过去抓住他，摇醒做梦的他，让他知道，他那个舅舅都做了什么，他的妈妈付出了什么代价。

"来了！我就来！"培培奶声奶气地远远回答，"我妈切着哈密瓜呢！"

果然，培培和他妈妈端着哈密瓜出来了：绿白的皮，浅橙色的肉，散发着甜香，她笑盈盈地帮我们把哈密瓜摆好："这是培培爸爸带来的。镜镜，你们好好玩，好好吃瓜，培培都盼了一整天了。"这是培培妈妈第一次主动支持培培和我们玩，大家看着她，也看着从来都没吃过的哈密瓜。

培培忙把妈妈往外推。这些哈密瓜，不知为何，一下子阻断了我对培培舅舅的怒气。看着培培妈妈小心翼翼，一步一回头地往外走，我到嘴边的话终于忍住了。可我的心仍然很痛，痛到我热望快乐，那种可以让自己大笑的、恣意的快乐。

"木兰来吗？"培培刚一落座便恢复了木兰二人组的身份，侧着头问兴兴。

木兰……这个好听的名字滑过心上，好像青色的雪落下，那纯白如杏花梦一样的女孩，又凭什么让培培这些天挂在嘴上，纵使被送走还念念不忘？培培应该惦记他妈妈的。

想到这一点，我便暗生了决心，于是问道："亮亮还没来吧？他不是要给我们传木兰的信吗？"吃着水果的孩子们都好奇地问我："人家木兰会跟亮亮说她来不来吗？"

"我说会就会。"我站起来，走出中院，"我去取个东西。"

我飞跑回家，从抽屉里抽出一张雪白的纸，匆匆写了几行字，然后翻箱倒柜找到妈妈新买的茉莉味香皂，把它涂在纸的背面。好像有一只大手握着我的手做这些事，我完全不顾父母异样的目光了。"这个娃不是开会去了吗？拿肥皂做啥？"爸爸嘟囔着。我的周围好像蒙着一层透明的油布，他的话落在布上，被反弹进空气里，闷闷的。我叠好纸条，急匆匆跑出去，一心想要高兴，只要做了这件事，我的中秋才会快乐起来。

到了中院，我便把纸条递给江江："你把这张纸悄悄放到亮亮家窗台上。"我又吩咐兴兴和培培："你们去和亮亮故意说话，不要让他发现江江在做啥。等一下，亮亮进来了，我保准你们会有木兰的好消息。"

三个孩子一听，都答应了，不一会就嬉笑着跑了进来，身后还跟了亮亮："亮亮妈妈回来了，亮亮终于能出来了！"

亮亮一进中院，看到烛光荧荧，瓜果各异，不禁有些发呆。"来，亮亮！"镜镜招呼他坐到中间，塞给他一牙哈密瓜，"吃瓜！"

亮亮拿着哈密瓜不知所措。

"你晚上还没吃饭吧！这里的好东西随便你吃！"兴兴说。

亮亮刚吃了一口，还在细细品味，我就迫不及待问他："亮亮，木兰跟你说她来不来？"

他不理我，继续默默吃瓜。

"如果她没跟你说，那会不会给你写信了？你要不去你家窗台上看看有没有她的信？"我继续逗他。镜镜这时突然明白过来，给我使了个眼色，然后夺下亮亮手里的瓜："这个你待会儿吃，去看看你家窗台。"

亮亮被夺了瓜，只好站起来，往门外走，大家都反应了过来，一并高呼小叫着拥他出去。果然亮亮在自家窗台外发现了一张白纸，他在疑惑中又被我们包围着拥回了中院。兴兴一把从亮亮手里抢过白纸，塞给镜镜。镜镜打开，扫了一遍，突然夸张地"哈哈"大笑。

那几个还不识字的小孩着急地推搡着他："写了啥？木兰写了啥？镜镜你快念！"

镜镜站起来，清清嗓子："亲爱的亮亮，今晚十二点，我等你！爱你的木兰。"

众人听罢，全部大笑起来。亮亮脸突然变得通红，他一把抢过纸条，赶紧去看。

"亮亮！你认得字吗？怎么，还迫不及待啊！"看到亮亮急了，我终于感到一丝莫名的快乐，这句话说出来，好像一股凉风吹到了我疼痛而燥热的心上。

亮亮不动了，他手里的纸被我抢来，我抖了抖，一股茉莉清香就散逸在空气中。

"好香啊！这个纸好香！"培培大喊起来。

"你们闻啊，这是木兰的味道。"我抖着那张纸条，好像摇着一面胜利的旗帜。

"亮亮，多日不见，原来你跟木兰还有个故事。十二点你去干啥啊？过来，我要跟你谈谈心事！"镜镜摇着亮亮的肩膀，逼他坦白。兴兴已经笑得差点趴到了地上："亮亮，我也要跟你谈心事！"

几个孩子都聚在亮亮身边，摇着他，逼他谈心事。亮亮的脸胀得越来越红，好像一个随时会爆炸的气球。突然，他甩动手臂和肩膀，把那些涌在他身边的孩子奋力甩出，"嘭"，培培被这力量冲击，摔倒在地。

"啊！亮亮！你干嘛打我！"培培大声喊着。

亮亮"腾"地一下站起，就往家里跑，培培从地上抬起身子，跟到他后面去追打。大家全部跟上，涌到了亮亮家门前，想把他拉回来。可是，亮亮妈妈已经看到了。

她脸色沉郁，小声说："亮亮，回屋去！"待亮亮走后，她拉住培培的手："亮亮又欺负你了，让阿姨看看，没摔疼吧……你们这是为啥呢？"

"木兰给亮亮写情书，亮亮不承认还打人！"培培说道。

亮亮在屋里不声不响，也不辩解。我看到这里，心里的凉风更舒爽了，忙把手里的纸条递给亮亮妈妈："你看，这就是木兰的情书！你不认得字，拿去让亮亮爸爸看啊。"

亮亮妈妈脸红了，她不声不响站起来，接过纸条，进了门，把纸条递给床上躺着抽水烟的亮亮爸爸。那边看了后，全家都不言语了。过了一阵，亮亮妈妈出门，对我们说："亮亮今天犯了错，你们去玩吧，我不准他再出去，要不然又要闯祸。"

"可是，木兰……"我连忙补充道。

"我给木兰说，给她说。"亮亮妈妈的声音暗下去，有气无力的，仿佛失去了所有的希望。

回到中院，众人坐着，有一句没一句地继续聊着刚才的话题，但所有人都好像泄了气的皮球，声音也低下去了。看着那块被亮亮草草吃了一口的哈密瓜，还活生生地摆在那里，镜镜叹道："唉，真可惜，亮亮好不容易出来一次，怎么又被我们弄走了……"

"亮亮走了就没意思了。"兴兴说。

"早知道我不去找他妈了。"培培也叹着气。

我抬头，天上一轮圆月透过樱桃树的缝隙照下来。那轮明月啊，它看见了一切。就在刚才，见亮亮难堪，他妈妈羞赧，不知为何，我的心里吹过一种清清凉凉的快乐，一天的焦躁，数日的郁全全被他们一家哀伤的神色融化了。原来伤害，和杀戮一样，都能带来快乐，不然，妈妈为何杀了鸡能笑出来，不然，为何在我打培培、欺负亮亮时，心中能有那样的放松感。

可是，到了现在，看见头顶的月亮，心中仅获的清凉，似乎全结成了冰——一种带有尖角的刺骨寒冰，不知什么时候从我心里发芽。它长大，蔓延，爬上了我的肩膀，封锁了我的嘴唇。我浑身发冷，不能说话。人人都道中秋夜凉，我的心结冰了，却没人看得见。只有头顶这轮月亮，不论如何被树叶荫蔽，却一直见证，一直晓得。

朦胧暗月

1

中秋过后不久，隔壁巷卖肉的人家，就再也不送孩子来亮亮家了，木兰再无音信，据说培培一次下学时，在街上碰见她，特意喊着"木兰姐姐"追上去，可木兰看见他，眼睛故意瞥到一边，装作不认识。培培说到这里，问我："是不是因为你的那封信，木兰再不来了？"

我不知如何作答。这之后许久不见亮亮，只知道他又被妈妈困住了。此后经过他家门口，看见他们正忙着收拾，亮亮把东西搬进搬出，箱子、柜子、被褥堆在门前，没想到六七平方米的屋子，竟能容纳这么多！张婆婆说，亮亮家终于想通要收拾家了。再后来经过前院，我突然发现桑树底下多了个黄泥盘的新炉子，亮亮爸爸罕有地站在外面，不断修整着炉内的新泥，脸上更是鲜见地露出喜洋洋的神色。不一会儿，桂大妈就进了后院，边走边嚷着：“哎呀，前院要变天了！亮亮家这回要翻身了！”

“亮亮家要怎么了？”张婆婆听见忙问。

“亮亮家的光景这回可要彻底变了，他家要做生意了！”

“做生意？”培培妈听见也问了一句：“他家哪有本金啊？”

桂大妈这个信息部长早已在发布会前调查好了所有细节：“本金不多，小本生意，亮亮妈前一阵子看娃攒了一点，管亮亮乡下的奶奶借了一点。”

“哎呀，亮亮妈不知道咋攒的？那看娃才有几个钱？”张婆婆叹道。

“桂大妈，亮亮还有个奶奶啊？”我忙问：“我怎么从没见过？”

“亮亮当然有奶奶，亮亮爸爸在农村有地有房呢，但是他参加工作后就再也没回农村，后来工作没了，也不回去。如果不是城里日子过不下去，亮亮妈怎么会去求他奶奶？”

“那亮亮家准备做啥生意呀？”张婆婆又问。

"卖凉粉！亮亮奶奶家拿来的荞面，亮亮妈做成凉粉去卖。"

"啊呀，那他家哪有地方做啊？"

"说的就是啊，我也正气呢，亮亮爸盘了一口炉子，在桑树底下做。张妈，你说说，前院好好一棵树，他偏要在底下做凉粉，虽然离我家和任家远，但那烟气水汽也熏了你家后墙不是？他家点炉子，那烟还不是要从前院飘到后院？"

"是啊，烟大了咋办？"张婆婆也皱着眉头。

可亮亮家的凉粉生意，既然盘了炉子，就不再回头。每天早上经过前院，都会看到桑树底下锅冷盆冰，亮亮家门上赫然挂着一把铁锁。

"都出门卖凉粉去了！"桂大妈逢人便唠叨着，"亮亮妈早上四点起来做凉粉！"看到我们都往亮亮家看，她会再补一句："啥都没有还要上锁，不知道防谁呢？贼来了，偷啥啊？他家有啥偷的……"

在桂大妈的闲言碎语下，亮亮家的凉粉生意最终还是开张了。亮亮妈领着亮亮，亮亮爸推着一辆小板车，上面架着两个装有凉粉的大铁盆，还有一杆秤——据说这些都是亮亮奶奶的投资。每天，他们走街串巷叫卖，亮亮妈妈管切和称，总笑盈盈的，亮亮帮妈妈装凉粉，也笑着，而且他的嘴甜极了："阿姨，你来了！""婆婆，你慢走！"在陌生的街巷里，人们总看不出亮亮是智力有问题的孩子。至于亮亮爸爸，他常搬了凳子坐在车边，默默抽水烟，亮亮妈收好钱，就交给他，毕竟，这个家里最会算

237

账的就是他了。

亮亮一家早出晚归，我们几个小孩难得遇上，再加上那场不欢而散的中秋聚会，亮亮和木兰的故事也无法再讲下去，我们就常在院里跑进跑出，无所事事。每当江江回家，兴兴去了奶奶家，院子里只剩镜镜、培培和我时，培培妈妈总会把培培叫进门去。这样，我们的玩乐日子就更稀少了。

张婆婆怕镜镜再惹事，就多给他一些零花钱，叫他攒起来买个小动物，不论是金鱼、螃蟹、乌龟还是蝈蝈。她知道，这些不起眼的动物一到家，镜镜必然会消停许久，每天都会围在动物身边，他吃一口饭，必定有小动物一口，下学也心心念念回家，不在路上贪玩了。每次出门，镜镜都恨不得腰里别个玻璃罐，把他的动物朋友装里面，睡觉的时候，也总想抱进怀里。

哪承想这边镜镜还没买到小动物，那边亮亮倒先有了一只。发现亮亮的小动物那天，桂大妈正在扫院子，抬眼看见桑树下除了炉子外，又多了个倒扣的竹筐。她气不打一处来，提起筐子准备扔到亮亮家门口，却发现其下卧着只浑身雪白的小兔。那兔子居然不怕人，红色的眼睛注视着桂大妈，还翘起两只前腿讨食吃，桂大妈看着喜欢，转身进厨房，拿了些菜叶、萝卜喂它。到了晚间，一听见亮亮家回来，就赶去追问，才知道这小兔是亮亮的。

"你咋有兔子？"

亮亮嗫嗫嚅嚅。

"这兔娃啊，是西关的李婆给的。"亮亮妈妈见状，忙替亮亮答，"卖凉粉的时候，我们认识了李婆，看见她提得重，亮亮就帮过忙，之后每次见着面，亮亮都'婆婆长，婆婆短'地叫着，那个李婆就爱亮亮，每次都要照顾我们生意，这不，她院里下了兔子，昨天还专门等亮亮来，留给他一只。"

怕桂大妈不满，亮亮妈妈又加注了一句："我们也知道兔娃会打洞呢，不敢放到墙根底下，怕把张妈家的后墙打个洞，就弄了个筐子扣着。这兔娃没自己跑出来吧？"

桂大妈被这样一说，好像打拳打到一团棉花上，先前的不满倒发不出了。亮亮把兔子抱进怀里，脸来回蹭着兔毛，笑意盈盈，好像就抱着一团棉花。

可在桂大妈看来，亮亮抱着这洁白无瑕的兔子，简直就是暴殄天物，来后院传话的她愤愤不平："亮亮一家，连人都养不活，还养宠物？！"

听说亮亮有了小兔子，纵使天黑下来，全院的孩子也纷纷嚷着去看。"亮亮！这兔子真好看！"培培抱一抱兔子，然后传给江江，江江摸一摸，再传给镜镜。

"亮亮，你的兔子有名字吗？"镜镜摩挲着兔子耳朵问。

"有名字。"亮亮的答案叫大家略微有些惊讶。没想到这只平日被囚禁在筐子里的兔子居然还有名字。

"它叫啥？"我忙问。

亮亮的脸红了一下，小声说了两个字。

"叫啥？你大点儿声！"镜镜用拳头捣了下亮亮的腰，亮亮往前一趔趄。定住的时候，他低着头，吞吞吐吐地说："……叫……雪儿。"

孩子们愣了几秒，面面相觑，然后不约而同地哈哈大笑。镜镜笑的声音夸张不堪，故意提高"哈哈"的声音，好像嘴里打雷一样；培培看着镜镜笑得怪，自己也笑岔了气，捂着肚子，蹲在地上，身体颤抖着，过了一会儿居然疼得哭了起来；江江呢，似乎并不明白为啥大家这样笑，但也跟着"嘿嘿嘿"地傻笑着。亮亮的脸上红一阵，白一阵，他呆站着，不知道这名字有何不妥，手脚也不知往何处放。镜镜笑着把兔子递给亮亮："'雪儿'！哈哈！亮亮的兔子居然叫'雪儿'！"

"雪儿"，一个多么清纯脱俗的名字，就像木兰，那个浑身散发着洁白茉莉气息的女孩一样，来到这个家，却被这样一个不识字，甚至连一加一都不知道是几的亮亮叫出。"雪儿"本该是一个纱裙飘逸的女孩儿名字，却被囚禁在这样一个屋里臭气熏天，衣裤常年不换，吃得了上顿都在发愁下顿的家庭。它本应和纯白的大地，和美梦、青春站在一起，可如今却被抱在一个智力有缺陷的孩子怀里。它是亮亮的雪儿，这在全院的人看来，无疑又是这年最大的笑话，镜镜那打雷般的爆笑随即传遍了前后院。

"你知道亮亮的兔娃儿叫啥？"

"啥？"

"雪儿！"

"哈哈哈！"大人们也笑着。仿佛亮亮即使被幸运砸中拥有了一只兔子，也不配拥有这样一个高贵纯洁的名字。

2

看到亮亮有了小兔子，镜镜隔几天就买回了自己的小动物。下学回来，他在院里叫我："快来！快来！给你看个东西！"

我赶紧上张婆婆家去，镜镜嫌我动作慢，自己抱了个鞋盒冲出来。中午阳光下的北房廊上，他小心翼翼打开鞋盒，"叽叽叽叽"，四只明黄的毛茸茸的小鸡探出头来。

啊！居然有四只！它们那样小，捉一只入手，能感到一个活物颤动着，好像一粒种子在我手心苏醒，发芽，颤抖，那是蓬勃的，温暖的生命重新跳动的感觉。此前，由于芦花鸡被杀，我心里结的厚厚的冰，也因为这小小的希望开始融化。

"你从哪儿找的小鸡？"我赶紧问镜镜。

"学校门口，五毛钱一只。"镜镜也抓起一只放进手心，用食指摩挲着鸡头。

"别把鸡娃捏坏了，这学校旁边买的恐怕活不长呢。"镜镜妈妈看见了说。

"咋活不长？我们给他喂好的，它们一定能长大，将来也像芦花鸡一样下蛋呢！"镜镜反驳道。

"对呀，等四只鸡每只下一个蛋，这些蛋再孵出来小鸡，我们后院的鸡就越来越多，就可以开个动物园啦！"我也附和着。

"看把你们想得美的，你们也不动脑子想想，为啥这些鸡偏要在学校门口卖，那是骗你们这些娃娃的钱呢。"镜镜妈妈笑了一声，转头就回了屋。

"我才不信鸡养不活，你看它们吃得多好啊，我婆婆给我的是最好的小米！"镜镜把手中的鸡放进鞋盒，又把小米黏在食指上给我看。

"你看它们在盒子里就挤在一起，会不会冷呢？"我问道。镜镜听罢把盒子塞给我，然后脱掉外套，把衣服扣在鞋盒上。

镜镜的小鸡来了，再加上亮亮的兔子，祖宅就又热闹了。下学后，孩子们回家，先去前院看看兔子，再到后院照顾小鸡。

"鸡和兔赛跑，哪个快？"镜镜有一天发问。

"当然是兔子！"培培说，"你看它比鸡大多少啊！"

"我们抱亮亮的兔子来试试？"镜镜说。

"可是亮亮不在……"培培看着镜镜，不置可否。

"抱完我们再放回去，反正亮亮晚上才回来。"江江说。

说干就干，镜镜带我们去前院，抱了兔子，又放出小鸡。那兔子进了后院，居然不怎么走动，红彤彤的眼睛警惕地盯着周围，鼻子颤动着，闻来闻去。而小鸡呢，即使出了盒子，也仿佛身上带了胶水，四只总黏在一起，继续"叽叽"地吵着，根本不听镜镜的指挥，别说是赛跑了，就连路也不走了。

当我们注意着吵闹的小鸡时，兔子已经悄悄顺着墙，溜到了北房前的小花园边，它似乎很爱花园，跳到土里，继续闻着。镜镜责怪着小鸡没出息，把它们拎回盒子，鸡兔赛跑的念想破灭。但这次比赛，却给大家增添了接兔子来后院的胆量。当然，兔子在后院玩一会儿，就会被大家送回前院。而所有人约好似的，都没跟亮亮提起过他的"雪儿"每天下午放学后的既定漫游。

天气越来越冷，常爹爹像往年一样，背着桂大妈，隔几天就买一盆菊花，悄悄端到后院来，而亮亮呢，出去的时间也越来越长了。他家的凉粉生意，似乎并不怎么受欢迎，毕竟，天冷时最吸引人的，还是边炸边卖的油饼、热气腾腾的糖糕。亮亮妈妈也只能起得更早，盼着自家的凉粉，可以作人们的早餐。至少，在凉粉上蒙上褥子，早上卖的时候还冒着热气呢。

一立冬，夜就变得更长，黑暗中，亮亮妈妈只能点一根蜡烛。他们家虽然有电线，可她也不用了。"电费贵呀！还有灯泡钱！一度电都能买好几包洋蜡了。"亮亮妈闲暇的时候和张婆婆说。

"哎呀，亮亮妈看来真是没咋用过电啊，还买几包洋蜡，现在洋蜡也贵，能买几根啊？"张婆婆叹道。

"亮亮家为啥没电灯？"我问张婆婆。

她叹了一口气："还不是因为旁边的任家……"

前院的任家和亮亮家房子挨着。老任呢，四个儿子这一年都离了家去混社会了。可儿子们的干爹老王，每次还是来，只要看到亮亮，都会跟他说会儿话，有时考亮亮数学题，有时就像看小猫小狗一样，给他扔点糖果和香烟，老任媳妇说，看到亮亮，老王就想起自己的干儿子。

"王爸！"亮亮见了老王，也识趣地叫着。"他王爸走好！"老王一走，亮亮妈不管做什么，都要扔下手里的活计，擦擦手，站起来，客客气气打一句招呼。

亮亮家和任家不但共用一个"王爸"，而且共用一个电表。可这其乐融融却在亮亮家开始凉粉生意时，被彻底打破。看来貌似坚定的邻里之谊，有时全在平衡。穷人安于穷困，富人安于富贵，天下无事。一旦穷人生了野心，富人心里就沉重了，友谊的天平自然倾斜颓圮。

亮亮家有了做生意的"野心"，老任媳妇先不满了，大晚上逮到亮亮妈回来，就站在自家门口，抱着肩膀："我说亮亮妈，你早上起来做凉粉，那灯火通明的，比平时多用多少电啊？！还不多缴点电费？！"

亮亮妈一想也对，就比此前任家摊派的份额，多交了些。可一入冬，天一短，老任媳妇晚上又站到了家门口："亮亮妈，你们卖凉粉，现在起得更早了，还不多亮会儿灯？"

"我们现在回来得也晚了，晚上吃完饭就睡了，都不敢开灯呢。"

"谁知道你们啥时候回来，每天隐隐没没的，卖凉粉哪能卖到天黑？人家北关卖凉粉的那个女人，中午没过就收摊了，你家一天都在外面晃荡，是做生意呢还是干啥呢？"老任媳妇叉着腰刻薄道。

"最近凉粉不好卖。"亮亮妈妈边整理手推车边回答道。

"不好卖就动动脑子啊。"

亮亮妈妈沉默了一会儿："我们是没你们家里人脑子好用，你看我没文化，亮亮又这样。"

没想到老任媳妇听了后，火气上来了："你看你这个人，我说你家的事情，你编排我家干啥？"

"啊呀，我们这样的人，哪敢编排你家啊！"亮亮妈妈赶紧灭火。

老任媳妇还是不依不饶，她正色道："亮亮妈你别不当回事，我今天是来通知你的，你们这些天用电多，这个月还得多交电费！"她一点儿也不退让。

"我们哪里用电多了，晚上都不敢开灯……多用了几度，你要给我说清楚呢！"

"你要跟我明算账吗？好，那咱们就好好算算，这些年你家挂在我家的电表上，我见你们困难，每个月都给你们多交电费呢，现在你们做生意也挣钱了，让你们把原先应该交的补上，唉，我还成坏人了！我都没说啥，你还要跟我明算账！"老任媳妇在前院大着嗓门吵起来。

桂大妈出来了，张婆婆听见声音，也赶紧出了门。培培妈妈和我妈在门前张望着："前院咋了？大晚上吵啥呢？"

我听见，赶紧跟着镜镜溜到前院去。但见平日发髻高耸入云的老任媳妇，大晚上披头散发，骂骂咧咧："嫌我家贪了你家钱是吧，好啊，那以后你也别往我家赖，有本事自己安电表去！"

说着她扭头进屋，再次出来时左手提个凳子，右手拎了把剪刀，把凳子"啪"一下摔在门前，踏上凳子，就要去剪电线。

"啊呀，你干啥呢！你好好说话，小心触电！"桂大妈眼明手快，一把把老任媳妇扯了下来。然后两人推推搡搡，进了任家。

"张妈，你看她！我没说啥啊，我家已经多交钱了，再交不合理啊！"亮亮妈声音细细的，对着张婆婆委屈地说。

亮亮站在妈妈旁边，愣愣的。这是他家做生意以来，镜镜和我第一次这么晚看见他。我站在桑树下，身后就是兔笼。兔子啃菜叶的声音越来越大，渐渐地亮起来，亮亮妈妈擦着眼泪，哭声却越来越小，渐渐地暗下去。

3

亮亮家点了烛火，前院就添了丝诡异的气息。这火光，倒叫我们几个孩子亢奋起来，好像点燃蜡烛，总会发生什么大事，不论是停电、死人，还是祭祀、聚会，总之非比寻常，足以让我们谈论好多天。于是后院天一黑，镜镜也拿出了蜡烛，在院里做鸟叫。

培培和我听到召唤，都赶紧出来，"我们去前院上厕所吧！"镜镜说，他从兜里掏出火柴，点燃蜡烛，我跟在镜镜后，培培跟着我，鱼贯而出。说是上厕所，其实一是为了勘查亮亮回来没有，二是为了再和小兔子玩玩。

我们秉烛在前院走着，不料竟迎面撞见桂大妈，夜色中，她被我们吓了一跳，摸着心口子骂道："你们这几个娃娃变什么神鬼？大晚上拿着蜡烛吓啥人呢？"

可我们倒被她吓了一跳，边笑边往厕所跑。到了门口，镜镜问："谁先进？"

这厕所既没灯，也没门，黑洞洞的，藏在木楼第一层，好像一个洞穴。

镜镜见无人应答，自讨没趣地掌着蜡烛进去了。我和培培百无聊赖，站在厕所门口等他，那里渗出的臭气让我们不堪忍受，都捏住鼻子，想着他的蜡烛往哪里放。突然听见镜镜大叫一声！抬眼就见一粒燃烧的烛光飞过来。

培培跟着大叫起来，我也什么都顾不上，一门心思只往后院跑。回程又撞上了桂大妈，照例是一顿臭骂："跑啥？还跑！拿个蜡烛，小心把房子点了！"

我们早已顾不上看亮亮和兔子了，全部气喘吁吁跑进后院，关紧了木门。

"镜镜，你看见啥了？"我忙问。

"拿蜡烛进去，蹲下来的时候，那厕所感觉有个影子。"他说。

"是谁在里面吗？"

"没有啊，我进去的时候没人。"他擦着头上的汗。

"镜镜，你是故意吓我们的吧？"培培喘着气，皱着眉头问他，"我爸爸说世界上没有鬼。"

"那你跑啥？"镜镜怼了一句。

"我看你们跑，我也就跑了。"培培说。

"你爸怎么知道世界上没有鬼？"我问培培。

"我爸是当兵的，当兵的当然啥都知道！"

镜镜冷笑一声："你爸不知道的事情还多着呢！"

培培见我们两个都不信他爸爸，急了："反正我爸知道的就是比你们两个多！"

"那还真不见得！"我也怼他。

我看看镜镜，他正和我一样，努力压抑着到了嘴边就要迸出的话。我们两个都被那个不能说的秘密煎熬着，好像各自怀揣着一枚过期的炸弹，保不准什么时候会炸。这爆炸时间，似乎完全取决于培培一家人对我们的挑衅程度。可爆炸的情节，即使在我们两人心中上演过无数遍，培培却仍然什么都不知道，继续幸福天真地相信着自己的爸爸妈妈。

培培见被我们围攻，撇着嘴："我回家了，你们两个都欺负我，我不跟你们玩了！"

培培走了，镜镜盯着南房窗户中溢出来的灯光，突然说了一句："你说，要是培培自己发现了他妈妈的事会咋样？"

"怎么可能？那个男人再也不来了。张婆婆、你、我又不会说，他妈就更不会说了。"

"你说那个里仁知道吗？"

"他知道个屁！"想起里仁中秋之夜摇头晃脑的样子，我就一肚子气。

"你说……"镜镜继续问我，他从来都是个有主意的人，这是我认识他以来，他第一次好像什么都吃不准，"我说出来你别笑啊……你说，这个院子里的神啊鬼啊，都会知道培培妈妈的事吧？"

"灶王爷应该知道的吧，可他的嘴每年都会被粘上，什么也说不出，至于鬼……"鬼是啥样子的呢？我突然想起中秋那日晚间，等大家出来聚会时，看到的院子里的那个黑影。我打了个哆嗦："鬼……我好像在培培家门前看到过鬼！"

"是一个影子？"镜镜忙问。

"是的，是一个影子！黑乎乎的，看不清楚，感觉是人的形状，但好像又不是，只是很黑，很黑，比夜还黑。"

镜镜喟然而叹："那就是了！就是了！"

"什么就是了？"我赶紧问他。

"和我在厕所里看到的一样，就是个黑乎乎的东西，说不上来，原来你也看到过。"镜镜拿着蜡烛的手绝望地往下一垂："完了，完了，院里闹鬼了！"蜡烛油滴在地上。

天色已晚，我们都怕在晚间谈鬼，于是相约翌日中午放学后，在张婆婆家碰头，聊一聊鬼的事，毕竟只有在光天化日之下，那些阴影才会无所遁形。

可谁料，次日中午我刚一进门，就听见镜镜的哭声。

镜镜很少号哭，我背着书包，赶紧进了张婆婆家："镜镜，咋了？出啥事了？"我嗓音发抖地问。

"鸡，我的鸡！"趴在桌上的镜镜，听见我的声音，抬起头，脸上挂着眼泪，哑着声音说了一句，就又把头埋下去，继续号哭了。

我赶紧跑到桌前去看鞋盒，只见四只鸡躺在里面，一动也不动。我用手抚摸它们，可是那明黄的绒毛已经完全没有温度，再也触摸不到那像脉搏跳动一样，轻轻颤动着的温暖生命了。

我心上的冰又长起来："这鸡咋死的？"

"今天早上镜镜走的时候，这些鸡就不精神，结果早上先死了一只，我说把另外三只隔离开，放到另一个盒子里，结果那三只也一个接一个死了。镜镜回来，最后一只刚死，还温温的。"

张婆婆说着，就把毛巾在脸盆的热水里浸湿，拧干，把镜镜拉起来，给他擦眼泪："哎呀，我的娃这下真是伤心了，来把脸洗一把，婆婆再给你些钱，你以后再买几只。"

镜镜妈妈看见了，就在旁边唠叨着："还买啥啊？这鸡就像我给他说的一样，养不活，哪怕给它吃最好的，喝最好的都养不活。那本来就是骗娃娃钱的，能养活的鸡谁拿出来卖啊？"

镜镜擦了一把脸，大概是看到我来了，不好意思，也就停止了抽泣，眼睛红红的，盯着盒子里的小鸡发呆。

"一阵儿把这些鸡拿出去埋了吧。"镜镜妈妈嘱咐道。

"埋到哪儿？"镜镜问。

"就埋到花园里吧！"她说。

"哪个花园？南房前的还是北房前的？"镜镜问着，她妈妈大概见花园是我家的祖产，也不好答。

"我家前面那个，北房的花园！"我信誓旦旦地对镜镜说。

吃过午饭，便和镜镜在北房前会合。喊来了江江，也叫来了亮亮，他今天和爸爸罕有地在家，说是凉粉做得不多，亮亮妈一个人出去卖了。培培呢，因为前一晚被我们怼过，听到动静，又和从前一样，暧暧昧昧地站在南房门槛上，想出来又不敢出来的样子，朝我们张望。

可惜所有孩子中，就缺兴兴，他近来被奶奶留在家里，不怎么过来。如果他知道小鸡死了，恐怕会和镜镜一样哭得厉害，毕竟每次他来张婆婆家，都要在养小鸡的鞋盒前趴好久好久。

趁大人饭后午睡，我便指挥着亮亮，拿把铁锨，在北房前花园挖了个洞，然后把小鸡，一只挨一只放进去。我们每人都抓起一把土，害怕把它们吵醒似的，一点点洒落在鸡身上，渐渐地，明黄的鸡身被泥土覆盖，再也看不见了，花园里多了一个浅浅的土包。

"如果以后我们认不出哪里埋了鸡怎么办？"看着浅浅的封土，江江自言自语道。我灵机一动，赶紧从柴房找来一片灰瓦，覆盖在封土上，"我们给小鸡造一座坟，一座不会被风雨吹垮的坟。"

"好像还缺点啥？"覆盖完瓦片，我总瞅着哪里不对。

"一块碑？"镜镜说着。

"对！"我赶紧又和镜镜一起，去柴堆里找来一根柴火，叫亮亮把它斩断，劈成薄片，镜镜拿来习字课上用的毛笔和砚台，郑重地写下"小鸡之墓"四个字。江江帮我们把墓碑立在瓦片前。这下，我们终于给小鸡造了座坟。

"好像还缺点什么！"我看着又觉得不尽如人意。

"缺啥呢？"

"如果我们给人上坟，要带啥呢？"

"我去拿水果！"江江反应快，跳了起来，一溜烟儿跑了出去。镜镜站在坟前，盯着"小鸡之墓"直发呆，亮亮呢，蹲在花园边上，一直询问镜镜小鸡的事。我则跑到北房，拿出白纸和剪刀，今天这个日子，小鸡的坟上得有纸钱呢。

我曾经见过老人出殡后，一路的白色纸钱，仿佛是大雨过后流淌在小巷青石板上的小河，从祖宅延伸到巷口。那白色的河流中，藏着一户户人家悲哀的心事，一个个我们在乎的亲人、友人、爱人、熟人最后一次离宅而出，永不回还的故事。小鸡去哪儿呢？它们虽然不用走出祖宅，可以安静地卧在花园中与我们相伴，但送给它的纸钱、食物一样也不能少。

见我剪纸钱，镜镜也回家取了自己的剪刀，开始剪起来。剪好的就分发到各个孩子手中。我们总要做一个仪式的，正如大人一样。

"剪了纸钱以后做啥啊？"取回水果后的江江问。

"我知道，你们照着我做！"我对大家说。说完，就学着大人扫墓的样子，在小鸡之墓前跪下来，先撒一把纸钱，然后磕个头，带着哭腔喊一句："你死得好苦啊！"然后我站起来，拍拍腿上的土："就这样。"

"那我先来！"江江说着就"扑通"一声跪下了，然后咧着嗓子大喊："鸡啊，鸡啊，你死得好苦啊！"他的演示让培培再也忍不住了，漫长的观望后，他终于从门槛上下来，嚷着要加入我们，脸上带着加入一场新游戏的亢奋。我们还没拦他，他就兴致勃勃地跪下来，喊着"你死得好苦啊"，说到"好苦"这两个字，他竟低头笑出来，整个后背都笑得颤动了。培培跪完，就挨到镜镜，镜镜大概也被培培感染了，喊着喊着竟然从哭腔过渡到了笑腔，只有亮亮没有喊，只是把脑门在地上磕得生响。

"镜镜，我们再来一遍吧！"江江提议着，培培也赞成。就这样，小鸡死了，我们埋了它，而一场葬礼却变成了游戏。重复着相同的语句和动作，早先的悲哀也被稀释了。

再一次轮到我，我刚"扑通"一声跪下，突然听到东房一声大吼："你干啥？"转头，见妈妈气势汹汹站在门前，我赶紧起来，其他孩子都迅速退后，培培赶忙又站到了自家门槛上。

妈妈拾起门口的笤帚就赶到花园边，看到洒满半个花园的白色纸钱，脸都气绿了："让开！"她一把推开站在小鸡墓前的我，"整这么多纸钱干啥啊？没死人呢！真是晦气！"

她边念叨边用笤帚扫着纸钱，笤帚掠过花园的泥土，把小鸡的墓碑也撞倒了。

"你扫纸钱就行了，把鸡的墓碑弄倒干啥？"我气不过，去抢她手里的笤帚，她拿起笤帚就往我腿上抽了一下，"一边站着去，就知道闯祸，看看好好的花园被你们几个糟蹋成啥了？"边说边把小鸡墓上的瓦片掀起来，扔到一边，"柴房的瓦片也被你们弄过来，真是上了天了！"

"那是小鸡的坟！你为啥要拆小鸡的坟！"妈妈唠叨着把笤帚扔到地上，回身去厨房了。我赶紧抢起笤帚，塞给镜镜，把瓦片捡回来，扣在封土上，正要重新立碑，却发现妈妈拿着火铲来了："让开！"她又把我推到一边，再次扔掉瓦片，推倒墓碑，最后，竟然用火铲铲起了封土！小鸡夹着泥土的明黄身体这下完全暴露于我面前。

"你干啥？你干啥？你给我封上！这是小鸡的坟！"我喊着，几乎要哭出来。"什么鸡的坟！鸡哪有坟！还给它磕头，脑子进水了！你们这些小娃娃，不说打扫打扫院子，每天就知道害人！"

我身边的孩子们，看着妈妈的样子，都不敢吭声。妈妈气冲冲的，把小鸡尸体用火铲铲出来，和泥土、纸钱混成一堆，一股脑全都丢进了垃圾桶。

"哇"的一声，小鸡死后，我第一次放声大哭，"我们没害人！你害人！是你害人！"

镜镜见状，阴着脸，拉着亮亮就往前院走，江江也跟着。培培看这情势，终于从门槛上下来，默默退回到他家去。

院子里只剩我一个孩子了，妈妈把垃圾桶提走，花园里除了泥土蓬松以外，什么痕迹都没有了。院里好像又添了一个空洞，黑的，冷的，呼应着我心里越结越厚的寒冰。

4

小鸡葬礼后，院里的孩子连兔子也少去瞧了，好像鸡与兔，天生一体似的，一个被妈妈扔进垃圾堆，让人不敢看，另一个盖在竹筐下，看多了也伤心。更何况，亮亮也常在家，只要他在，总会抱着兔子来后院——他家的生意越来越寡淡了，别说全家推车出去，就连他妈一个人担着两盆凉粉出去，一天也怎么都卖不完。

邻居们对亮亮妈说，巷口最近新来了个凉粉摊，生意可好了，你们得学学啊。这家凉粉不像亮亮家按斤卖，而是按碗卖。切得薄薄的绿豆凉粉，佐以盐、醋、辣椒油、蒜水，更重要的是有一味黄澄澄的老芥末，一碗凉粉搅匀，色泽鲜红、香辣爽滑。

巷口突然出现这么一家凉粉摊，好奇者先买来尝尝，站在巷口吸溜，边吃边夸："哎呀！这凉粉好吃啊！"活体广告加调料香味，一传十，十传百，每天早上巷口就挤满了排队者。而摊主也厚道，不仅给得多，连半碗也卖，这又吸引了吃不多的老人和小孩。那些卖油饼包子的，看到这里的人气，也都聚拢过来，不日，小巷的早餐就远近闻名了。

亮亮妈妈每天担着凉粉进进出出，看到巷口生意那么火，也改了念头。此后，亮亮爸爸又积极起来，从山上寻得些木头，又从拆迁房子里找来些玻璃，这样忙了几日，给原先的手推车加了个玻璃罩子，还买来一罐白油漆，把罩子刷得雪白。

"亮亮爸这是要做啥生意？"张婆婆经过时问道。

"我们打算卖调好的牛筋面，让亮亮妈少做点凉粉，也一碗一碗地卖。"

玻璃罩做好没几天，我放学经过小巷，就看见亮亮妈妈戴着白帽子，穿着深蓝裆子，站在手推车旁边，玻璃罩围起来的推车上堆着长长的牛筋面，黄黄的面筋，还有晶莹透亮的凉粉，油辣子红彤彤的，散发着香气。

"妈妈，我想买一碗亮亮家的牛筋面，看起来好香啊。"每次快要走到她家摊位时，我都对妈妈说。

"你也不看看她家有多脏，还敢吃她做的牛筋面！"妈妈总是压低声音，怒气冲冲地对我说。走到摊位旁边，却抬起头，换了副笑脸，跟亮亮妈打着招呼。

院里的小孩还没聚集起来对亮亮家的新生意发表意见，一个更炸裂的消息却传开了——培培要搬家了。

培培妈妈并没有通知院里的任何大人，带来这个消息的是培培："礼拜六我爸爸就回来了！这次他是来搬家的。"

"搬什么家？"镜镜问。

"我妈说，我们要去外面住，住大房子。"

"你妈骗你吧？"我忙问。

"没有！我妈叫我这几天收拾东西呢。"

"啥时候走啊？"

"就这个礼拜天，我爸来了就搬家！"

"这么快！"

"我也不想走呢，还想跟你们一起玩，而且，我们好久都没开会了。"

镜镜看培培这样说，就提议道："那你走之前，我们开个会吧！"

镜镜回去问张婆婆培培搬家的事，张婆婆也奇怪得很，我们以为培培又说大话了，直到星期六中午，一个熟悉的身影推开后院房门，"爸爸！"培培奔上去。

"培培爸爸回来了啊！"张婆婆打招呼道，"这次能多住几天吧？"

"张妈！"培培爸爸客客气气地笑着，"这次住不了几天了，我们明天就要搬走了！"

培培爸爸印证了儿子没有撒谎，镜镜傻傻地看着他，张婆婆忙走过去，失神地问："这住得好好的，怎么要搬呢？培培妈也没跟我说啊！"

培培爸爸笑笑："里美一直要搬，我也没同意。这不，最近她们单位领导照顾，新腾出一套楼房分给我们住，比这里大一些。"

"哦……"张婆婆不再追问，只是叹了一口气，"那你们搬走，我还怪想你们的，培培多可爱……"她的眼里掠过一丝失望。

培培真要搬家的消息马上传遍了前后院，孩子们迅速组织起来，却发现凑来凑去也就只有镜镜和我。兴兴又被他奶奶扣住了，亮亮妈妈自从新生意开张以来，身体似乎不太好，亮亮说，要晚上做饭给妈妈吃。而江江则跟着爸爸去了乡下亲戚家。这场本应送给培培的聚会，现在加上他，也只有三个人了——三个人天天见的，开会还有什么意思。

天气冷得很，暮色降下，我和镜镜只好手里拿着蜡烛，把培培叫出来，"培培，可惜这次开不了会了，明天一早你就要走了吧，你要记住我们啊。"

"我一点儿也不想搬家，还想跟你们一起玩，以后走了，我会想咱们院子里的会，想亮亮、江江，还有兴兴。这次我是见不上兴兴了……以后你们在马路上碰到我，可别像木兰一样不理我，你们要记得我啊！"培培笑笑的，可这次，这个爱哭的小子，却让我们头一次想哭了。

礼拜天中午，来了几个小兵，连里仁也来了。培培家的大衣柜、电视机、茶几、沙发都被这些人抬出去，祖宅的门口早已候着一辆板车，等所有家具装满就拉到巷口，那里有培培妈妈单位的搬家小货车在等他们。培培早已被安顿着坐在驾驶室和司机说话，培培妈妈最后一个出门，也最后一次环视了南房，关上两扇木门，郑重地挂上一把铁锁。然后，她低头把钥匙装进包里，带着笑意，对所有出门相送的邻居打招呼。"谢谢大家这些天的照顾啊"，她重重地握了握张婆婆的手，看到镜镜和我，在我们面前停住，"镜镜，你们几个娃娃，要好好的。"她摸了一下我的头，然后头也不回地走了。

祖宅的南房又空了，培培妈妈带着她的秘密走了。此后，压在我心上的事再也不用讲了，心里反倒轻松不少。

可他们一走，似乎又带走了南房所有的生气，这个阴沉的周日下午，南房变得那么昏暗，从前罗婆婆走后留下的空洞，似乎更大了。我总能感觉那里散发着一种不可捉摸的黑暗气息，让我不能久视，似乎盯久了，一个空洞就蠕动着，旋转着，扩大蔓延开来，最终要将我吸入，吞噬，消化。那个空洞的中央，还藏着一个黑色的阴影，这回我终于确定下来，它就在那儿，没有消失，从来都没有，那就是我不止一次看到的，听说过的黑影，它带着潮湿，寒冷与令人毛骨悚然的气息，立在空洞尽头，如同猫盯着老鼠一样，一动不动地盯着我。

那个周日晚上，出门刷完牙，吓得我赶紧跑回屋。我的身体发着抖，并不全因为寒冷。我赶紧上床，缩进被子里，等到终于憋不住，探出头换气时，才发现天上一牙弯月，白光透过窗帘的缝隙，印在我身上。

5

"这院里不对劲。"培培搬走的第二天,我一下学就对镜镜说。

张婆婆听见了,走过来:"我的娃啊,你说啥呢?"

"一个影子,南房有一个影子。"我对她说,张婆婆脸色突然一沉,好像一件事情得以印证似的,不说话了。

"婆婆,我也见过,上回我们去前院上厕所,那里也有一个影子。"

出乎意料,这次张婆婆并没有斥责我们胡说,反倒显得有些惊慌:"娃们别怕。都说人不怕,鬼就不会害人。"

"张婆婆你也见过鬼?"我失魂落魄地追问。

她点点头,"鬼这个事情是有的。"她的声音掷地有声、牢而不破,好像在替谁守着一个秘密。

"培培搬走,还有之前小鸡死了,可不都是它害的么?"联想到之前的事,我根本不信鬼不害人的说法。

"人家培培搬家是好事,住大房子去了,镜镜的鸡本来就养不活,跟这些没关系,你们这些娃娃啊,还是好好上学,啥都别多想,别自己吓自己。"张婆婆一边说有鬼,一边又告诫我们不要多想,实在奇怪得很。我将信将疑出门,一想到鬼这件事终于被张婆婆承认,就想着接下来该怎么对付它。

我问爸爸:"鬼怕什么?"

爸爸说:"上次带你去泰山庙,你看见那些阴曹地府的鬼,他们都怕什么？"

"阎王爷吗？他不是管鬼的吗？"

爸爸不置可否。我想来想去，鬼总是想吓人的，如果用一个比鬼更可怕的鬼去吓它，那肯定就能把它吓跑了。于是我赶紧去找镜镜，商量一个吓鬼的办法。

"要想把那个鬼吓走，我们就要做一个比那个鬼更吓人的东西。"

"什么东西？"

"一个鬼头，长舌头，红嘴唇，还有长头发的那种。"

镜镜比画着，听起来就可怕。我双手赞成，说干就干，便去柴房找材料。用废旧的塑料泡沫，切出一个骷髅头的样子，挖两只眼睛，再挖出鼻孔和嘴巴。找来一张红纸，剪成舌头形状，长长地吊在嘴上，镜镜又从家里寻到妈妈从车间带来当抹布的废旧棉线团，固定在骷髅头上，作为头发，最后再找根木棍，把鬼头安在上面。做好这一切，我们就把它立在南房门前的花园里。

天色将晚，妈妈出来倒泔水，抬眼就见花园里一只白色骷髅头，吓得大叫起来："这啥东西啊？谁放在这儿吓人！"

我赶紧跑出来，跟她解释这是我和镜镜做了好几天的驱鬼之物。

"哪里有鬼？你这是要吓人吧！"妈妈站在院里，吵嚷着要拔掉鬼头，这时张婆婆出来了："哎呀，娃她妈，你就别管了，这个东西娃娃们做了好几天，费了可大的功夫。我给你说，它放到南房前面其实也好。"

妈妈不明白："这有啥好的？大黑天吓人呢。"

张婆婆向妈妈神秘地招招手："你过来，我给你说个话。"妈妈放下手里的脸盆，跟她去了中院。一进去，张婆婆便回身把两扇木门关上，看着这样子，我赶紧和镜镜溜过去，把耳朵贴到门上，想听听她们说些什么。

她俩声音不大，依稀听见什么黑影啊，人像什么的，突然，我听见妈妈惊呼一声："啊呀！真的？罗婆是自杀的？"我心里一怔，忙把耳朵贴得更近，想捕捉更多细节。

张婆婆凄凄楚楚地说："罗婆可怜啊，那时候的病，本来都见好了，也就是个重感冒，结果那天早上我端了碗米汤进去，她已经……"

已经怎么了？张婆婆声音小下去，我怎么也听不清楚。我看看镜镜，悄悄地问："你听见罗婆婆怎么自杀了吗？"

镜镜瞪着眼睛，摇摇头。

听她们谈完话，要出来了，我赶紧和镜镜跑到南房花园边，佯装着整理鬼头。妈妈惊慌失措地经过我们身边，看也不看一眼鬼头，就说："那你们就把这个东西留在这儿吧。"

"哦！"得了她的准许，我松了口气。

可同时另一个疑问又沉甸甸地落进心里：罗婆婆怎么会是自杀的呢？所有人都说她老死了——可见都是谎言。她并不是人们期待中的死亡，只是自己决定结束这寂寞的生命，所以犯了罪吗？那么，是不是所有忤逆神的，都是坏人，都会遭到惩罚呢？

6

过了些天，亮亮妈的病似乎更严重了，带来这个消息的是桂大妈。前院很久没什么大事，一大早，她急匆匆踏进后院，扬着脖子对院里众人叫道："亮亮妈犯病了！"

"亮亮妈什么病啊？"我连忙凑到桂大妈跟前。

此刻，桂大妈如同瞌睡虫找到枕头，早已准备好的言辞，都热气腾腾地迸出来："她能有啥病？神经病呗！"

张婆婆马上关切地说："亮亮妈这次犯病，不知道啥时候好，一家人都指望她呢。"

看来张婆婆也知道亮亮妈的病情。在院子里住这么久，我却从没发现亮亮妈有"神经病"。要说这"神经病"，我也见过——我们后巷住的瓜皮，脸上常抹得黑乎乎的，穿一身破军装，见人就追打，孩子们都怕极了；还有西关的瓜六郎，衣衫褴褛，最喜欢盯着漂亮女人傻笑，别人扔到地上的果核，他捡起来就吃，有时候也发疯，光着身子在大街上跑来跑去，喊着谁也听不懂的疯话。人们都说他们两个是"神经病"，可说亮亮妈是神经病，我一点儿也不信，她从没发过疯、打过人，甚至连披头散发也没有。

我对桂大妈说："你骗人，亮亮妈才不是神经病！"

桂大妈见我鲜有地为亮亮妈顶嘴，倒来劲了："你这娃娃知道啥，亮亮妈要不是神经病，亮亮的病咋来的？那还不都是遗传！"

"可亮亮妈不发疯，你凭啥说她是神经病？"我不依不饶。

"你不知道，亮亮妈的发疯跟人不一样，她一发疯，不哭不闹，但就不认人了。短则十天，长则半月，一句话也不说，眼神呆呆的，不信，你去前院瞧瞧。"

我赶紧跑出去，只见亮亮妈妈坐在门口，一动不动看着前方，她的头发依旧整洁，衣服还是原先的样子，但就是面无表情。

"阿姨！"我叫她。

她一点儿回应也没有。

我再从她前面故意绕过去，边走边盯着她看：她好像完全变成另一个人。平日，不管是大人小孩，出门进门，她只要碰上，总笑盈盈地打招呼，而这次好像僵住了，灵魂不知在哪里飘游。我还不肯信，再次折返，依旧叫一声："阿姨！"声音好像碰在石头上，反弹回来。

"亮亮！"我赶紧在他家门前叫着，亮亮闻声出来。

"你妈咋啦？咋变成这个样子啦？"

亮亮神情呆呆的："我妈病犯了。"

"那你们还卖凉粉吗？好长时间都没见你家摊位了！"

亮亮低着头，眼睛看着地："我家最近都没在巷子里卖，现在巷里没生意了，前几天我跟我妈都要把车拉到城南去卖，拉好大一圈。”

“巷里咋没生意？前一阵子不是好好的吗？我看其他卖凉粉的、卖油条的生意都好得很啊。”

亮亮嗫嗫嚅嚅，也说不出个一二。

我进了后院，想起亮亮妈妈的样子，总觉得不安。远远瞥见花园里那个“鬼头”，也是空洞的眼睛，盯着面前的空气，和亮亮妈一模一样。我的后背觉得凉飕飕的，好像发现一个天大的秘密，它沉默而恐怖，我越想着它，就越觉得如鲠在喉。好不容易熬到镜镜回来，我赶紧跑去找他，眼角都是酸酸的。

“镜镜，那个‘鬼’开始害人了！”见着他我就叫着。

“害谁了？”

“亮亮妈妈，还有，亮亮家。”

“咋害的？”

“亮亮妈妈突然生病，不说话了，就呆着，亮亮家在巷子里的生意也做不下去了，你快去看看。”

“走！”镜镜从张婆婆家跳起来，跟着我跑到前院，可亮亮家没有人，门上横着一把铁锁。

“今天晚上等亮亮回来以后，我们再去看他。”镜镜愤愤不平地说。

当晚下学，兴兴也回到张婆婆家，我们特意叫上江江，院子里的孩子又集结起来，毕竟很久都没有一起做“大事”了。镜镜一把抽出花园里的"鬼头"，对所有孩子说："今晚我们要拿这个去辟邪！你们害怕不？"

"你要去哪里辟邪啊？"江江问。

"亮亮家！亮亮妈妈不是不说话么？我们看看她是不是真病了，见了'鬼头'，会不会喊出来。"

镜镜提出要吓唬亮亮妈妈，可如果越吓病越重怎么办？我本想说出自己的忧虑，可看其他孩子听见提议都兴奋不已欢叫着，于是也被这欢乐感染了。

这一回我们集体出动，不再是抓螳螂，打群架，而要去挑战一个大人——祖宅中唯一可以被挑战的大人。谁都没有亮亮妈这样"完美"——别人和她说话，她永远笑着；和她吵架，她也轻声应着；人们笑亮亮笨，她就把孩子叫回屋，从不见生气。她永远低眉顺眼，人们等她哭叫，可她偏不，反而谁都可以在她前面哭闹，生气，就连平日不声不响的丈夫，也可以背过身和她冷战。她的一句话，还没后院一个孩子的哭声重，她也有娘家，可从没见有人来过。她越是温柔谦让，大家就想越想欺负和捉弄她。

这次，轮到我们孩子出手了。

暮色未下，我们已迫不及待一个个跑去前院侦查。等半片月亮暗淡初升，四周升起朦胧的蓝雾，终于可以依稀辨认出对方脸上的兴奋神色时，亮亮一家回来了。亮亮妈在门前炉灶旁坐定，守着炉里的柴火，我们也终于可以出动了。

镜镜托住镶有"鬼头"的长木棍，轻轻贴着墙，慢慢移动到亮亮家炉灶后，缓缓举起"鬼头"，让它轻盈、默然地升起来。"鬼头"晃动着乱发、白脸、长舌，在暮色中足以把人吓个半死。想到亮亮妈受惊的样子，兴兴不由得笑得轻颤起来，我赶紧捂住他的嘴，以免他笑出声来破坏我们的行动，可一捂嘴，兴兴倒笑得更欢了，整个身体都剧烈抖动着，他怕影响我，一把把我推开，双手捂着嘴直接蹲到了地上。可他的笑还是感染了镜镜，举着"鬼头"的他起初使劲憋着，可越回头看兴兴，越憋不住，虽然双手不能捂嘴，上体却诚实地颤动起来，引得"鬼头"也上下乱颠，江江拉了拉我的胳膊，我赶紧上前扶住棍子。

不论我们怎么举"鬼头"，那边一点儿动静也没有，我们的笑倒因为这沉默止住了，随之而来就是一种无聊感，好像想了几天几夜的笑话讲出来别人一点儿反应也没有，又像打水漂，石头统统沉了底。

镜镜不耐烦地上下颠着"鬼头"，可不论他怎么摇摆，那边都没有反应。江江自告奋勇，假装回家，再折回后院，特意从亮亮妈妈的角度确认"鬼头"可见。他回来时也一肚子狐疑："我从亮亮妈那里看，可吓人了！黑黑的炉子后面一个'长舌鬼'在跳。可亮亮妈还是坐着，一句话也没有。"他对我们悄悄说。

无奈之下，大家只好撤了"鬼头"，悻悻然回了后院。

"亮亮这一家子真奇怪！"镜镜提着"鬼头"边走边说，"全家都没个声响。亮亮妈看到'鬼头'，没言语，也不知道到底看见了没。亮亮爸跟个大烟鬼一样，每天就在屋里躺着，都不咋说话。亮亮呢，每次来后院我从来听不见他的脚步声。这一家人真是奇怪！"

他因为亮亮妈妈没"配合"我们而懊恼着。

兴兴好久不来张婆婆家，才发觉不见了培培，又莫名其妙参与了一场毫无结果的吓人游戏，思来想去，终于灵智开启，说出一句振聋发聩的话，足以终结我和镜镜这些天的疑神疑鬼："你们不是一直看到鬼吗？那你们说说，亮亮一家是不是鬼？"

小鸡死亡，培培搬家，老任媳妇骂架，做也做不好的生意，好也好不了的病，再加上老人们的死亡，罗婆婆的自杀，兴兴这个局外人一提醒，一切反倒更鲜明起来。

"就是，说不定，他们就是一家子'鬼'呢。"江江也如获天启般重复着。如果亮亮家真是"鬼"，又会怎样呢？这一切发生的缘由都可以推给他们，不但过去的故事可以重写，而且说不清的都可以重新获得解释。

"亮亮家咋是'鬼'啊？"我不由得说了一声，"明明是人啊。"

江江嘿嘿地笑一声："他们一家是'鬼'的话，也是穷鬼吧！"他说话的样子，像极了他的奶奶桂大妈。

"哈哈！"镜镜终于可以张大嘴巴，开怀大笑了。

看吓人未果，我们都无心再让"鬼头"回归花园，就把它拆了，将材料一股脑儿全丢进柴房。对于神秘黑影的兴味，也随着这次无聊的尝试变淡了。

翌日清早，妈妈塞给我三块钱，让我到巷口买点凉粉和酥饼当早饭。我寻思如果碰到亮亮家的摊位，说不定可以去买一碗。正出门，却迎面撞上他："亮亮，你这会儿还没出门卖凉粉吗？都几点了？"

　　"今天我爸说不出去了。"亮亮看起来有些着急，头上冒着大颗汗珠。

　　"咋不出去啊？"

　　"我妈的病严重了，一直没起来。"

　　"咋严重了？"我感到心跳加快。

　　"我也不晓得，昨天晚上回来本来好好的，烧完火就不行了，一直睡到现在，饭都没吃。"

　　"你说昨天晚上烧完火？"

　　"嗯。"

　　听了亮亮的话，我如芒刺背，赶紧加快脚步，几乎逃着出了前院。我们的恶作剧看来的确吓到了亮亮妈妈，可她那样沉默，一声不吭地被吓到，一声不吭地回屋，睡倒了都没一句话。那间狭窄逼仄的小屋，究竟藏着多少沉默的心事和不为人知的感情？想到她平日总笑眯眯地跟我打招呼，我越跑就越觉得自己在裸奔。

　　我跑过原先亮亮家的凉粉摊处，那里空荡荡的。跑到巷口，看到凉粉摊前排队的人，我才停住，低着头把兜里的三块钱摩挲来摩挲去，生怕别人注意我，跟我搭话，问我昨夜做了什么。

我前面排队的两个人正谈论着早餐。老婆婆说:"这家凉粉好吃,自打他来,我就一直在这儿买,现在都上瘾了,一天不吃就不痛快!"

另一个大婶儿笑了:"巷子里那家凉粉你吃过没?"她指着亮亮家摊位的方向,"一个胖女人,领个半大的儿子,这几天咋没见他们。"

大婶儿突然提到了亮亮一家,我赶紧低下头,忐忑不安,好像她说的就是我。

老婆婆一看,叹道:"哎呀,他家的凉粉你还敢买啊?快别买了!你不晓得,他们院子里的邻居从来都不吃她家的东西,说是那住的地方,龌龊得跟个老鼠窝一样!这种人,这种地方做凉粉,谁敢吃啊?"老婆婆绘声绘色继续说,"我有一次说换换口味,尝一下她家的凉粉,买完刚往家里走,半路就碰到她院里的桂婶子了,桂婶子一把拉住我:'啊呀,王妈,你还敢买他家的凉粉?我们知道的人都不敢买!'"

几个等凉粉的人听到讨论,都凑过来,有的附和着:"啊呀,人家邻居都劝你不要买,那是真的了。"

有的恍然大悟:"其实我吃过几次,那个女人的凉粉味道还可以,人也和善,笑笑的,今天你这么一说,哎呀,我以后可不敢买了!"

"人家常吃凉粉的都晓得,巷门口这个人的凉粉最好!"那个婆婆斩钉截铁下了定论,不容置疑的样子。

原来如此，怪不得前几天亮亮家总要跑到很远的地方去摆摊，看来，在这个巷子里，他家的生意是彻底做不下去了。

余影落月

1

亮亮妈妈的病，这次持续得特别长。起病时天冷，转眼又到了腊月。

小年夜一过，巷口的早饭摊位都陆续撤了。等开年正月十六，巷口早间又挤满人的时候，我才意识到，亮亮家已经好几个月都没出摊了。

妈妈病着的时候，亮亮就每天做家务活，但这么小的地方有多少活可做呢？余下大把时间，他要么坐在自家门前看着天光流转，要么就到前后院转转，看看能帮邻居们做点儿什么。看到张婆婆扫地、我爸劈柴、桂大妈倒泔水，亮亮总是凑上去，甜甜地叫一声，等着大人吩咐工作："亮亮，你来帮我做点这个……"
他便欢欣雀跃迎上去。于是邻居们有啥事，总想着亮亮：毕竟一
个浑身有使不完劲儿的少年，既没学可上，又无法谋生，如果连
忙也帮不了，仅对着天光消磨精力，换谁都熬不下去。

　　没忙可帮的时候，亮亮就抱着他的白兔雪儿，坐在门前晒太
阳。早春的阳光落在雪儿的毛皮上，亮闪闪一片。风还冷着，亮
亮就把雪儿抱得紧紧的，抚摸着它的皮毛。那白兔因亮亮精心照
顾，变得越来越强壮。一天早晨我起床，一眼就瞥见初春花园里，
一只白花花的兔子正啃着花枝上的新芽。兔子怎么进来了？我很
诧异，忙把它抱回到前院："亮亮，你的兔子跑到后院了。"我把
它递给生火的亮亮，他惊讶地站起来，一把接过兔子："它咋跑
过去的？"

　　我不置可否，看看兔笼，并无异样。夜里，后院的门是锁了
的，难道兔子生了翅膀不成？要么，就是亮亮平时游荡时，不小心
忘了带它回家，于是我说："看好你的雪儿，别让它晚上再跑了。"

　　可那晚后，兔子好像约定好似的，每天早上都神奇出现在南
房门前的花园里，就像亮亮每日到访一样。培培走后，院里多了
一个新生命，总是让人喜悦的。但这其乐融融并未持续多久，一
日，我放学回家，迎头就撞上脸色铁青的常爹爹。他素不与人争，
但这次却气冲冲来找爸爸。我家廊上摊着他寄养的几盆花，每盆
都叶落枝残，最惨的连土都被刨去一半，常爹爹抱怨道："这花
特意放到后院，想着后院没害人的娃娃，如果今年八月十五开花，

那真是美得很，结果没想到最后被一个畜生害了！"

他越说越气，抱着花盆就要去前院找亮亮家理论，可亮亮呢，仍然愣愣的样子。亮亮爸见兔子惹上是非，一声不吭，给兔笼压上两块重重的砖头，兔灾暂时解决。可常爹爹总不甘心，想着再来一场花卉复兴，就又急匆匆买来几盆，迫不及待端到后院来。

一日我放学，他跟我进了后院，继续往旧花盆里倒腾新花苗，突然后院的门被推开，眼见一个肥胖的身影冲进来，直奔常爹爹："钱呢？钱呢？刚发下钱，就来养这些东西！"我定睛一看，桂大妈提着一支火杵已在眼前，她拉住常爹爹的衣领，就往外拽，常爹爹几乎被她扔到廊下，一个趔趄，还没回过神来，桂大妈的火杵已经落在新栽的几盆花上："把这些东西，花钱当你爷一样供着，你孙子吃的喝的，你管吗？我叫你养，叫你养！"

妈妈听见动静，连忙冲出来拉架，可为时已晚，常爹爹的花还没来得及"复兴"，就先被自家人灭了种。

桂大妈被妈妈好言好语劝了回去。常爹爹呢，一声不吭，继续把被摧毁的花枝收集起来，怕再遭破坏，就在南房花园里选了一个角落，把剩下的花栽进去。他仍旧怀着宝贵的希望，在这个角落维护着最后的自尊。

常爹爹的花静静地长着。到了三月下旬，春风和暖，花叶又有了生机，他就跑得更勤了，不仅照看自己的角落，就连整个花园的春种都承包了。松土、浇水，总跟着下班时爸爸的自行车溜进来，夜幕降下都舍不得回去。

这些花终于又长起来了。常爹爹见风险再无，就又将花移到原先的花盆里，一切都恢复了从前的秩序，他欣喜着。这场浩劫，看来要结束了。

然而他高兴早了。翌日一早，我起来又看到白兔。被囚禁数日，它又神不知鬼不觉脱离了牢笼，来后院观光。不偏不倚，就爱上常爹爹的花盆，于是常爹爹的花再次被灭了门。

我赶紧把兔子抱回前院，迎面碰上了亮亮妈妈，她终于下床了。她的脸上似乎有了些生气，见我也笑了一下："兔子跑到后院了吗？"她惊讶地问。她终于不再失魂落魄了。想起当初她的病情加重，似乎与我脱不了干系，我有些惊慌，赶紧定了定神，把兔子塞进她怀里："不知道为啥，昨晚上又跑进后院，又把常爹爹的花给吃完了。这次他肯定要气坏了，已经是第二回了。"我快速传递完消息，生怕她想起什么，恨不得赶紧溜回家。

亮亮妈接过兔子，抚摸着它的耳朵："哎呀，这个兔娃咋乱跑呢。"她的眼神里满是惭愧，和亮亮闯祸时一样。每次她不让儿子跟我们玩之前，都是这样的神色，可因为疾病的摧残，她的脸瘦削了不少，惭愧中竟带有丝坚硬的决绝，让我不安起来。这下，兔子和亮亮一样，肯定是出不来了。

我曾想常爹爹看见花再一次被兔子摧毁，会是多么失控，恐怕这回，他要冲到亮亮家去干架了。想到亮亮妈病刚好，就要面对这样的境况，我就更加不安，总觉得要出事。可当常爹爹傍晚跟着爸爸的自行车进后院，看见枝叶凋零的盆栽时，竟一句话也没说，只默默把残枝败叶收好，慢慢整理泥土，仿佛这一切从未发生过。

我以为他与兔子彻底和解。可又过了几日，晚饭后，张婆婆和妈妈在院子里聊天，我突然听她说："前院他常爸啊，这几天每天早上四五点跑到后院来，就盘腿坐在花园边上，嘴上念着啥。我老婆子，早上起得早，哎呀，一开门，看见一个人坐得定定的，太吓人啦！"

妈妈说："我们瞌睡多，不知道啊，他来这么早干啥呢？"

张婆婆压低声音，凑到妈妈耳边说了句什么，妈妈惊得瞪大眼睛："还有这种事？"

我闹着妈妈，想知道张婆婆究竟说了什么，她却不告诉我。

好不容易盼到周末，我特地定了闹钟，早上五点，就睁开眼睛往院里瞧。明月皎洁，照在我脸上，院里草木葱郁，影影绰绰。我哈欠连连，忍住不睡，就为弄清张婆婆的话。不久，就听到后院木门被抬开，有人轻声微步直朝花园而来。我赶紧合上窗帘，仅留一条细缝偷窥，但见一个驼背老影跨上护栏水泥台，随即盘腿危坐，宛若神像。当我的眼睛适应黑暗，我终于认清那具"神像"就是常爹爹。他眼睛紧闭，一手握拳，另一手伸出两根指头，放于胸前。安静了一会，便开始念叨着什么，我把窗户悄悄推开一条缝，只听见黑暗中的低语，他念了一串我怎么也不懂的经文，如是多次，随后，睁开眼睛，从护栏跳下来，活动了下身体，蹚手蹑脚出了院子。

当听见木门被他复位，我赶紧明目张胆地看他是不是留下什么痕迹，可外边只有红霞渲染的粉红天色，西垂的月亮变暗，发白。我赶紧拉上窗帘，钻进被窝，心狂跳不已。

2

那天，我急着向人诉说凌晨之事。早上一起来，就赶紧去找镜镜，但他早就整理妥当，要跟爸爸的朋友去乡下钓鱼，还没来得及打招呼，他就奔出了大门。失落间，但见张婆婆奇怪地看着我，我的心事藏不住了，忙坦白道："婆婆，今天早上我看见常爹爹在我家花园念着啥经。"

张婆婆叹了口气："来了好几天了，我没想到他会为了那个事诅咒人啊。"

"诅咒？"第一次听到这个词，我吓了一跳。张婆婆总是比别人知道更多祖宅里的秘密，比如罗婆婆的自杀，南房前的黑影，现在又来了个"诅咒"。

"诅咒了会咋样啊？"我忙问她。

"那得看神应不应了。你看你常爹爹平时就虔诚得很，经常到山上的庙里忙进忙出，现在接连来了七天，每天天不亮就开始念咒，那诚心难保不会感动神灵。"

"神灵感动了会咋样？亮亮家会出事吗？"

张婆婆出神地望着花园，没有回答。

想到祖宅里除了鬼害人外，现在居然出了诅咒之事，原来人要斗人，不单可以像我们与大孩子打架那样血肉相拼，也不单可以像我们给培培那样制造陷阱，还可以求鬼神害人，借助更隐秘的力量，做自己想做的事情。

可亮亮妈妈竟渐渐转好了，每次经过她家门前，又会有亲切而熟悉的寒暄。就连亮亮爸爸，也罕见地擦拭着他家的凉粉车子，拿毛笔蘸上白漆，补着掉落的漆色。看来停工小半年后，亮亮家又准备出摊了。

原来常爹爹的诅咒并不管用。我心里悬着的巨石终于落地。亮亮干完家里的活儿，就又在前后院游来荡去，这次他没有抱雪儿。

"亮亮，你家明天要出摊啊？"张婆婆问他。

"嗯，明天早上我和我妈就出去。"

"那又要见不到你了。"我叹息着。

"你妈好全了吗？"我妈问他。

"好了。"亮亮答着。

"你今天咋没抱雪儿呢，你抱来我们再玩一次吧，要不你去卖凉粉了，以后雪儿就不常来了。"我对亮亮说。

他突然一怔，手搓着裤腿两侧的口袋："雪儿不在了。"他的头低下去，声音也沉下去。

"啥？雪儿呢。"我忙追问，"你妈是不是怕它再祸害后院的花，就把它送人了？"

"没有。"亮亮嗫嗫嚅嚅。

"那雪儿到底去哪儿了？"我继续揪住他不放，心中掠过一个不祥的念头。

亮亮的神色悲凄："雪儿……被我爸杀了吃肉了……"他说了一句，双手抠着裤子，快要把口袋抠出洞了。

"啊！雪儿被吃了？"我大叫起来，我实在难以相信，这只亮亮珍爱的白兔居然被平日沉默寡言的亮亮爸爸杀死。"杀了吃肉"四个字，让我感觉自己就像那只被杀前的兔子，浑身僵直，毛骨悚然。"你爸咋会杀……"我连连追问。

"我妈说雪儿大了，不吃它，它就到处害人哩。我爸说我妈身体不好，家里长时间没见肉了，吃了也能补补，就把雪儿杀了。"亮亮木然地说。

"那你吃了没有？"我问他。

这个十六岁的少年，突然单手捂住眼睛："我妈叫我出去给人帮忙，我回来以后，雪儿已经没了……它已经没了！"他哽咽着沉沉蹲下去，颤抖着身体，眼泪顺着指缝滴落下来。

张婆婆见状，赶紧赶过来："啊呀，我的娃啊，这真是……"她这样一叫，亮亮突然号啕大哭起来，哭得蹲也蹲不住，最后一屁股瘫坐在院子中央。可他依然捂着眼睛，好像这个世界，他什么也不愿看见。

从前我们怎么欺负亮亮，他都没哭过，小鸡的葬礼上，他也只是跟在我们后面一个劲儿地磕头，这次，他哭得那么伤心，好像他的世界已全然坍塌。

不远处的花园边，常爹爹曾为兔子毁花而悲愤不已，现在院子中央，一个少年又为自己的白兔之死悲痛欲绝。

3

雪儿死后，祖宅里就再也没有动物了。

我九岁时，有过自己的芦花鸡；十岁时，镜镜有了四只小鸡，亮亮有了雪儿；可现在，我到了十一岁，我们却什么都没有了。这些动物去了哪儿？它们会和院里死去的罗婆婆、任爷爷、任奶奶、常婆婆们一处吗？它们的死，都是那样突然、决绝、坚硬，好像亮亮妈大病初愈后的眼神，没有预兆和铺垫，有的只是宿命般的果断，好像一根竹子被利刃劈开，一块石头被大锤砸开，连裂纹都是割手的。它们会变成"鬼"吗？是否也会像祖宅里的空洞和黑影一样，在幽暗之处悄悄盯着我？它们会像给灶王献上的鸡一样跟随在神灵左右吗？它们会变成牛头马面那样的神灵吗？十一岁的我都不知道该问谁了。

此前，这样的问题，总能在常爹爹处得到解答。他总给我讲些神鬼之事，叫我不由得相信这个世界神秘而自有其逻辑：好人是神悦慕的，坏人是神厌恶的。可这次，他的神，被他这样一求，竟会害人，再加上此前牛头马面用铁链拷走罗婆婆的积怨，我突然觉得周围无所倚仗了，好像站在细细的钢丝上，怎么走都会踩空。

亮亮家复工仍然选择留在巷里，他们固执地以为多日不见，小巷人会忘记关于他家的谣言。可每天放学，经过那里，我都会发现他家的凉粉和牛筋面，几乎都没怎么动过。

卖了一周，希望终于落空，他们只好像从前一样，去更远的地方叫卖。

这次，亮亮被留在家中，做完家事，他和从前一样坐在桑树下发呆，可这次，怀里的雪儿不在了。

四月末，后院淡紫的鸢尾花开了。一个周末午后，木兰来了。传递这个消息的是江江，他气喘吁吁跑进后院，上气不接下气对着我和镜镜叫道："快！快！前院！亮亮！木兰！"

几个关键词足以让我们丢弃手中所有的活计，赶紧往外跑。出了中院门，才慢下来，生怕我们的脚步声遮住关于木兰的一丁点儿声音。我们身边本该有培培和兴兴的，这形影不离的二人曾负责打探木兰的所有消息。可现在，培培搬走了，兴兴也好久不来了，他的妈妈英姑张婆婆的二女儿，据说被丈夫打了。每次来，都哭哭啼啼的，说是兴兴被奶奶强留在家里，再也出不来了。

春末的桑树，叶子嫩绿，往天上看去，高高的桑叶间已挂着嫩黄色的桑花，风一吹，落下些桑蕊来，积落在亮亮家门前，薄薄的，细密而淡黄的一层，散发着桑树特有的芬芳，叫人心里说不出哪个角落暖暖的、酥酥的，好像天好的下午，把脸贴在一床棉被旁晒着太阳，又好像手冷的冬日，抓住软软香香冒着热气的大白馒头。木兰就站在这株桑树下，白衬衫，淡黄色长裙，阳光洒在她微微泛黄的头发上，好像落了一层金箔。

我们屏息凝神，听着所有的声响。

"亮亮呢？"我凑在江江耳畔，悄声问他。

"关着门睡觉呢！"他恨恨地说，"迟不睡早不睡，偏要今天睡，现在睡！"

正说着，突然"姨姨！"一声，我们听见桑树下的木兰朝亮亮家窗口喊道。那边还是没回应。

"这个笨蛋！"镜镜狠狠骂道。

"姨姨！"那边又细细地叫了一声。木兰在桑树下开始踱步，等了一会儿，见亮亮家还是没声响，她便低头想了一会儿，然后抬脚就要走了。

江江急得皱着眉头，挥着拳头，恨不得现身去砸亮亮的家门，被我一把拉住后襟。他的脖子被勒，脸变得通红，正要咳嗽。突然我听见"哐当"一声，亮亮家的门打开了，为了赶紧出来，他似乎使出了全身力气，门都差一点儿被拆了。我们忙把眼睛贴在亮亮家靠近后院的炉灶边缘，目不转睛看着将要发生的事。

亮亮那边并没有声响，也不知他出门了没有，他素来走路无声，现在更是急坏了江江。

木兰回头，停住了脚步，她显然是看到了亮亮，退了回来：

"亮亮，你在啊……我还以为你家没人呢。"她声音轻柔。

亮亮哑着。我们待在炉灶后，根本看不见他，江江急得直跺脚。

"姨姨呢？"木兰见亮亮不吱声，又问。

"卖……卖……凉粉……去……了。"亮亮的声音颤抖着，结巴着。他素日说话慢，急了的时候，才会结巴。这么长时间没看到木兰，午睡后突然就见她站在门前的天光里，我这个看热闹的都有些激动，更别说是当事人了。

"你妈咋卖凉粉去了？就你一个人在家吗？"木兰问道。

"嗯。"亮亮只回了一个字。他能说的那么多，但回的就只有这一个。

"嗯？"江江张大嘴，皱着眉头，不发声音，对着口形重复着亮亮的话："就一个'嗯'？"

"你妈现在卖凉粉都不在家吧？"木兰又问。

"嗯。"亮亮还是用一个字回答。

"我爸还让我跟她说……叫她平时再看我弟弟。"

亮亮还是沉默着。

"我现在上班了，我弟弟就没人看了。"木兰低着头，看着她的脚：褐色皮鞋上，一截袜子洁白如雪，衬得一双小腿又细又白，好像两截嫩藕。

他们在春光里沉默着，任凭着桑花香气氤氲婉转。

亮亮大概已经完全说不出话了。木兰抬起头："那你在吧，我走了。"

我们看不见亮亮的神情，只好眼睁睁盯着那个雪白衬衫的背影走远，裙裾飘动在春末的暖风中，那双小腿也若隐若现，跳动在光里——雪儿！我有些恍惚，好像看见有只白兔藏在她裙底，随着木兰的脚步一蹦一跳，时不时回着头，向我们告别。

我们终于再也忍不住，跑了出去，只见亮亮失魂落魄地瘫坐在门槛上，头上冒着大粒的汗珠。

"亮亮！"我们喊他，他不应，两只眼睛直勾勾的，盯着桑树下木兰曾经站立的地方，看着他，我哆嗦了一下，那是他妈妈生病时的眼神。

"完了！"江江笑道，"木兰走了，亮亮傻了。"

镜镜走过去用手搞了下亮亮的肩膀："哎，亮亮，醒来了！"亮亮也不躲，身体向后栽时，才晓得用手扶住门槛，以至于没有完全睡倒。

"哈哈！"镜镜张大嘴笑着，"这亮亮！看这点出息！"

看着他呆呆的样子，我也跟着笑：曾经中秋聚会上那封杜撰的信，或许正说中了此刻亮亮的心事。我的心虽有不安，但更多的却是一种痒痒的快乐，好像身体里藏着的那枚异物，也在这个春天颤动着发芽，破皮而出，它给我新的血液，令我感到自己比从前写信时强大多了。

看到亮亮的呆样，我就想赶紧冲上去，把他推进傻傻的幸福深渊。掉进去，总比看他的世界坍塌要好，给一个毫无希望的少年幸福的希望，不就是救他吗？我已经忙不迭要做救世主了。再说，我身边的这群孩子，谁又不想呢？

你看他们追着木兰看的眼神，就知道了。

往后，亮亮常常会发呆，直勾勾望着门前桑树下那片空寂，不知是在想木兰，还是曾经在那儿生活的雪儿。人们看他发呆，就取笑他，这笑话先是从孩子那里开始的："喂，亮亮，想木兰呢？"不知是谁先这样发问，亮亮随即停止发呆，"我……我把你这个坏蛋！"他结巴着，抓起脚下的浮土就往对方身上扬去，那孩子连忙笑着逃了。但孩子们似乎很钟爱这个游戏，后来即使亮亮干着活，也要远远地挑逗他一句，似乎看到他结巴、愤怒，才会觉得一天终究没有白过。而孩子的游戏，又传染给大人。大人见了他，从先前的爱答不理，也变成了饶有兴致地寒暄："亮亮，你媳妇呢？"

"没有……"他不敢对大人高声说话，脸却红到了耳朵根。

"媳妇"，这个词是大人们问起来的。就连常来的老王，也听说了亮亮想媳妇的事，再次从老任家离开时，特意丢给他一只好烟，叮嘱一句："亮亮，现在要学抽烟呢！都这么大的人了，再过两年就娶媳妇呢。"

亮亮怯怯地接过烟，不言语。

"媳妇到底有没？"老任接着问。

亮亮红着脸摇摇头。

"想要一个不？"

他不知道如何回答，瞪大眼睛，脸憋得更红了。

老王似乎并不给他回答的时间，逗完他，就大笑着踏出门去。

这样，祖宅终于把常规戏弄亮亮的"一加一等于几"的公式，换成了"你媳妇呢"。

我们这些孩子，仍然盼着木兰再次出现，隔几天晚上就特意出门，去"偶遇"门前烧火的亮亮妈。"阿姨，木兰来了没？"我们故意问她。

"木兰没来。"亮亮妈笑盈盈地回答。

"上次你不在的时候木兰来了，说让你看她弟弟。"

"就是的，亮亮给我说了。"听到"亮亮"出现在关于木兰的一切话语中，我们全都大笑起来。亮亮妈不知我们为何发笑，也不敢多问，只是关心我们："你们吃饭了没？"

我们才不答，继续问她："那你还看她弟弟吗？"

"没办法看，我卖凉粉呢！"

"亮亮最近不是在家吗？叫亮亮看木兰的弟弟呗！"我们说完，又不约而同一阵狂笑。

"亮亮看不住，他把他自己看住就好得很了。"亮亮妈在我们的笑声中自顾自地认真回答。

4

桑果紫了，樱桃落了，天色变得很长很长。爸爸说，这个暑假过去，等明年夏天，我就要考中学了："看你成天还和镜镜、亮亮、江江啊这些人一起瞎混？"他似乎给我在祖宅的玩乐日子判了有期徒刑。

夏天过去，镜镜也就升到了初三，秀姑说他要准备中考，今后放学会直接回自己家——再和张婆婆住下去，镜镜就被惯坏了。暑假他也成天不得闲，要跟教书的小姨夫补习数学，开学后，还要争取考区重点，考上了，四分之一只脚才能踏进大学门槛呢。

我不懂大学的事，只觉得后院空了。培培走了，镜镜也不常来，兴兴妈妈正闹离婚，许久都见不上兴兴了。江江翻过暑假，就要上小学了，桂大妈叫嚷着要他们一家搬出去，把房子留给老二做婚房。况且，江江上学后，就再也不能跟爷爷每天进进出出瞎混了。

这祖宅里，也就只有亮亮长久地闲着，一年又一年，持续不断地被人当作笑料，又孜孜不倦地继续给大人帮闲。

这年的暑天极热，太阳一下去，地上的热气就返上来，热得亮亮爸爸都躺不住了，脱掉外套，光膀子蹲在门前抽着水烟。亮亮妈妈穿着短袖，在炉灶前摇着蒲扇，亮亮还是那件灰蓝色长袖衬衣，袖子卷起着，后背被汗浸得失了本色。

桂大妈穿着背心，摇着蒲扇，坐在自家门前，远远地看见亮亮穿得还是那么规整："这么热的天，亮亮你还穿这么多，风纪扣还系得这么紧，你是给你家捂痱子吗？"

亮亮妈抬起脸一笑："我叫他脱，他偏不脱，叫把扣子解开，他也不解。现在亮亮大了，晓得害羞了。"

桂大妈沉下声音："亮亮今年……啊呀，怕是十七了吧？"

"就是，十二月份生的，冬天就满十七了，虚岁都十八了。"

"哎呀，真是大了，到说媳妇的年龄了。"桂大妈叹道。

"我们亮亮这样，敢要谁啊？"亮亮妈苦笑着说，"哪个女娃娃能看上他啊……"

"亮亮还是俊着呢！你看这身板，这气力，只是可惜了……不然，像任家儿子一样，现在前脚走着，后脚都跟着媳妇。"桂大妈看着任家，对亮亮妈妈絮叨着，亮亮妈只笑笑的。

而亮亮的脸似乎一直要烫下去，烫个没完了。

暑热了几天，我的小学同学娜娜来祖宅找我，这是她第一次来。

娜娜是班上最漂亮的女生，肌肤若雪，双眸明媚，虽和我一样同在五年级，但她都要比我高半个头。她来的那天穿着一件明黄色短袖，白色短裙，走路一跳一跳的，那裙子便在夏日阳光中也轻跳起来。我在门口迎着她，陪她从前院走到后院。行至亮亮家门口，亮亮正在劈柴，"亮亮！"我叫他一声，他站直了，看见我身边的娜娜。"这是我同学。"我对他说。

娜娜笑意盈盈地和亮亮打招呼。阳光从桑叶间洒落，也在她头顶跳着舞。这棵树下，相同的暖光里，曾站着那个叫木兰的女孩，一样的白色裙裾，藕色手臂，一样的笑眼弯弯，朱唇皓齿，她们两人的影子在不同时空重叠着，错落着，让我不禁也恍惚了一下。亮亮被来人问候，赶紧放下柴刀，不安地搓着手，拘谨地打着招呼。他的脸，最近总爱泛红。

他脸红什么呢？我暗笑着，和同学进了后院。

后院静着，娜娜问我，"刚才那人，你平时在家和他玩？"我应了一声，扫过后院一间间屋子，那里比从前更空了。

"他是哪个学校的？"娜娜接着问。

"他不上学，一直在家呢。"

"咋不上学啊？"

"智商低，学校不要，就在家跟他妈干活。"

"啊？"娜娜惊愕地叫着，"看不出来啊！"

我白了娜娜一眼："亮亮不傻，就是智商低。智商低你知道吗？就是智商比一般人低，但其他和我们一模一样。"

娜娜脸上带着狐疑的表情，好像她嘴里的"傻子"会把傻病传染给我，我再传染给她一样。

"他就住在咱们经过的那间小房子吗？"她又问。

"是啊。"

"他家里有几口人啊？"

"他爸妈，还有他。"

娜娜又惊愕得捂住嘴："啊？那怎么住啊！"

她从没见过亮亮这样的孩子，这次来访最大的收获，就是发现我家前院住着个"傻子"。和我待了没多久，她就嚷着回去，出后院时，特意悄悄跟我说："待会你走慢一点，我再看看他。"

　　我只觉得娜娜的话有些刺耳，但为尽宾主之谊，只好在经过亮亮家前故意放慢脚步。亮亮劈完柴，坐在门前的板凳上，低着头，抠着指甲发呆。

　　"亮亮！"我又叫他一声。

　　他抬起头，眼睛扫到娜娜身上，他看她的眼睛发着光。

　　"走了？"他站起身来问娜娜。

　　"嗯。"娜娜笑盈盈地应答着，很有礼貌。

　　可刚走出大门，她就一边用手扇着风，一边大口喘气："啊呀，吓死我了，刚才我都不敢呼吸！我的心跳得好快！"

　　"你咋了？"看着她发红的脸，我问："中暑了？"

　　"没有！"娜娜左右回头看了看来路，然后压低了声音，"他刚才直勾勾盯着我，吓死我了，我怕他会打我！"

　　"亮亮从不打人！"

　　"吓死我了！"她好像没听见我说话，"咱们班同学，谁还来过你家啊？"

　　"就你一个。"

　　娜娜轻抚着胸口："啊呀，下次我可不敢来了。我们都住楼房，根本没这种人。我之前不知道，你家原来还有个'傻子'！"

　　"你家才有'傻子'！"我回她一句。

5

　　和娜娜玩了半天，并没有想象中快乐，还无端受了场气，回家见亮亮在自家门口扫地，看见我，他倒先发话了："你同学咋没多玩一会儿？"我气不打一处来："你惦记娜娜啊？那我帮你问，看她会不会像木兰一样给你写信。"

　　亮亮好像被说中心事，脸一下红了。他沉默着，也不反驳，这让我想起从前大家恶作剧时，他妈妈的样子。他越窘报，我就越想逗他，像编木兰的信一样给他编排故事。孩子们都知道，这个院里，跟亮亮开玩笑，从不会有麻烦，况且他家从来都是祖宅的新闻中心。

　　就这样，亮亮对娜娜的一句好奇发问，令我身体里那个沉睡的异物突然嗅到了血腥，一个激灵，它"噌"地蹿起，寻找着腥味的来源；它踱着步，猫着耳朵，潜伏，靠近，眯着眼睛瞄准，一旦准备好就发动袭击，向那个荫蔽于桑树下呆呆的亮亮。

　　这几日，亮亮都一人在家，他父母早出晚归，见不上面。我放了暑假，进进出出，总对着一个他，正无聊至极，突然看见亮亮拿着一根桑树枝在门前土地上画着圆圈。

　　"亮亮！"我叫他，"我同学娜娜提到你了。"

　　他抬起头，眼睛一亮："说我啥？"

　　"她挺喜欢你呀。"

　　故事发动了。那是和木兰一样的事，只不过，上次有茉莉味的白纸、肉麻的话语，还有根本算不上真实的时间地点。纸上的故事是写给识字人的，而亮亮呢？他根本什么都看不懂。而这次我不写，只当面告诉他，看他恨不得钻进地缝去的神情，这份快乐就只属于我，它会让这个无聊而炎热的夏天，清醒和舒爽过来。这快乐，比桂大妈大声播报亮亮家新闻的快乐还要浓郁、私密、有力量。

故事让亮亮更呆了，他越出神，我就讲得越起劲。故事里，娜娜不再是真实生活里厌恶、嫌弃他智商低的同学，而是一个情窦初开，在桑树下遇见良人的豆蔻少女。

"她对你印象很好的，说从没见过你这样的男孩，这么热的天，衬衣扣子系得这么好，穿衬衣也好看。她还说，你要是上过学，能识字啊，说不定以后都想嫁给你。可惜她还小呢，还不能给你当媳妇……"

我乱七八糟地在亮亮跟前念叨着天花乱坠的浑话。他一边听，一边继续在地上画着圈，好像我的话从他左耳朵进，右耳朵出，不留一丝痕迹。

我说累了，见那边依然沉默，就悻悻然落下一句："反正我话就传这么多了。"然后几乎是落荒而逃般地跑到后院，心怦怦跳，喘不上气，好像老虎狩猎结束后的喘息一样，带着生命力释放的满足感——这个夏天终于有一个下午值得过了。

爸爸见我终日晃荡，终于忍不住，押我在家里读书习字。我也就除了中途上厕所外，才去前院一趟。亮亮家的大门锁着，他已不知何时跟爸妈出门了。

过了几天，一大清早，桂大妈突然闯进后院，边关门边嚷着："啊呀！你们这些天见亮亮了吗？"

正在洒扫的后院的人们放下手里的活计，望着她，这次她鲜有地泛着愁容："亮亮犯病了！"

"亮亮咋了？"妈妈问。

"犯病了！"

不是前几天还好好的吗，怎么会病了呢？我惊得说不出话，只好竖起耳朵听。

"啥病？"妈妈接着问。

"唉！"桂大妈叹了口气，皱着眉头惊慌地叫着："亮亮这孩子，疯了！疯了！"

盛夏的后院，一面冰山迎面砸来，让我从头冷到脚。我仍不相信夏日有冰山，只当是桂大妈胡说："我才不信呢！我前几天还见过他，他好好的，没有傻也没有疯！"

妈妈把我推到一边，凑近桂大妈："咋疯的？"

"也真是不知道咋了，前几天晚上他妈回来，就发现亮亮不对了。眼睛发直，就那样直直地看着桑树底下，一句话都不说。他妈叫他：'亮亮，亮亮，你咋了？'，他都不言语。但过一阵子，嘴里就胡叨叨些乱七八糟的话，已经好几天了，他妈不得已，害怕亮亮出事，不敢再把他放到家里，这几天都带出去的。"

"这真是奇怪！"妈妈叹道，"别是碰到啥不干净的东西了。"

"啥不干净！"桂大妈这时又恢复了她平日谈起亮亮家的轻蔑眼神，"她妈神经上不对劲，娃就遗传呢！"

"但是小时候，亮亮除了智力上不如别的娃娃以外，也没见有啥病啊！"

"哎呀，我给你说……"桂大妈把妈妈拉到一边，声音压得更低，"亮亮那是年龄大了……"隐隐听见"年龄大了"四个字，我赶紧凑到妈妈身后，只见桂大妈神神秘秘地说："刚刚我没给你细说，亮亮说的胡话里，十句有八句是向他妈要媳妇呢！"

桂大妈的声音在我耳朵里飘过，我的脑袋里一片静寂——冰山是真的，它在我面前崩塌了，现在留下了崩塌后的雪花，轻轻地飞扬、飘舞、落下。刺骨的寒风中，桂大妈的声音变得闷闷的，好像有人蒙着嘴巴在说话，这声音钝、轻，却如同坚实的鼓点，沉沉地，一声接着一声，一槌接着一槌，一下快过一下，狠狠地敲击着我的心脏。

"不知道亮亮前几天见了谁，咋就突然一下受了刺激，开始要媳妇了……"桂大妈皱着眉头说。

我感到体内那个异物在冷笑、欢腾，它的笑声那样肆意，它的舞姿那样有力，仿佛要从我的胃里跳出来，再游弋至肺部，最后从我的后脖颈窜出，它要将我从中间撕裂出一个口子。我年幼的身体再也承受不住它的力量，开始打着冷战，连牙齿也打着哆嗦，我的眼泪在眼眶里打转，酸酸的，却流不出来，我想说话，却什么声音也发不出，膝盖也软软的，摇晃着，好像要马上跌倒。

"啊呀！这个娃脸色咋不大好！"桂大妈发现了我的异样，忙抓住我的手，"手咋这么冰！"

"你们年轻人不知道，小娃娃还是体弱，入伏了大早上不能穿这么凉。你看娃打冷战着呢，赶紧让娃回去。"桂大妈又对妈妈说。

妈妈摸了下我的额头，拉着我就往屋里走。我被她安顿到床上，身体不停地打战，感到要结冰了，伸手拉起棉被，把自己包裹起来："被子，被子……"我终于能叫出来，声音也颤抖着，妈妈抱来被子，帮我一层层包裹起来，她惊慌失措，连声对爸爸喊："啊呀，这个娃不会是打摆子了吧？大夏天怎么冷成这样！"

喝热水，量体温，爸爸妈妈忧心忡忡，轮番照顾我。三伏天里，我时睡时醒，盖着三重被子，不肯下床，只觉得仿佛置身北极，连被子里的棉花也是雪做的。

我终于知道，自从我第一次和人打架后，就出现于身体里的那个异物，最终包围了我，吞噬了我——不，它已经成了我——这个我，血是凉的，手上沾染了别人受伤的热血。我终于完美地，不动声色地，隐秘地害了人，而且害的，是我的邻居，是我从小到大的伙伴。

我也终于像培培妈妈一样有了害人的秘密，可她的秘密，可以随着搬家而被带走，而我的，恐怕将与这个异物一样，属于我，成为我，与我合一。每当我想起它，心里就冒着寒气，一如那片凌晨四点的月光，落在常爹爹竖起的两根手指上，那是利剑落在头顶的宿命般的寒光。常爹爹的祈祷终于全部应验了，原来是通过我来应验的。

我在床上躺了好几天，不能起床，迷迷糊糊中，听见有人来了，闷闷地说着话，仿佛是桂大妈来探病，又像是张婆婆来送粥，抑或又有罗婆婆拄着拐杖进来，一言不发地望着我叹气；一会儿，又来了走路摇摇晃晃，慢腾腾的任爷爷；再一会儿，空气中似乎飘荡着香火的味道，那些祭灶的，被拔了毛的公鸡跳来跳去，有人放鞭炮，还有鸡在大声鸣叫，其中就有我的芦花鸡、镜镜死去的小鸡、奔跳的雪儿，最后是常爹爹的咒语。一声声，仿佛是召唤和邀请，紧锣密鼓地从我嘴里穿出，变成一个个血红色的汉字，一片片腥味十足的故事。这些影子、声响，最后汇聚成牛头马面铁链刮擦土地的声音，都在这漫长的夏日一并回来。

"亮亮来了！"谵妄间，突然听到妈妈在窗外叫了一声。

我好像被突然解锁，瞬间清醒，"噌"地一下，赶紧掀开被子，从床上坐起。透过窗纱，看见一个熟悉的身影，正登上廊台，朝我家正堂走来。

亮亮从来没有走得这样正大光明、神采飞扬。

"亮亮，她还睡着呢！"妈妈看见了，声音有些紧张。

"我没睡！叫亮亮进来！"我透过窗户对妈妈喊。

"你起来了！"妈妈的声音有些欣喜，这是这些天第一次，我不再像将要病死的孩子一样，把自己卷进被窝里了。

我下床，从厢房挪到正堂，一眼就看见亮亮正掀着门帘进来。他和从前不大一样，哪里不一样呢？他居然戴了副眼镜！

这是副老式的，米黄色塑料边框的老花镜，镜片圆圆的，左边还破着，他戴上，眼睛几乎被放大一倍，可那大眼却不看我，只直直盯着眼前的空气，好像看不见我一样。

"亮亮！"我叫着他，差点哭出来。

"给我一张报纸，我要看报纸！"从前，礼貌的他从没向人主动要过什么，邻居给他什么，他总是客气地拒绝，可这次他却主动要报纸来看，而且声音不容置疑。

"亮亮，你看报纸？"

"快给我报纸！我识字，我有文化，我能看报纸！"

我忙递给他一份报纸，亮亮双手举起它，目光扫过一行行字，他不知道，那报纸被他完全拿倒了。

"亮亮，你为啥突然戴个眼镜啊？"妈妈见状，小心翼翼地问。

"戴上眼镜才能看报纸。"

妈妈轻皱了下眉头。

"这个看完了，再给我一张！"亮亮又命令道。

我赶紧把家里攒的一摞旧报纸都给他。亮亮一张一张拿起来，挺直腰板，仪式一样郑重地把它们举在眼前扫描，仿佛真能看懂上面的文章。

他每换一张报纸，我身上就好像刮一阵寒风。记得那天，我跟他编故事说，如果他识字，娜娜就嫁给他。亮亮这是在向我告诉他能识字，有文化啊。我的双腿又打起哆嗦，怎么也迈不开步子。

他翻完报纸，"腾"地站起来，一句话不说，就往门外走，前前后后，好像我不存在一样。

"亮亮，来都来了，吃个苹果！"妈妈赶紧把果盘递过去，他不说啥，一把抓住个苹果，就往嘴里塞，嚼着苹果，他仍不看人，缓缓地、颤颤巍巍地跨出了我家的门槛。

走出后院时，正撞上镜镜的妈妈秀姑，秀姑笑道："这亮亮，不知从哪里捡了一副这样怪的眼镜。"

我站在门槛后，望着他远去的背影，冷得像一座冰山。是啊，秀姑不记得了，那是罗婆婆的眼镜。

6

自从亮亮来我家后，我的病好一阵，坏一阵，虽然还是浑身发冷，但终于不用卧床了。桂大妈每天都来"报道"前院的事，一会儿说亮亮又向他妈要媳妇了，一会儿说亮亮又不说话了，大人们的讨论也总是到了"亮亮的病不知道还能不能好"这句话适时止住，似乎再说下去，就延伸到自家的责任上——那就再也不是有趣的新闻了。

人们恰当避让着亮亮生病里的悲剧成分，只往喜剧上延伸，毕竟，他们一家的故事，如果按悲剧剧本讲述，那眼泪大概三天三夜也流不完，但这个院里，谁又承受得了三天三夜的眼泪呢？

汇报了几天亮亮的病情后，桂大妈也疲累了，亮亮总不见得好，新闻就变成了旧闻。我还是不敢单独去前院，总怕碰见他，被他当众戳穿，可妈妈说，亮亮现在见了谁都不打招呼，似乎谁也不认识了。

暑假过去一半，一个下午，我突然听见前院传来高声喧嚷，有男声的训斥，女声的嘶喊，我赶紧加快脚步向前院跑去，走到中途，却有些退缩，怕撞上亮亮。还没到，就被桂大妈迎面撞上："快！亮亮犯病了！"她对我叫着，不知是焦急还是兴奋。我赶紧跑到桑树下，只见前院所有邻居都围在这里，亮亮此刻光着膀子躺在地上，在土里打滚。这是不久前穿着衬衣怎么也不肯脱的亮亮啊。

"亮亮！你起来！"她妈妈拉他，他奋力甩开手，蹬着脚，这个十六岁的少年力气那么大，谁都拉不住。

用脚踢土的时候，灰尘飞到了围观的老任媳妇的小腿上，她看亮亮耍赖皮，忙骂道："亮亮！你给我起来！多大的人了，还在地上打滚儿！"

亮亮不听，继续打着滚，故意抓起一把土往老任媳妇身上扔。她越发来气了，骂道："你再这样泼皮无赖，我叫你王爸来，把你用手铐铐起来抓走，你王爸是警察！"

亮亮一听这个，双腿突然不动了，然后直起身子，歪着脑袋瞅着老任媳妇，然后哈哈大笑起来："你这个婊子！老王这个嫖客！"

老任媳妇一听，脸都气白了："你说啥？你这个娃嘴里咋胡说呢？！"

亮亮继续笑着："你是婊子，老王是嫖客！哈哈！婊子，嫖客！"看热闹的邻居们，谁不知道老任媳妇和老王的关系，只是大家不说罢了，个个都强忍着笑，看着这出好戏。老任见状，一言不发扭头回了家。

老任媳妇气得冲进厨房抓了一把笤帚出来，朝亮亮就打："你给我起来！叫你胡说！叫你胡说！"

"婊子！嘻嘻！嫖客！"亮亮见状，忙跳了起来，从人群里冲出去，一溜烟跑出了前院。亮亮妈妈赶紧跑过去追。老任媳妇见追不及，又丢了面子，索性一屁股坐在地上，用笤帚捶着地，干号起来："哎呀！我不活啦，我不活啦！他在大家面前这样说我，叫我以后咋做人呢！"

我一回头，后院所有大人不知何时都出来了。桂大妈赶紧把老任媳妇拉起来，给她擦眼泪："亮亮是个病人，说胡话呢，你别跟他计较！"她一边哄着老任媳妇，一边给我妈使着眼色，那神色里，充满着胜利的戏谑。

一天天过去，亮亮的病仍不见好，暑假快结束了，亮亮妈妈为了看亮亮，连凉粉生意也不做了。而亮亮呢，更多时候就一个人戴着眼镜坐在祖宅大门口，看巷子里人来人往，仿佛在等待着什么，又好像在展示着他的病情。进进出出的人们，终于发现每天祖宅前都坐着一个戴破碎老花镜的少年，直勾勾盯着面前的空气。他们经过，便窃窃私语，有的，专门提个小板凳，等黄昏凉风下来时，特意聚到祖宅门口纳凉。乘凉队伍里，自然有桂大妈的身影。

"这个娃咋成这样了？"老人们总是关切地问。

"向他妈要媳妇呢。"桂大妈说。

"哎呀！"人们叹着。

"他们家里三口人，睡在一个炕上。"桂大妈补充道。

"哎呀！"老人们继续叹。

"我就说那咋睡呢？大夏天的，那么热！她家里也就五六平方米。"

老人们这时都破了嗓子般地惊呼："啊呀呀！"

此后亮亮妈只要一出门，总会有人在背后指指点点，她家的凉粉生意，是彻底做不成了。

八月底，秋凉了，我也要去六年级报到了。

上学第一天，亮亮还是坐在祖宅门口，戴着眼镜，他看着我出门，我回过头，他的眼神一直直勾勾地随着我，想起桂大妈的话，我的心里也有几分发毛了，忙说："亮亮，你别乱跑！"然后就沿着巷子，一路向前跑去。

也许，新的年级，就是一个新的开始，等我放学回来，亮亮的疯病就会好，还会站在桑树底下，给他家劈柴。镜镜也会回来，这是他升入初三的第一天，江江或许也会来看桂大妈，还有那长久不见的兴兴，这个夏天发生了那么多事情，我迫不及待要跟他们分享。

可那天回来时，等我的，却是亮亮家门上的一把大铁锁，还有桑树下他家仍然崭新的凉粉推车。

桂大妈皱着眉头，一个人默默地看着推车，见我来了，就往车轮上故意踹上一脚："这个破东西，留在这里真占地方！"

"亮亮呢？"我看见门上的大锁，问桂大妈。

"搬走了！"她仿佛在等我发问，适时地叹着气，见我不死心的样子，忙补上一句："再也不来了！"

"搬走了？"我不相信自己的耳朵，早上还好好的，怎么会搬家呢？我赶紧问："搬到哪里去了？"

"乡下去了。亮亮奶奶在乡下还有一处房子，一点地。投奔他奶奶去了。"

"为啥搬走了啊？"

"城里混不下去了呗！"桂大妈抚摸着凉粉推车，幽幽地说。

我跨过中院，樱桃树已然枝繁叶茂，几乎快遮住整个天空，这里，曾是我们烛光聚会的场所，那个八月十五的月夜，我给亮亮读了木兰的信，开启了后面的整个故事。月黑风高时，我又吓过生着病的亮亮妈妈，为他家的悲剧添上一笔。我一步步踏入后院，一步步踏向我伸手害人的不再清白的生命。

你看那花园，那里曾是埋葬小鸡的地方，只有亮亮在小鸡葬礼上那么虔敬地跪着，为生命的消逝认真地啼哭；你看那后院木门口，只有亮亮曾抱着雪儿无数次朝张婆婆和我家张望，认真地等镜镜和我下学；他曾帮我们抬着泉水，走过山路，只为安抚我们打过的培培，却只在月光下端起一碗碧绿色的煮有蜘蛛的粥；他曾帮我们一起寻过褐色的螳螂，在别人欺负他时，连手也不还一下；他曾走过半个城市，只为兜售那些怎么也卖不出去的凉粉；他曾痛哭流涕，为他唯一真爱的雪儿被家人吃掉。

这样的亮亮，我却用自己的谎言，最终伤害了他。可当初，我们都曾真诚清白地守着腊月二十三夜的半片月亮，吃着甜甜的灶饼，寻思着神的审判。

到头来，我不但没有见到神，反而看见了噬人血的地狱。它在哪儿啊？它不就正在我心里发芽，生长，慢慢带来死亡吗？那片月亮，我再也不敢细对着端详。

这个院子，最终只剩我一个孩子了。

亮亮疯了，镜镜和江江走了，培培搬了，兴兴不见了，童年的小伙伴连同月光下的相聚，终究还是失散了。还有更多人、物，统统化为黑影，只在沉寂的夜晚，在我心头暮鼓一样敲着，敲着，诉说着那些空洞里的死亡。他们也有各自清白的童年吗？

从此我注定一人，如同带着余影一般，向前走。只是有时候抬起头来，看见那枚永生永在的，刺眼的月亮，便又会与曾经丢弃，错失，又伤害了的一切再次相遇。

今天，故事老了，我也长大了，它终于可以握住我不再逃避，亦不被捆束的手，写着写着。而落在纸上的这些文字，终究也会与月光一起，融化于流沙的中央，旋坠于年轮的深处，消失于一个又一个孩子长大的笑颜与泪眼里。